염상섭문학

화관
花冠

| 일러두기 |

1. 이 책은 1956년 9월부터 1957년 9월까지 ≪삼천리≫에 연재된 것을 저본으로 삼았다.

2. 현행 한글맞춤법을 원칙으로 현대의 어휘에 맞추어 읽기 쉽게 수정하였으며, 작품 분위기에 영향을 주는 것은 원본 그대로 두었다. 대화체, 방언의 경우 당시의 표현을 존중하였으며, 다만 명백한 오자는 바로잡았다.

3. 원본에서 한자를 병기하여 쓴 경우, 문맥상 이해가 되지 않는 것을 제외하고는 한글로만 표기하였다.

4. 외래어표기법에 따랐으나 작품의 분위기에 영향을 주는 것은 원본 그대로 두었다.

5. 문장부호의 경우 읽기에 좋도록 정리하였으며 특히 반복되는 줄표, 쉼표 등의 경우에는 대체로 생략하였다.

6. 판독이 불가능하거나 탈락된 부분은 '□'로 표기하였으며 짐작할 수 있는 조사 등의 경우에는 적절하게 넣었다.

7. 대화에 사용된 『 』, 「 」 등은 각각 " ", ' '로 고쳐 적었으며 강조 표현 등은 ' '로 통일하였다.

염상섭 장편소설

화관

해설 고명철(광운대)

글누림

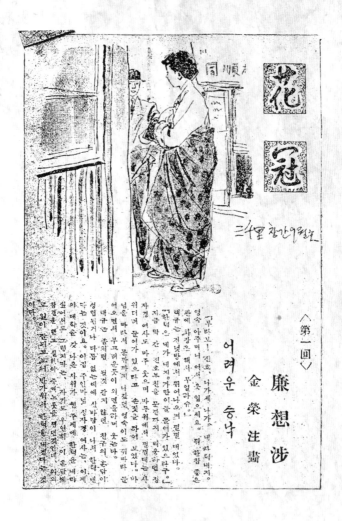

三千里 창간 여원호

〈第一回〉

花冠

廉想涉

金榮注畵

어려운 승낙

「무엇보! 진호, 내가세 나가ㅡ 백화덤버지.
영숙 아주머니 어서요. 옷입으세요. 뭐 한참 좋은
관에 화장은 해서 무얼 하우.

택규는 저녁방에서 뛰어나오며 건넬대였다.
한덕은 내가 내지ㅇ뛰어나오며 건넬 대왔다.
지금 막 간 진호보친을 문건까지 배웅하면 장
자경 여사도 마주 웃으며 바루워에며 킬킬걷는 사
위더여 문어가 거려웠다. 영숙이도 위따라 를
어오면서 문간까지 나갔던, 영숙이도 위따라 를
대규는 총직럼 뵌겨 잡지 않던 친구의 출갑이
닥은 것이요. 이집 주인이며 신사람이 이게 마
야 대학을 갖 나온 사위가 쉰 주인에게 한덕은
싶어서도, 자기도 우연히 이혼 내게 마
참결혼 했고 그런지라는 주백노릇이내 외에
오 일이 간더고 리게서 현덕은 며면겠다는 가
어다.

차례

화관

어려운 승낙

"브라보! 진호, 나가세 나가. 내 한턱내지. 영숙 아주머니 어서 옷 입으세요. 뭐 한참 좋은 판에 화장은 해서 무얼하슈."

택규는 건넌방에서 뛰어나오며 껄껄대었다.

"한턱은 내가 내지. 가만히들 들어가 있으라구."

지금 막 간 진호 부친을 문간까지 배웅하던 정자경 여사도 마주 웃으며 마루 위에서 껄껄대는 사위더러 들어가 있으라고 손짓을 하여 보였다. 마님을 따라서 문간까지 나갔던 영숙이도 뒤따라 들어오면서 부끄러운 듯이 외면을 하며 웃는다.

택규는 좀처럼 될 것 같지 않던 친구의 혼담이 성립된 거나 다름없는 데에 신바람이 나서 한턱낸다는 것이요, 이 집 주인마님 정자경 여사는 이제야 대학을 갓 나온 사위가 웬 주제에 한턱을 내랴 싶어서도 그렇지마는, 자기도 우연히 이 혼담에 참견을 했고 실없이 중매노릇을 했던 것인데, 의외로 일이 잘 되고 보니 반가워서 한턱을 내겠다는 것이다.

진호의 부친은, 신붓감인 영숙이가 이 집에 와서 있는 줄을 알고 왔었지만 아들까지 놀러 와서 저 건넌방에 들어 앉았는 줄은 모르고 주인마님과 수작 끝에

"언제까지 이 애를 맡아 두시게 해서 됐습니까. 데려갈 때가 되면 데려가게 되겠죠"

하고 수수께끼 같은 한마디를 남기고 간 것이었다.

사실인즉 진호의 부친 이형기 노인이 오늘 정자경 여사를 찾아온 것은, 이 마님에게 졸리다 못해서 수일 내로 가부간 회회를 알려 주마고 한 약속을 지켜서 온 것이고 보니, 이 수수께끼 같은 말 한마디가 영감으로서는 인색한 노인이 마지막 밑천을 털어놓듯이 마지못해 최후의 선언을 한 것이요, 진호와 영숙이로서는 저의 귀를 의심할 만치 하도 신기하고 기뻐서 말문이 막힐 지경이다.

"선생님, 감사합니다. 턱은 제가 내죠. 어서 나가시죠"

건넌방에 기척도 없이 숨어 앉았던 진호가 미닫이를 열고 마루에 앉은 자경이를 보고 인사를 한다. 자경이는 오십이나 되는 연치이기도 하지마는 부녀계의 사회사업가로 이름 있는 부인이니 선생님이라고 부를 만한 것이다.

"한턱낸다는 사람이 하두 많아서 배 터지겠군. 가만히들 있어요"

마님은, 사위도 왔고 아들도 좀 있으면 들어올 것이니까 저녁대접을 해 보리라는 생각으로 식모아이를 데리고 장에를 간다고 나서려니까,

"그럼 가만히 계시오. 내 좀 먼저 다녀 들어올께요."

하고 진호가 앞질러 나선다. 영숙이도 대문 밖까지 따라 나갔다.

"자, 오랜만에 악수나 좀 하자구."

진호는 영숙이가 손을 내놓기도 전에 덥석 쥐고 흔들며

"인제 소원 성취하시구 얼마나 기쁘세요?"

하고 농을 부치다가

"우리 아주 이 길에 식까지 하구 내려갈까?"

하며 말을 돌린다.

"나는 어쨌던 간에 어서 내려가셔야지."

영숙이는 붙들던 손을 놓고 동구까지 같이 걸으며 대꾸를 하였다.

"그두 그렇지만, 내려갔다가 또 수유(受由)를 얻기는 어렵지."

진호는 응용화학과를 나오는 길로 부산의 염직공장에 기사로 들어가 있는 것이다.

"암만해두 서울로 다시 와야 하겠는데……"

서울서도 붙드는 데 있는 것을 마다하고 부산으로 간 것은 영숙이 때문이었다. 영숙이를 서울 바닥에 놓아두고는 안심이 안 되어서 귀양살이를 사서 한 것이었으나, 지금 당해서는 역시 서울의 직조공장으로 들어가지 않은 것이 후회다.

서울 바닥에 내놓고 마음이 안 놓일 만큼 영숙이의 생활이 난잡한 것은 아니지만 한 남자의 유혹에서 가꾸어 주어야 하였고, 또 진호는 영숙이를 단념 못할 바에야 집에서 멀리 떨어져 살고 싶었던 것이다. 그러나 지금 와서야 부친까지 정식 승낙이나 다름없는 의미심장한 언질을 주고 갔으니 인제는 네 활개를 치고 서울 살림을 해 보겠다는 생각인 것이다.

"어서 들어가요. 정말 내 한턱 낼 테니. 허허허."

진호는 명랑하였다. 일 년을 두고 끌어오던 끝에 최후의 개가(凱歌)를 불렀거니 싶어서 진호는 기가 욱신욱신하는 것이었다.

그러나 영숙이는 그저 얼떨떨하였다. 좋지 않은 것은 아니지만 분에 넘쳐서 모든 사람에게 미안한 생각만 들었다. 진호에게 미안하다는 생각은 새삼스럽게 말할 것도 없거니와, 하는 수 없이 아들의 고집대로 따라오게 된 영감님도 가여웠다. 정식 결혼을 한다기로 진호 집 식구 앞에 고개를 떳떳이 들 수 있을지? 한참 말썽꾼인 어린 것을 데리고 들어가서 시집살이를 해낼 수가 있을는지? 진호의 부모가 반대를 하는 동안에는 그렇게 절박하게 생각이 들지는 않았으나, 인제는 영감님까지 승낙을 하였다는 말에 가서 도리어 겁이 펄펄 나고 어떻게 되려누? 하는 또 새로운 걱정에 영숙이는 도리어 풀이 죽었다. 밤낮 하는 말이지만, 그저 홀몸만 같았으면……그이가 첫 장가만 아니더면, 하는 후회랄지, 안타까운 생각이 또 불현듯이 머리를 드는 것이었다.

이왕지사 이렇게 되었으니 처음 계획대로 서울서 뚝 떨어져 부산에 가서 사는 것이 어린 것에게는 물론이요 시끄럽지 않고 좋을 것도 같다.

"자 이리 들어오너라. 이 서방은 어딜 간다던?"

안방에서 문을 열어놓고 마루에 앉은 사위와 이야기를 하던 자경 여사는 축대로 올라서는 영숙이에게 말을 걸었다.

"무얼 시키러 가나 봐요"

"괜히 돈을 쓰구……"

하며 주인마님은 혀를 차다가 사위가 자리를 피해서 건넌방으로 들어간 뒤에 다시 말을 꺼냈다.

"거기 앉아라. 너두 인젠 홀몸이 아니요 책임이 중하다. 될 대로 됐으니까 마음 턱 놓구 좀 쉬어라. 마음두 쉬구 몸두 쉬구……"

자경 여사는 이렇게 축복하듯이 타이르듯이 한마디 하였다.

자경 여사는 딸 내외 때문에 알게 되었지마는, 사위인 택규는 진호와 동창이기 때문에 더욱이 친구의 애인을 위하여 힘을 쓰는 것이요, 이번에 영숙이를 이리로 데려다가 잠깐 맡아 두어 달라고 부탁을 한 것도 택규의 너름새였다.

그러는 동안에 자경 여사는, 영숙이가 얌전하니 마음에 들어서

"우리 수양딸 노릇할까?"

하고 귀애도 하고 자진해서 이 혼담을 익혀 보겠다고 나섰던 것이었다. 그래서 영숙이는 자경 여사를 어머니, 어머니 하고 따르게 되었지마는, 이 부인이 영숙이를 처음 만난 것은 부산 대화 때 알몸뚱이만 빠져나와 가지고 어머니와 어린애 하나를 데리고 서울을 올라와서 친척이 되는 택규의 집에 와서 의지하고 있을 때였다.

자경 여사는 십만이나 되는 전쟁미망인을 상대로 자은회(慈恩會)라는 원호사업을 마악 벌리고 있을 때, 영숙이를 무엇에나 써 달라는 청이었지마는, 어린 것이 딸리고, 늙은 어머니는 어머니대로 벌어야 살아갈 딱한 형편이니 첫째 어린 것을 맡길 데가 없어서 일을 시키는 수가 없었던 것인데 어쩐둥해서 다방의 레지로 나가서 세 식구가 한몫 몰려가서 의지를 하게 되어 우선 일은 피었던 것이다.

어쨌든 자경 여사와 영숙이의 왕래란 것은 이런 정도밖에 안 되건마는 영숙이가 눈에 들어서 그랬던지 단 남매를 길러서 애지중지하던 딸을 시집을 보내고 나니까 앞이 허전해서 그랬던지 영숙이를 되는대로 맡아 놓고 수양딸로까지 정한 뒤에

"가만 있거라. 지금 세상에 젊으나 젊은 꽃 같은 어린 과부댁을 그대루 늙히며 고생을 시켜 되겠니. 당자가 그렇게 열심히 하면야 어디 전쟁미망인두 훌륭히 가정을 이루고 모범 생활을 하는 표본을 만들어 보자. 이것두 원호사업이다."

하고 나섰던 것이다. 청요리 한 교자가 떡 벌어지게 들어오는 것을 보고 누구나 우충이가 왔으면 하는 생각이었는데 쑥 들어서는 것을 보며 큰손님이나 오는 듯이 반겨들을 하였다.

"아, 이 군 오랜만이군. 부산 가 있다지? 자미 좋아?"

우충이는 올라서며 진호에게 알은체를 하였다.

"귀양살이를 하다가 간신히 풀려 왔습니다."

진호도 웃음엣소리로 대꾸를 하였다. 유력한 통신사의 중견기자로서, 나이 훨씬 층이 지니 진호나 택규나 머리가 자연 숙었다.

"귀양살이두 재미루 벌어 하는 걸 뭘. 허허허. 헌데 이건 새 매부 덕에 나발을 부는 건가? 어머니 새 사위 왔다지 너무 과용 마세요."

우충이는 또 껄껄대며 웃통만 벗어던지고 식탁으로 다가앉았다.

"응, 어서들 들라구. 그러지 않아두 새 매부 덕에 내가 한창 호강하는 거야."

하며 모친은 웃었다.

“? ……”

하고 우충이는 택규를 쳐다보다가

“오늘 천연동 영감님이 오셔서 특별 교서를 내리셨다누. 축복이나 하구 자슈.”

하고 택규가 설명을 하니까,

“허허허……알았어! 알았어! 그래 영감님이 승낙을 하셨어? 그 어려운 일이로군!”

하며 우충이는 너털웃음을 터뜨려 놓았다.

“그거 벌써 언제부터야? 한 일 년 되지? 선전석패(善戰惜敗)가 아니라, 선전쾌승이로군. 아니, 부모 앞에 싸웠느니 이겼느니 하는 건 말이 아니 되지만 하여간 꾸준히 잘 견디어 왔구 최후의 승리를 얻었으니 고맙지 뭐야.”

하고 우충이는 말이 좀 지나쳤다는 듯이 누그러지다가

“아니, 술이 없구먼. 내가 축배를 한 잔 내지.”

하고 지갑을 찾는 눈치에 진호는

“가만히 계쇼. 내가 술을 먹을 줄 몰라서 그만 무심하구 한턱이 반턱만 됐구먼!”

하며 껄껄 웃고 붙드는 것도 뿌리치고 뛰어나갔다.

“아니, 아이를 시킬 일이지, 술병을 손수 들구 다니구, 장가들기두 그렇게 어렵구먼.”

진호가 앞 가게에 나가서 맥주병을 두 손에 듬뿍 들고 헐레벌떡 들어오는 것을 보고 자경 여사는 미안하다는 듯이 나무라며 웃었다.

부진수(不盡數)

"저 집 어머니께 좀 다녀오겠에요."

"응, 일찍 들어오너라."

통신사에 밤일이 있다고 먼저 일어나는 우충이의 뒤를 따라 두 남자도 자리를 뜨는 것을 보고, 영숙이도 부리나케 치장을 차리고 함께 나섰다.

"난 아버니께서 좀체 허락하지 않을 줄 알았에요. 또 그렇게 되기만 바랐지!"

큰 거리에서 택규와 헤어져 둘이만 버스 종점으로 향하며 영숙이가 소곤거렸다.

"또 쓸데없는 소리! 잠자쿠 있에요. 우선 식을 하구. 어머니까지 모시구 나려가지."

영숙이 모친 말이다.

"세 식구나 맡아서 네 식구 살림을 어떻게 하시려구!"

말은 고맙지마는 이 비싼 물가에 아직 초급의 박봉으로서는 어려운 일이다. 인제야 학교를 갓 나와서 한참 모양도 내고 싶어 할 것이요 휠휠 놀러도 다니고 싶을 것인데 팔자에 없는 군식구를 덜컥 안겨서 올가미를 잔뜩 씌워 준다는 것은 가엾은 일이라고 영숙이는 생각하는 것이었다.

"뭐! 벌써부터 각오한 프로그램 아닌가. 어떻게든 살아가겠지."

아버지 덕에 돈 걱정이라는 것을 모르고 자란 진호는 생활의 협위(脅威)라는 것을 몰랐고 돈에 대해서는 담백하였다.

"아버지께서 또 딴소리만 하시기 전에 어서 산뜻이 식만 올리구 나면, 집두 나오구 생활비두 우리 둘의 월급만큼은 나올 거니까 내 월급보다두 많지 않을까?"

진호는 천하태평이다. 영숙이도 이 말에는 귀가 반짝해서 생긋하였다.

'내가 남편 덕은 타구난 거야!'

한참 복작대는 버스 속에서 옆에 섰는 진호의 얼굴을 부연 룸라이트 밑에 넌지시 살짝 치어다보며 이런 생각이 떠올랐다. 사람 틈에 끼워서 남자의 등에 매어 달리듯이 하고 몸이 닿는 촉감도 오랜만에 좋았다. 부산에서 헤어져 온 지 벌써 열흘이 넘었다. 부산에를 끌려가 보니, 한 달 남짓한 동안에 가지고 간 돈을 다 쓰고 월급도 홀딱 달아나고, 이러다가 어쩌자는 작정인지, 진호를 위해서도 자기가 피하는 도리밖에 없다는 생각도 들었지마는, 서울에 두고 간 어린 것이 애가 씌어서 무른 척하고 뛰어나왔던 것이다.

서울 오니 갈 데가 어디 있는가! 싫어도 어머니가 몸담아 있는 낙양다방밖에! ……그 다음날은 결단을 하고 또 한 번 정자경 여사를 찾아간 것이 자경 여사의 집에 신세를 지게까지 된 것이었다. 어머니는 식모살이 비슷이 들어가 있고 영숙이는 레지로 있던 낙양다방의 젊은 주인인 박인환이란 놈이 또 지근덕거릴 줄은 번연히 알면서도 그리로 발길이 가는 수밖에 없었던 것이었다. 진호가 서울 바닥에서는 마음을 놓고 영숙이를 내놓아 둘 수가 없어서 부산으로 끌고 간 것도 박인환이 때문이었고 이번엔 다시 올라온 영숙이를 택규가 끌어다가 자경 여사에게 맡겨 둔 것도 또 다시 박인환이 밑에서 무슨 실수가 있을까 보아 가꾸어 주려는 생각으로이었었다. 물론 영숙이가 그런 주책없는 여자는 아니다. 그러나 자기를 위해서 희생하는 남자를 아까워하는 영숙이니 그 마음이 무던해서도 택규 내외나 장모마님이나 애석해 하는 것이었다. 을지로 삼가에서 버스를 내린 두 남녀는 바로 그 앞인 낙양다방으로 하나는 앞문으로, 하나는 뒷문으로 들어갔다. 전에도 가끔 그랬지마는 둘이 같이 가면 영숙이는 뒷문으로 어머니가 일하는 주방으로 들어가고 진호는 앞문으로 의젓이 홀로 들어가는 것이었다.

　"아니, 이게 누구슈? 날 알아 보시겠우?"

　홀에서 지난 결에 스치는 버스에 앉았던 여자가 일어서며 반색을 하는 데에 진호는 어두침침한 속에서 깜짝 놀랐다. 봉순이가 다시 여기에 와 있을 줄은 몰랐다.

　"아, 누구시라구! 그동안 안녕하셨에요?"

하고 진호는 웃으며 손을 내밀었다. 봉순이라면 나이 어린애 같지마는 서른이 넘어도 스물 몇이라고 딴청을 하는 진호에게는 머릿골 아픈 여자였다. 봉순이는 진심으로 반가운 듯이 옆의 남자들이 보기에도 무안스럽게 진호의 손을 두 손길로 얼싸 잡으면서

"어쩌면……."

하고 감개무량하다는 표정이었다.

"하하하……누가 어쩌면야? 그동안 어디 가 파묻혔다가 나온 거요?"

진호는 핀잔을 주듯이 좀 힐난하는 말눈치로 껄껄 웃었다. 봉순이는 반가운 생각에, 여러 손님 듣는데 나이 아깝게 이 젊은 애한테 반말지거리를 듣는 것이 창피하다는 생각에, 얼른 앞의 빈자리로 끌고 갔다.

"아니, 색시 꼬여 가지구 부산 가 산다지?"

버스에 들어앉으며 봉순이는 남이 듣거나 말거나 잘단 소리를 질렀다.

"흐흥! 온 이건 무슨 소리야? 당신 따님을 꾀 냈으니 시비슈?"

하며 진호는 껄껄 웃다가

"우리 마누라? 저기 왔으니 좀 만나 보슈."

하고 농을 쳐 버렸다.

"응, 알았어. 내 말 좀 들어 봐요. 저리 올라가자구."

봉순이는 달래듯이 귓속을 하였다. 목소리가 커지는 것이 싫었고 오랜만에 만난 남자를 그대로 놓치기가 싫었던 것이다. 진호는 영숙이 모녀가 이야기할 낌새를 주려는 생각으로 아무 의미 없이 끄는 대로 따라 올라갔다.

"그래, 부산 재미가 어때?"

19

"부산 재미랄 거 있나. 마누라 재미지."

진호와 봉순이가 언제부터 이렇게 반말지거리를 하게 되었는지 진호는 곧잘 이런 농담을 던졌다.

"배가 쓰린데!"

방석을 놓고 둘이 나란히 앉으면서 봉순이는 원피스의 포켓에서 양담배를 꺼내서 권하였다. 진호는 안 먹는다고 손짓을 하면서

"아니, 이 마님이 망녕이 나셨나? 그래두 아직 배가 아플 지경이 아니니 다행이군요. 허허허."

한 여자의 남편이 되고 어른이 된 진호는 여자를 다루는 수작이 총각 때와는 아주 딴판이었다.

"뭐? 마님이라구? 어서 죽으라구 악담을 해라!"

하고 봉순이는 남자의 무릎을 살짝 꼬집고는

"남, 맘만 들뜨게 들쑤셔 놓고는 살짝 빠져 달아나 혼자만 재미를 보구! ……흥, 하지만 잘못 잡혔어!"

하고 새새 웃는다.

"이건 또 점잖지 않게 무슨 망녕의 말씀인구 허허허."

"예서 점잖았다간 입두 봉하구 사죽두 놀리지 말라는 말야?"

봉순이는 혼자 담배를 맛있게 피우며 대거리를 한다. 아래층에 앉아서는 담배도 마음대로 필 수가 없으니까, 이렇게 마음에 드는 남자를 끌어 올려놓고 한때 쉬는 것이었다.

"그래 내가 부산 나려갈 무렵에는 자취를 감쪽같이 감추셨기에 아마 미국에를 떠나셨나 보다 하였더니 어떻게 또 낙양 마담으로 재출발을

하신 게요?"

"영숙이가 아니, 부인께서 도피행을 하신 뒤에, 미스터 박이 하두 쩔쩔매기에 보다 못해 잠깐 거들어 주러 온 거지."

그것은 그럴듯하였다. 미스터 박이란 이 낙양다방의 경영주인 박인환이 말이지마는 박인환이와 봉순이의 사이는 따질 필요도 없고 한때는 인환이가 영숙이에게 미쳐서 봉순이를 내밀고 영숙이를 마담으로 들어앉히려고 법석을 하는 통에 봉순이는 기실은 밀려난 것이지마는 제풀에 자리를 떴던 것이었다.

"색시에 미쳐서, 남 죽두룩 애를 써 가르쳐 논 댄스두 다 잊어버렸겠구려?"

이 말을 하는 봉순이의 표정은 일부러 지어서 그런지 좀 애처로워도 보였다.

"아니, 최봉순 여사의 얼굴두 만나 보니까 간신히 알아볼 지경인데! 하하하……"

"아이, 같은 말을 해두, 돈이 드나 힘이 드나, 어쩌면 그런 소리가 나올꾸!"

봉순이도 진담인지 농담인지 깔깔 웃고 말았다. 진호가 봉순이를 알게 된 것은, 부친의 소개로 영숙이 모녀 식구가 봉순이 집에 셋방살이 겸 식모로 들어가 살게 되었을 때부터이었다. 부산 대화가 있던 이튿날 서울로 밀려오는 피난민 중에서 서로 만난 것이 새로운 인연이 되어서 진호와 영숙이네와는 전보다 더 자별하게 된 것이지마는, 알몸뚱이가 되어서 온 영숙이네 세 식구를 집어넣어 준 데가, 부친이 동리 간에 잘 아는 봉순이었다. 봉순이는 식모아이 하나를 데리고 사는 터에 듬직한 살림꾼 마님을 하나 얻어 달라고 진호 부친에게 부탁하여 왔던 터이라 잘 되었다 하고 그리로 지시해 주었던 것이다.

그때부터 진호는 영숙 모녀를 찾아다니던 것이 어쩐둥 집주인인 봉순이와 어울리게 되어서, 봉순이에게 졸려서 댄스를 배우기 시작하였던 것이다.

"지금 생각하면 그때가 참 아슬아슬했죠"

진호는 무슨 생각을 하다가 코웃음을 친다.

"무에 아슬아슬?"

"아주머니 유혹에! 하하하."

"예이! 아주머니가 뭐야?"

봉순이는 때리는 흉내를 내며 웃는다. 봉순이에게 무엇보다 싫은 것은 젊은 남자가 자기를 나이배기로 돌리고 같은 동무로 여겨 주지 않는 것이었다.

옆방에 우중우중 손님들이 들어오자, 아래에서 영숙이 모친이 올라와서

"쟤 간다는데 어쩌려나?"

하고 똥기었다.

날이 막 어두워서 이맘때쯤이면 아래층의 다방손님이 삐어 나가는 대신에 위층으로 술꾼이 모여들고, 요리를 맡은 영숙 어머니가 바빠지는 때라 딸을 보내는 모양이었다.

"네, 가죠 가요"

하고 진호가 허둥허둥 일어서려니까, 봉순이는 뽀로통해서 마주 일어서며

"체면에 안 놔 보낼 수는 없지만, 또 언제 오시겠우?"

하고 팔을 남자의 어깨에다가 건다. 진호는 좀 선뜻하면서도 싫을 것까지는 없었다. 전에 없던 버릇이다.

"난, 내일 모레 새루 부산으로 내려갈 텐데……"

"그럼 이번엔 나두 좀 데려다 달라구. 두구 온 짐두 찾으러 가야 할 텐데."

하며 남자에게 몸을 실려 온다.

"그건 아무래두 좋지만, 내게보다두 저 아래 나려가서 우리 부인께부터 의논을 해 보시라구. 허허허."

"예이, 아니꼽게!"

봉순이는 떨어져서, 방문을 열고 나가는 진호의 등을 톡 쳤다. 앞문으로 돌아와서 나오기를 기다리고 섰던 영숙이는 배웅을 나온 봉순이와 마주쳤다.

"안녕하세요?"

인사하는 영숙이는 기색이 좋지 않았다. 아무래도 이 여자의 시중을 들었거니 하는 생각에 머리가 숙어지는 것이었다.

"응, 잘 있었어?"

예전에는 어떻게 수작들을 했어도 무심했지마는, 봉순이에게 반말을 받는 영숙이가 진호에게는 가엾은 생각이 들며 분하였다.

"그건 뭘 그까짓 것을 쫓아 올라가서 거레를 하구……"

둘이 걸으며 컴컴한 속에서 얼굴빛은 보이지 않으나, 영숙이는 쏘는 소리를 하였다. 진호가 영숙이에게 이런 핀잔을 들어 보기는 처음이다. 마음에 선뜻하기도 하면서 이렇게 시새 주는 것이 좋기도 하였다.

"그만둬. 그까짓 것 뭐 탄할 거 있어?"

남편이(오늘에야 비로소 터놓고 남편이라고 부를 수 있다고 영숙이는 생각하는 것이지마는) 봉순이를 그까짓 것이라고 경멸해 말하는 데에 영숙이는 좀 마음이 풀렸다.

"그럼 어서 가세요. 난 원길이 좀 보구 갈 테니."

전찻길에 나와서 영숙이는 정거장 쪽으로 가는 진호를 먼저 보내려 하였다.

"응? 원길이한테? 나두 가지. 오래 못 봐서 나두 보구 싶구면."

하고 진호는 따라섰다. 진호의 말에는 꾸민 데가 없었다. 영숙이도 걸으면은 원길이가 보고 싶다는 말이 곧이들린다고 생각하였다.

'내 자식같이 길러보리라'고 의식적으로도 생각해 온 일이지마는, 어미에게 끌리는 정이 자식에게도 옮아가는 것이요, 또 천성이 아이를 귀애하는 진호이었다.

"무얼 좀 사 가지구 가야지. 어린애두 어린애지만 빈손으로 갈 수야 있나?"

"뭐. 여기 캬라멜 사 가졌에요. 저번에 올라와서 할 만큼 했으니까."

진호는 그래도 안됐다고 과자가게를 기웃거리는 것을,

"그만두라니까요 째지게 어려운 사람이니까, 쌀 되 값이라도 돈으로 주는 게 생색이 나요"

하고 영숙이는 말렸다. 반지빠른 남의 어린애를 맡아 길러줄 제야 그도 그러리라고 생각하였다.

"어떡하실 테에요? 저두 거기 오래 둘 수는 없는데……?"

진호가 식을 올리자고 서두는 것은 곧이들리지 않는 일이요, 부산으로나 같이 내려가자면 이번에도 아이를 데리고 가겠다는 생각이었다.

"가만있어요. 얼마 동안은 그 마님의 수양딸 노릇을 얌전히 하고 들어앉았어야 영감님두 좋아하실 거니까."

영숙이 생각에도 진호 말이 옳을 것 같았다. 그저, 미안하다 과분하다는 생각에 낯이 뜨뜻하게 예다가 새삼스레 면사포를 쓰고 식장에를 어떻게 나서누? 하고 결혼식이란 것은 귓가로 듣는 것이지마는, 다시 생각하면 장가를 들이는 부모의 생각은 그렇지 않을 것이요, 영숙이 자신만 해도 평생을 의탁하고 살 남편이면야 남의 앞에 어엿이 정식 결혼을 해야 될 게 아닌가 하는 생각도 드는 것이었다.

"그렇긴 하지만, 난 그저 아무 데나 한구석에 틀어박혀 그 애나 길르고 굶지 않구 살면 그만이겠는데……"

"딴소리 말아요. 왜 생각이 그렇게 소극적야. 전쟁미망인이, 과부가 됐다는 것이 무슨 죄나 지었다는 건가!"
하며 진호는 코웃음을 쳐 버렸다.

날이 어둔지도 오래서 찾아가기가 좀 안된 생각도 들었으나, 여름날에 아직은 초저녁이었다.

"아, 어서 와요. 하마터면 원길이가 잘 뻔했는데. 원길아, 엄마!"

인제 잘 차비로 수채에서 요강을 버리고 오락가락하던 주인댁이 깜짝 놀라며 인사를 하고 방에다 대고 소리를 친다. 좁은 뜰 안의 단칸방 셋방살이인 모양이다.

"어머니!"

하고 불이 환한 방 안에서 잠을 청하며 누웠던 원길이가 내닫는다. 이 집 아이도 동생을 업고 문턱에서 내다본다.

"원길아 잘 있었니? 이놈 날 못 알아보나 보다."

하며 다가선 진호가 웃으려니까

"아저씨!"

하고 아이는 숫기 좋게 부르며 웃는다.

"아저씨가 뭐야. 아버지야."

주인댁이 나무라듯이 웃었다.

"응? 아버지야? ……아냐, 아저씨야."

어린애 소리에 모두들 웃었다.

이 집에 온 뒤에 아이들이 저의 아버지를 아버지하고 부르니 따라서 저도 아버지라고 불러왔는데, 별안간 이 아저씨를 아버지라고 하니 원길이는 어리둥절해서 진호를 물끄러미 바라보고 섰다.

"그래도 무던하지. 어린 게 이렇게 떨어져 있으니……"

진호는 가엾은 생각이 나서 원길이의 머리를 쓰다듬어 주었다.

노인들의 심경

사람이 살라는 마련으로 원길이는 그리 엄마를 따르지는 않았다. 나서부터 외할머니 손끝에서 길러나다시피 하였고, 서울 와서는 더구나 모녀가 함께 다방에 다니느라고 낮에는 이 집 저 집에다 맡겨 놓고 저녁에나 엄마 얼굴을 보고 지냈으니, 이런 데 와 있는 것쯤은 예사다. 삼십 남짓한 주인댁은 고생에 찌들어 낡아 보이지만 상냥스럽고 얌전한 젊은이였다. 영숙이가 부산으로 떠나고 난 뒤에, 모친은 남의 집 사는 몸으로 어찌하는 수 없어 자기의 육촌동생이 되는 여기다가 맡기기로 한 것이었다.

"잘 노니, 신통하지 뭐유."

이 아낙네는 촌수를 따지자면 영숙이가 조카딸 뻘이건마는 말끝을 대떨어지게 하지는 못하였다. 들어앉았는 구차에 겨운 살림꾼으로서는 영숙 앞에 기가 죽는 것이요, 원길이를 맡은 뒤로는 살림이 피어 가니 자연 원길이도 내 자식에 못지않게 거두어도 주지만, 놓치면 안 될 소

27

중한 손님으로 대접하는 것이다.

"엄마 가는데 안녕해야지."

영숙이가 헤어져 나오려니까 주인댁이 웃으며 어린애에게 똥기어 주었다.

"안녕, 안녕……."

어린애 재롱에 깔깔들 대면서

"응, 잘 있거라."

하고 발길을 돌쳐나오던 영숙이의 눈구석은 더워졌다. 진호는 돈 천 환을 넌지시 헤어 가졌다가 영숙이를 주며, 아이들 과자나 사 주라고 전갈을 하고 나왔다.

"그만하면 괜찮구먼. 할머니가 끼구 다방 속에서 눈총을 맞는 것보다야!"

진호는 신혼 설계에서 우선은 한 걱정이 덜린 것 같아서 신기가 좋았다. 제살이를 하게 되고 자리가 잡히면 물론 데려가겠지마는 얼마동안은 자기 집 식구의 눈에 띄우지 않게 하는 것이 상책이라고 생각하는 것이었다.

부친이 반승낙은 하였다 해도 또 어느 모에 툭 걸려서 이야기가 뒤집혀질까 보아 살얼음장을 밟고 넘어가는 것 같은 이 고비에, 어린 것이 달렸다는 것을 똥기는 어설픈 짓은 아예 피해야 하겠다는 것이었다.

"어서 가세요 난 나대루 갈 테니."

큰길로 나서며, 영숙이는 방향이 다른 진호를 떼어 보내려 하였으나,

"그래두 밤길에 됐나. 그 동리에도 깡패가 있을걸."

하고 진호는 떨어지기가 싫은 듯이 따라온다.

"누구를 여남은 살 먹은 어린애루 아시나 봐."

하며 영숙이도 웃고 말았지마는 남자의 뜻을 못 알아차린 것은 아니었다. 서울에 올라온 뒤로는 이때껏 둘이만 만나서 이야기해 볼 겨를도 없었던 것이다.

"아직 시간이 있으니 어디 가 차나 한 잔 하자구."

"아니, 안 돼. 신용이 떨어지게! 저 댁 어머니 눈 밖에 났다간 큰일이에요. 호호호."

하며 영숙이는 웃는다.

"차 한 잔 먹기로 눈 밖에 날 것까지야……"

하며 진호도 껄껄 웃었지마는, 영숙이가 경계를 하는 말눈치를 못 알아들은 것도 아니었다. 영숙이를 바래다주고 집으로 돌아온 진호는 부친에게서 반가운 말을 들으려니 하고 큰 기대를 가졌으나 공장에를 나갔는지 부친은 없었다. 이튿날 대면을 하였을 때도

"너 언제 내려가니?"

하고 한 마디 물을 뿐이었다.

"모레쯤은 떠날까 하는데요……."

그러나 부친은

"그럼 어서 내려가 있거라."

하고 간단히 대꾸를 할 뿐이었다. 내려가 있으라는 그 말에 무슨 의미가 있는지? 내려간 뒤에 편지로 자세한 사연을 말씀하시겠다는 뜻인지? ……진호는 부친이 나간 뒤에 모친에게

"아버지께서 뭐라구 하세요?"

하고 눈치를 떠보았으나 모른다고 잡아뗴었다.

"그럴 리가 없을 텐데……딴 일과 달라서 어머니께 의논 안 하셨을 리가 있어요."

"언젠 내게 무슨 의논하시던. 하여간 너두 인젠 단념하구 마음을 잡아야지."

모친은 아무쪼록 아랑곳을 안 하려 들지마는 너무나 딴청인 데에 진호는 놀랐다.

"아니, 어제 아버지께서 일부러 회장마님한테까지 오셔서 하신 말씀이 있는데요."

이런 경우에 아버지보다도 어머니가 더 이해성이 있어야 할 텐데 모친이 아직도 고개를 내두르는 데는, 그럴 수밖에 없는 이유와 사정이 있는 것은 진호도 잘 안다. 그러나 모친이 야속도 하였다. 정말 부친이 한때 권도로 말마감이나 한 것이라면 큰일이다.

"아무려면 아버지께서 하시는 일인데 뭐 빈틈이 있을라구요 가외 이런 일에 한때 말마감으루 말씀하시다니요!"

진호는 부친의 말을 굳게 믿었다.

"네가 하두 어린애처럼 안 될 일을 조르구 다니니 아버지께서두 딱해서 그러시는 거 아니냐. 노인의 사정두 봐 드려야지. 지레 돌아가시겠다."

모친은 그래도 아들의 마음을 돌리게 해 보려고 단념은 아니한 말눈치였다.

"부산까지 끌고 나려갔던 모양인데, 말을 들어먹기를 하나 전 저대루 따루 나가 살래지 별수 있소"

영감도 인제는 미친 듯이 이런 소리를 하기도 하였다. 그러나 큰며느리의 정경을 보면 차마 그 말을 입 밖에 낼 수가 없는 것이었다.

"팔자두! 다 늙게 이게 무슨 꼴이람."

이 문제가 나올 제마다 모친의 입에서 저절로 새어 나오는 한탄이었다. 어린 것을 둘이나 달고 인제야 스물 대여섯밖에 안된 것이 남의 부모 섬기느라고 생으로 늙는 것을 앞에 두고, 하필 자식이 달린 전쟁미망인을 둘째며느리로 끌어들이다니 어린 과부래서 흠절이 아니라 수절을 하는 큰며느리 앞에 그럴 도리가 없고 인정에 차마 그럴 수가 없다고 늙은이 내외는 속을 끓이는 것이었다.

"무얼 그러십니까. 도련님 소원대루 해드리세요. 제각기 제 팔자대루 살라는 거죠. 전 제 팔자대루 살구 그 사람은 그 사람 팔자대루 살면 그만 아닙니까."

시어머니는 벙어리 냉가슴 앓듯 하면서도 말 한마디 못 하고 쉬쉬하는데 큰며느리는 알아차리고 제풀에 이런 소리도 하는 것이었다. 아들이 나간 뒤에 점심에 영감이 들어왔기에

"아니, 영감 그 회장마님인간 왜 찾아가셨습디까? 쟤 말 들어서는 아주 분명한 대답을 하셨다면서요?"
하고 진호 모친은 눈이 커졌다.

"점잖은 터에 약속을 하고 안 가 볼 수 없구, 가 놓구 보니 아주 딱 잘라 말할 수도 없어서······"

31

영감은 아픈 데를 건드리는 것 같아서 얼굴이 찌푸려지며 어리뻥뻥한 대답을 하였다.

"이건 무슨 어림없는 말씀이슈? 심사 틀리면 무를 수 있는 일이니 한만히 말을 꺼내신단 말씀이슈? 첫째 사둔집에는 무슨 체면이구 일가들한텐 좀 웃음꺼리가 되겠기에……"

마님은 펄쩍 뛰었다.

"글쎄, 그거 누가 모르는 소리요. 하지만 당신이나 내나 그 고집을 꺾는 도리가 있소 별다른 도리가 있소! 세상이 우리 시절과는 딴판으루 그런 것을 예사루 알구, 꺾으려는 것을 완고라고 변괴로 아니 시속을 따라가는 수밖에 별수가 있어야지. 우리가 삼한갑족이니 지체가 떨어진다구 못 받아들일 꺼요, 위인 똑똑하고 살림 잘할 것 같고 저의끼리 정 들어 좋다 하니 그런대로 따라가는 수밖에 없다는 결심인데, 다만 하나 저 애 문젠데……"

하고 건넛방을 턱짓을 가리키며 말을 뚝 끊는다.

"글쎄, 나두 성화가 그 애 때문 아닌가요 그걸 한집 속에 넣고 날더런 어떻게 보구 지내란 말씀에요"

마님 역시 자기도 뾰족한 수 없으니 큰소리를 못 치나 입맛이 써서 한다.

"낸들 안 그렇수. 하지만 난 결심했우. 정 저 살기 싫다면 제대루 살 길을 찾아 나가라지, 잔뜩 붙들구 있자는 것두 아니오 다만 모자지정을 떼는 것이 애처롭지마는 제대로 갈 길만 온당히 밟아갈 수 있다면 난 말리지 않을 작정이오."

영감은 오랫동안 혼자 끙끙 앓던 문제를 혼잣속으로는 해결한 듯이 큰 결심을 가지고 탁 터놓고 하는 말이었다.

"아니, 영어 한 자 모르시는 이 냥반이 환장을 하셨나? 아니 인제 아주 미국식을 따라서 자유란 말씀이죠? 이 집안이 잘 될려는 징조인지, 안 되려는 싹수인지? 제발 건넛방 애가 들을까 봐 무서우니 입을 다무세요"

묵은 인연

새로 세 시에 만나자고 영숙이와 약속을 하였기에, 진호는 여기저기 돌아서 시간을 대어 '낙양'으로 갔다. 주인마님도 아들도 없는 자경 여사 집으로 불쑥불쑥 찾아가기도 싫고 여기는 돈 안 드니 좋았다. 그러나 여기는 전에도 그랬지마는 앞장을 서 나서는 것이었다. 이번에 부산서 올라와 보니 봉순이가 또 여기에 기어들어 와서 채를 잡고 있는 것도 의외이었지마는 전보다도 한층 더 뛰는 수작에 머릿골이 아팠다.

"어서 오세요 날마다 어려운 행차에 미안두 하구 고맙기두 하구…… 호호호."

"날마다 몇 사람한테나 그런 인사를 하시는지 주인이 들으면 눈살을 찌푸릴 것이요, 옆의 손님이 들어두 좋아는 안 할 건데요. 하하하."

요새 흔한 주사며 갖은 화장품 덕으로 어제 침침한 방 속에서 보던 것보다는 한결 딴사람같이 살결이 곱고 젊어 보였다.

"그까짓 객설 말아요 이 노신랑 오늘은 안 놓쳐 보낼걸. 인제 결혼식

올린다지? 한참 좋은 판이로군."

봉순이는 연달아 놀려 주었다. 사실 샘도 났다.

"아니, 누님은 몇 번이나 시집을 갔었는데, 인제야 겨우 스물다섯 해만에 한 번 장가가는 걸 샘이 나서 그러슈?"

"아 이 냥반 말수 늘었다. 누님이라구? 그래 그게 신사가 숙녀 앞에서 할 말이에요?"

봉순이와 진호는 이러한 실없는 소리를 할 사이는 아니지마는 나이틀리는 데다가 봉순이 편이 농을 터서 만나면 그저 이런 실없는 수작으로 지냈다. 나이 아깝지, 진호 같은 앞길이 창창한 젊은 애에게 끼룩거리고 영숙이를 샘을 내고 하다니……그야 진호를 갓 만나던 첫서슬에는 영숙이를 제쳐 놓고 몸이 달아서 법석을 하던 한때도 있었다. 그때도 봉순이는 엉거주춤하고 '낙양'의 마담인지 이 집 주인 박인환의 제몇호(第幾號)인지 알 수 없는 존재이었었지마는, 이 사람들이 이렇게 만날 인연을 맺어 준 것은 봉순이 집의 방 한 간이었다. 부산서 알몸뚱이로 올라온 영숙이 모녀가 어린 것을 업고 갈팡질팡하는 판에, 한 동리에서 사는 진호 부친의 소개로 나타난 것이 봉순이었다. 방세 안 받는 대신에, 제 밥 먹고 모녀더러 시중들라는 조건이었다. 보통 식모살이와는 달랐다. 주인댁이 도리어 쌀만 팔아대고 붙어먹자고 하니 시중들고 반찬값 대고 하는 것으로 따져 보면 보통 방 세전의 곱은 드는 셈이지마는 환도 초에 셋방이 불티가 나는 판이니 그나마 감지덕지였었다. 진호만 해도 모르지두 않은 터에 우연히 동행이 되어서 끌어다 놓기는 놓았으나, 밥을 굶을 지경인 딱한 사정을 모른 척할 수 없어서 한

동안은 쌀말이나 팔 돈을 틈틈이 대기에 힘이 들었었다. 그러자니 진호
는 한동안 봉순이의 반찬값까지 은사죽음으로 부담하였던 셈이지마는,
(천착한 이야기 같으나) 그 반찬값은 봉순이에게서 단단히 뺏어 냈던 것
이다.

영숙이 모녀의 뒤를 보아 주러 자주 드나드는 동안에 어쩐둥 해서
봉순이는 도리어 진호와 영숙이의 사이를 감시하는 눈치며 가로채려고
기를 쓰기 시작했던 것이다. 반찬값을 아끼느라고 그 가엾은 모녀의 입
에 들어가는 김치쪽이나 된장국물을 닦음질을 하여 먹던 봉순이가 진
호만 턱 만나면 점심이요, 저녁이요, 하고 끌고 다니며 사 먹이고는 영
화관이요, 댄스홀요, 하고 끌고 다니던 것이었다. 지금도 그 버릇이 남
아서 봉순이는 오늘 저녁은 어디로 끌고 가서 저녁이나 사 먹여야지
하는 궁리를 하는 것이다. 어쨌든 진호가 보통 젊은 애처럼 이런 경우
에 엄벙뗑하거나 얼렁얼렁하는 위인 같았으면 그 솜씨에 넘어가고 말
았을 것이나 거기에 가서는 숫보기였고 영숙이에 대한 솔직한 일념으
로 그 고비는 고스란히 넘겨 버렸던 것이다. 돈에 안달인 봉순이로서는
단물 다 빨아 먹고 혹 불어 버린다고 할지 모르지마는, 빨아 먹었으면
얼마나 빨아 먹었을꼬! 결국 반찬값 대어 준 것 찾아낸 셈이지 하고 진
호는 코웃음을 치는 것이었다. 그까짓 것은 다 소소한 이야기지마는,
봉순이가 그렇게 쉽사리 인환이와 떨어져서 '낙양'에서 나와 버린 것도,
진호에게서 영숙이를 떼어 놓자는 마지막 수단이었었다는 것을 보아도
봉순이가 끝까지 얼마나 못 잊어 했던가를 알 수 있다. 그것은 인환이
가 봉순이에게 싫증이 나는 판인데 봉순이 집에 왔다가 영숙이를 보고

첫눈에 들어서 영업 터로 데려가겠다고 졸라서도 그랬지마는, 인환이와 손을 끊으면 '낙양'의 마담 자리를 붙들고 있을 수도 없고 찜증이 나는 판이니 이래저래 선선히 내놓고 물러났던 것이다. 그나마 영숙이도 인환이가 눈에 안 차고 인간적으로 싫어서 그랬던지 인환이의 첩으로 끌어가는 것이나 아닌가 해서 도리질을 하고, 그런 번잡한 영업 터에는 나가기가 싫고 자신이 없다고 한참 쭐기다가 결국에 모녀가 들어가서 모친은 주방을 차지하고 영숙이는 '레지'에 들어앉으니 그런대로 자리가 잡혔고, 차차 일에 재미도 났었다. 그러나 그러는 동안에 봉순이는 게도 구럭도 잃은 셈으로 한동안은 어디로 바삐 도는지 자취도 뜸해지고 말았던 것이었다. 그러는 동안 진호는 물론 영숙이가 '낙양'에 나가는 것을 반대하였다. 장래에 살림을 하고 점잖은 부인으로 체모를 차리고 살게 될 때를 생각하면 뭇 남자의 눈길에 거슬리는 그런 자리에 내앉히기가 싫은 것도 하나요, 그보다도 인환이란 천속한 젊은 애에게 내맡겨 두기가 안심이 안 되었던 것이다. 학교를 졸업하고 부산의 방직회사에 취직이 될 때까지는 부친의 피복 공장에서 한몫 단단히 일을 보고 매삭 명목을 지어서 받는 것이 있기 때문에 그럭저럭하면 영숙이 세 식구는 먹여 살릴 수 있다는 자신도 있었고 해서 진호의 재산인 카메라를 팔아서 방을 정해 주어 들어앉히려고 한 일도 있고 여러 가지 애를 썼지마는, 취직이 되니까 최후수단으로 뚝 떼 내어 뀌어 차고 부산으로 내려갔던 것이었다.

"자, 그러니 난 언제나 면사포를 써 볼려누?"

봉순이는 손에 든 담배 *끄트머리*를 재떨이에 툭 던지며 새새 웃는다.

"그건 뭘 다 해 본 찌꺼기를 다 늦게 누구를 웃기느라구! 허허허."

"으응! 남만 없이 여겨서! 이렇게 말하면 악담 같지만 몇 해든지 기다릴걸! 진호 씨가 또 한 번 사모(紗帽)를 쓰게 될 때까지!"

봉순이는 웃어 안 보며 샐쭉한 눈으로 흘겨본다.

"허허허. 내가 무슨 죄를 졌기에 이런 호된 매질을 할꾸? 허허허. 누님 고정하슈. 암만해두 도셨구려? 어디가 돌지 않구 맥혀서 그런지?"

진호가 하두 어이가 없어 연해 껄껄대려니까 어느 틈에 영숙이가 옆에 와서 웃으며 알아들은 체를 한다. 이때껏 한 이야기를 어디서 듣지나 않았나 싶었다.

"자, 난 가요 이따 또 봬요."

봉순이는 머쓱한 웃음을 띠우며 자리를 비켜 일어섰다. 예전에는 식모의 딸로서 굽실굽실 시중을 들던 젊은 애이었거니 하는 생각을 하면, 인제는 어쩐지 모르게 그 앞에서 머리가 저절로 숙어지고 꿈쩍꿈적해지는 것이 불쾌도 하나 어찌하는 수 없었다.

'늙는 게 죄야. ……아니 젊은 걸 밀치구 앞장을 서려니까 그렇기두 한 거지.'

봉순이도 저편 손님 자리로 옮겨 가 앉으면서, 그깟 년 앞에서 왜 쭈뼛거려지는지 자기의 약해진 마음을 돌려 생각하며 혼자 속으로 변명을 하는 것이었다.

시기와 모욕

"그래, 언제 떠나시겠어요?"

"글쎄 모레쯤 떠나야 하겠는데."

"댁에선 뭐라 하세요?"

영숙이는 다소 긴장해진 낯빛으로 남자를 말끔히 치어다보며 대답을 기다린다.

"뭐래시긴 뭘 뭐래서. 인젠 딱 귀정난 일인데!"

진호는 딱 버티는 수작으로 대거리를 하면서도 마음에 없는 거짓말을 하는 것이 불쾌하기도 하였다.

"어머니께선 뭐래세요?"

제일 난관이 거기에 있는 줄 알기 때문이었다.

"아, 무슨 염려야! 아버님께서 오케이 하셨는데."

하고 진호는 껄껄 웃으면서도 마음이 좀 어두워졌다. 이때까지 아무 흉 허물 없이 툭 터놓고 실없는 농담 속에 진담이 저절로 배어 있는 봉순이와의 수작과는 저절로 달라진 것이 어떻게 피차의 사이를 멀어지게 한 것 같기도 하고 거북살스러운 생각이 들게 하는 것 같았다.

"웬, 어머니께서 금시루 찬성을 하셨겠어요?"

"찬성 안 하신다면 별수 있어야지."

하고 진호는 코웃음을 쳤다. 이렇게 모친까지 찬성이라는 것을 거짓말로라도 해야 영숙이의 마음이 편할 것이요, 인제는 다시 딴소리가 아니 나오겠기 때문이다. 딴소리란 별것이 아니다.

"어머니께서까지 그렇게 싫어하시면 날더러 어떻게 들어가 살라는 거예요?"

하고 싫은 것도 아니건마는 시집 들어가서 처지가 딱할까 보아 겁을 내는 것이었다.

"차라리 어머니께서 아주 가로막구 나서신댔으면!"

"그건 또 무슨 객설을 뇌구 앉았어? 남 위해 사는 세상인가! 그야 시어머니 시아버지부터 마음 편하시도록 안심하시게 해드려야 할 것은 물론이지만, 당신 말은 시부모를 위해서라는 것보다도 당신이 그 틈바구니에 끼어서 어떻게 살겠느냐는 걱정 아뇨? ……그것도 좋아. 그런 걱정 안 할 수 없는 거지. 하지만 좀 더 깊이, 우리의 사랑을 어떻게 완성시키겠는가? 우리의 생활을 어떻게 건설하겠는가? 하는 근본문제를 잊어버리고 딴 문제부터 생각하는 건 찬성할 수 없는데!"

진호는 자기 말이 어려운 이론으로 들어가는 것 같아서 말을 뚝 끊어 버렸으나, 봉순이의 순정적으로 그저 머리를 틀어박고 이면경계 없이 덤비는 그 애틋한 맛이 귀찮으면서 귀염성스러운데 비하여 영숙이는 너무 앞뒤를 재고 따지는 것에 찜증도 나는 것이었다.

"그렇게 말씀하면 그렇기도 하지만 내 처지가 되서 생각을 해 보세요. 내 처지란 게 이만저만해야 말이죠."

영숙이의 애원하는 듯한 이 말에는 진호도 고개를 끄덕끄덕하는 기색이었다.

"하지만 아버지께서 그만치나 마음을 돌리신 것을 누구보다도 좋아서 깡충깡충 뛸 지경일 텐데, 어째 실미지근한 눈치가 나 보기엔 좀 섭섭두 하더란 말요."

진호는 속에 먹은 말을 하고야 말았다. 그럴 리는 없으리라는 생각이면서도 생활이 올곧지가 못하였느니만큼 마음이 변해서 틀에 박힌 참다운 생활이 귀치않아서 그러는 거나 아닌가 하는 의심이 드는 것이었다.

"밤낮 해야 그 말이 그 말이죠. 어떻게 나만 좋다구 날뛰겠어요 나땜에 억지 춘향으로 엉구어 놓고는 혼자 애를 쓰실까 봐, 어째 그게 걱정이 안 돼요 그러니 좋구도 걱정이 왜 안 되겠어요"

진호는 그도 그러려니 싶어 다시는 입을 벌리지 않고 먹먹히 앉았으려니까, 뒤에서 어깨를 탁 치며

"아, 이거 오랜만이구려."

하고 옆자리에 덜컥 앉는다. 주인 박인환이다.

"그래 부산 재미가 어때?"

진호는, 이놈 언제 제 놈하구 농을 텄다구 반말지거리야? 하는 불쾌한 생각도 없지 않았으나,

"부산도 피난 갔을 때가 한철이지, 인젠 살맛 없어."

하고 웃어 보였다.

"헌데, 나 이렇게 앉아있어도 상관없나? 요새 세상은 중이 제 머리 깎는 시절이라, 이렇게 신랑 신부가 모여 앉아 구수상의(鳩首相議)를 하시는 걸 보니, 아마 날짜가 얄팍얄팍진 것 같구먼요 피로연은 내가 맡지. 이 집을 '가시끼리'루 제공하면 그리 협착할 건 없겠지?"

"하하하……"

진호는 그저 웃고만 말았다.

"하여간 이판에 나두 한몫 봐야지! 박리다매로 서비스 만점은 장담할 수 있으니까. 허허허. 아니, 설마 내가 뉘 돈을 못 떼먹어서 우리 집 마담 결혼식에 떼어먹을까! 하하하."

하고 인환이도 무슨 흥에 겨워선지 연해 너털웃음을 터뜨려 놓는다.

"그러지 말구, 중경 마담의 결혼식에 한턱 내보구려."

"그럴 생각두 없진 않지만 그래서야 두 분 체면에 안됐지 않았나, 하하하."

여기까지는 좋았으나 이야기가 좀 길어져서

"아니, 예식은 해 뭘 해. 예식장이나 우리네 돈벌이를 시켜 주어서 고맙긴 하지만 정작 예식은 다 치르지 않았나! 눈 가리구 아웅이지, 속임수란 돈 벌자는 노릇인데 돈 들여가며 사기꾼 노릇할 거야 뭐 있나! 허허허."

하며 인환이가 껄껄대니까, 영숙이의 낯빛이 살짝 변해지며 마주 앉은 진호의 기색을 넌지시 건너다보았다. 진호도 입을 꽉 다물고 앉아서 금시로 얼굴이 푸르락붉으락 한다.

"아니, 실없는 말이지 고맙게 들을 건 없어. 내야 뭐 반대니 찬성이니 있을 리가 있나! 아이 없구 면사포 쓴 신부님을 배관만 하는 것도 일대의 영광인데! 하하하."

놀려 주려고 아주 판을 차리고 덤비는 듯이 인환이는 이죽이죽 혼자 흥에 겨워 한다. 흥에 겨운 것이 아니라 공연히 심통이 나서 비비 꼬아서 나오는 화풀이기도 하였다.

"아니, 이 자식이 눈에 뵈는 게 없나? 헐 말이 따로 있구 들을 말이 따로 있지. 말이라면 다 하는 거야?"

이때껏 꾹 참고 있던 진호는, 옆의 손님들이 들을 것이 창피스러워서 소리를 크게 내지 못하였으나 눈을 무섭게 부릅뜨고 흘겨보았다.

"아, 친구 간에 농담 좀 하기가 예사지. 그렇게 쉴 건 뭐 있나! 허허허."

인환이는 점점 더 골을 올리려는 듯이 추근추근히 웃음으로 막아낸다.

"이 자식! 내가 네 친구라구 누가 그러던?"

진호는 한층 더 날카로운 목소리를 죽여 가며 꾸짖었다. 자연 목소리가 곱지 않으니 모두들 힐끔힐끔 돌려 보았다. 두어 테이블 떨어져서 혼자 온 중년신사와 마주 앉아 대객을 하고 있던 봉순이는 어느 틈에 달려와서

"왜 그래?"

하고 살살 눈치를 둘러보았다. 두 남녀의 기세가 심상치 않아 보였다.

"괜히 객쩍게 드나들며 왜 이러는 거야. 어서 가요."

내용을 아는 사람은 알겠지마는, 다른 손님 앞에서는 인환이가 이 집 주인이라는 것을 알리고 싶지 않으니, 봉순이는 동리의 말썽꾼이나 몰아내듯이 나무랬다.

"아무것두 아냐. 이 사람 인제 총각을 면하구 어른이 됐대서 버르장머리가 좀 사나워진 거지. 뭐 그럴 거 없어."

인환이는 벌떡 일어서며 진호의 어깨를 툭툭 치고 뚜벅뚜벅 나가 버린다. 쌈패의 두목까지는 몰라도 동리의 '어깨'는 단단히 되는 위인이요, 그런 풍신이기도 하였다. 그런 점으로 진호는 인환이를 저만치 내려다보면서도 한수 눌리는 것 같아서, 가까이할 기회도 필요 없지마는 만나는 것이 질색이었다.

"뭐 땜에 그랬어요?"

봉순이는 인환이가 앉았던 자리에 앉으며 좌우를 번갈아 보며 기색을 살폈다. 진호는 여전히 뾰로통해서 대꾸도 않고 곧 일어서려 하였으나, 영숙이와 이야기가 끝이 안 났으니 멈칫멈칫하였다.

"나 잠깐 들어갔다 나와요."

영숙이가 일어났다. 봉순이와 이야기하게 자리를 피해 주자는 것이 아니라, 인환이한테 그따위 욕을 노골적으로 먹은 것이 분해서 바르르 끓어오르는 감정을 눅이려 뒤에 있는 어머니 방으로 가는 것이었다.

"젊은 남편의 응석만 받아 주지 말고 버르장머리 좀 잘 가르쳐 놔요."

언제까지 뾰로통해서 노려만 보고 앉았기가 거북하니 진호는 저절로 입을 열었다.

"□□□□□□□□□□□□□□□□보다. 호호호."

하고 봉순이는 남자의 신기를 풀어주려고 인환이의 험담을 꺼낸다.

"인젠 그만하면 지쳐 자빠질 때도 됐으련만 그래두 찔깃찔깃하게 아가리를 놀리구 다니니 딱하지."

"그 자식이 무어기에 지치구 말구가 있구, 아랑곳이 뭐란 말야."

진호의 분기는 아직도 풀리지 않았다.

"그저 내가 너무 어 하구 길러내서 그 꼴이니 내 낯을 봐서 참으세요."

봉순이는 실없는 소리로 달래었다.

"그 자식, 이따 몇 시면 와요?"

"대중없죠. 왜? ……"

봉순이는 약간 겁을 집어먹은 기색이었다.

"일곱 시에 올 테니 만나자구 해요 그런 놈은 버르장머리를 가르쳐 놔야지."

아주 단단히 노한 기세다.

"그러세요. 하지만 만나시더라두 순순히 말로만 타이르세요."

진호도 혈기가 있는 청년이요, 건장한 체격에 팔심깨나 씀직하니 일이 점점 벌어지지 않을까 하는 겁도 났으나, 한편으로는 일곱 시에 진호가 또 온다는 것이 봉순이에게는 반갑게도 들렸다.

"입은 마구 뚫은 창구멍 같지만 뒤는 없는 묽은 위인예요. 괜히 응원대나 풀어 가지구 습격을 오셨다간 큰일인데! 호호호."

탈선

　손님이 거의 다 비고, 저편 구석에 젊은 애들이 두어 축 채를 잡고 수군거리는 이편에서 봉순이가 뒷짐을 지고 흐릿한 불 밑을 오락가락 하다가 문이 풀썩 열리는 소리에 돌아다보니 진호다. 봉순이는 반사적으로 팔뚝의 시계로 눈이 갔다. 일곱 시 정각이다.

　"어쩌면! 꼭야. 기특하구먼! 시간을 잘 지켜 줘서 호호호"

　마치 애인끼리 약속이나 한 시간을 잘 지켜 주어서 고맙다는 말눈치다.

　"왔수?"

　진호는 기운을 돋우느라고 일부러 어디서 한 잔 했는지 벌건 얼굴로 아까의 흥분이 그저 식지 않은 기세였다.

　"응. 잠깐 앉아있어요"

　봉순이는 쪼르를 안으로 들어가더니 앉고 어쩌고 할 새 없이 핸드백을 들고 나온다.

"이거 왜 이래요? 난 인환이 만나러 왔지 당신 데리러 온 건 아냐. 그 자식 안 왔으면 예서 기다리지."

하고 의자를 끌어당기며 앉으려는 진호를 봉순이는 가로막으며 선뜻 팔죽지를 껴안았다.

"저기서 만나기루 했으니 나만 따라와요. 일대 격투라두 하려면 요 좁은 데서 되나, 널직한 데루 가야지."

하며 봉순이는 생글 웃었다.

"어디야 어디?"

진호도 하는 수 없이 팔죽지를 껴 돌린 채 끌려 나갔다.

"그거 뭐 그렇게 분할 건 뭐 있누. 그따위 인간을 상대루 말을 가려서 따질 것두 없구……"

컴컴한 거리에 나서서도 봉순이는 남자의 팔을 놓지 않고 매달려 가면서 살살 달래는 소리를 하였다. 남자와 팔깍지를 끼어본 지도 오래지마는, 진호와 이렇게 끼고 걸어 보기란 난생 처음이다. 따뜻한 체온이 전신에 배어 오르면서 근실근실한 것이 기분을 확 풀어 주는 듯싶었다.

"안 돼! 그 자식 맛을 좀 봬 주어야지. 무식한 놈이 기운깨나 쓴다구 안하에 무인으루……"

한잔한 김이라 진호는 아까보다도 씨근벌떡하였다.

"맘대루들 해요. 왼종일 그 구석에 틀어백혔다가 풀려나오니 어쨌든 시원해 좋다!"

봉순이는 서늘한 저녁바람에 몸이 가뿐해지는 것 같고, 남자의 몸에 그대로 지다위라도 하고 싶은 감미한 충동을 느끼는 것이었다.

"그래 어디서 만나기루 했우?"

"잠자쿠 나만 따라와요 내 말대루만 하면 좋은 일은 있을지언정, 낭패는 없을 거니까! 호호호!"

웬일인지 봉순이의 신기가 너무 좋아서 수상쩍기도 하다.

"여기야?"

"그저 암말 말구 들어가요"

봉순이는 진호를 떠다밀듯 하며 어느 집인지 큼직한 현관으로 들어섰다. 뱀장어 요리로 유명한 수궁(水宮)이라는 일류 요릿집이다.

'그 자식이 여기엘 와서 기다릴 리는 없을 거요……술잔이나 내구 사과를 하겠다는 건가?'

하며 따라 들어가 보니, 뒤채에 조고마한 방 안에는 식탁을 새에 두고 방석 두 개만 기다리고 있었다.

"웬일야? ……"

"뭬 웬일야? 아 쌈을 하자면 첫째 병량(兵糧)이 있어야지 배 곯구 쌈 하나! 호호호 어서 앉으세요."

봉순이는 진호의 저고리를 벗겨서 걸고 손을 끌어 앉히며 그 옆에 퍼더버리고 주저앉았다.

"아니, 어떻게 된 셈요?"

"어떻게 된 셈은 알아서 무얼 해요 가다가는 내 술 한 잔 잡쉬 봐두 좋지 않아요 이 집 뱀장어 요리두 헐만하지만 술맛이 일품이거던……아, 비가 오려나 날이 좀 덥다."

하며, 봉순이는 블라우스 위에 걸친 설핏한 회색 양복저고리를 벗어서

걸고, 다시 와서 앉는 길에 진호의 무릎을 탁 치며

"이 총각! 총각 소리를 듣는 것두 며칠 남지 않지 않았어! 오늘은 '총각' 전송연이라구."

하고 깔깔 웃는다.

"허허허……. 나중엔 별소리를 다 듣겠구먼!"

그예, 이 여자에게 끌려들었나 보다 하는 짐작은 들었지마는, 그 순간 진호의 머릿속에는 영숙이의 얼굴이 스쳐 갔다. 영숙이에게 미안한 생각도 드나, 이렇게까지 끌어낸 봉순이가 밉지는 않았다. 봉순이의 유난히 흰 살빛은 새삼스레 처음 보는 것이 아니지마는, 전등불에 비추인 쪽 고른 매끈한 두 팔은 그 끝에서 곰실거리는 두 손의 표정과 함께 남자의 눈을 끌었다. 생채가 도는 얼굴도 금시로 훨씬 젊어진 것 같아서 원판이 고운 상이기도 하지마는, 어쩐지 영숙이보다 예뻐도 보이고 금시로 생기가 똑똑 듣는 듯싶었다.

"그런 왈패하구 악다구니나 하는 것보다는, 이런 노파하구라두 술 한잔 마시는 게 훨씬 몸 보양이 될껄."

술이 들어오니까 병을 들고 나서 봉순이는 웃었다.

"딴소리나 하구 못살게 굴지나 않으면 모르지만! 허허허."

진호는 이제는 인환이 조건은 단념한 듯이 기분이 좋아졌다.

"뭐? 독 안에 든 쥐야. 주머니에 든 칼이지, 뭐 어쨌다는 앙탈야. 호호호 아직은 임자 없는 총각인데, 설마 요새 흔한 쌍벌죄(雙罰罪)엔 걸리지 않겠지. 호호호."

"하하하. 매우 조심성은 단단하구먼."

어쩌다가 이렇게 실없어졌는지는 모르지마는, 아직도 주기가 남은 진호는 곧잘 실없은 대꾸를 하며 신기가 좋게 껄껄대었다.

"술맛이 어때? ……."

"할 만하구먼. 실상은 난 술맛을 잘 모르지만……."

"어디 코를 끌도록 먹어 보자구. 오늘은 이 서방 내 독차지야. 나 하라는 대루 해야지. 여간해서 놔줄 줄 아남!"

봉순이는 벌써 혀 꼬부라진 소리를 내며 큰소리를 친다.

"이건 위협야? 감금야? 총각의 마지막 날을 이 노마님 앞에서 이렇게 보내기는 아까운걸. 허허허."

"입찬소리 말아요. 서른 마흔이 눈깜짝할 새야……. 그건 고사하구 내가 네다섯만 젊었어두 이놈의 총각을 요렇게 꼭 끼구 놓치진 않는걸."

하며 옆에서 떨어질 줄을 모르던 봉순이는 술잔이 들어가더니 해방이 났는지 두 팔로 남자의 몸을 끌어안으며 닥치는 대로 입을 들이대인다. 여자의 확확 다는 듯한 입김에 휩쓸린 진호도 전후불각하고 뺨을 비비대며 여자의 입술을 찾기에 분주하였다.

"요놈의 총각, 사람을 녹이네!"

봉순이는 얼마 만에 남자에게서 고개를 들며 가쁜 숨으로 한마디 속삭이며 떨어지려다가 또다시 남자를 얼싸안고 몸을 실렸다. 밖에서 발자취가 나는 사품에 비로소 떨어져 앉으며 새로 술을 치려니까, 방문이 활짝 열리며 음식을 날라 들인다. 우둑우둑 빗방울 듣는 소리에 봉순이는 반색을 하며

"비가 오우?"

하고 시중꾼에게 물었다.

"네."

"한바탕 쏟아져라. 우리 밤 새구 먹구 가두 좋겠지?"

"그건 모릅니다. 여긴 여관업 허가는 나지 않은 모양이니까요"

하고 시중꾼은 음식을 나르며 생긋 웃어 보였다.

"아, 술 취한다. 어디 당신이나 내나 이렇게 술에 약해 가지구 밤새 가며 술 먹겠우?"

"뭐 내가 벌써 취한 줄 알구? 난 당신한테 취해서 이 지경야."

하며 봉순이는 시중꾼이 방문을 닫기가 무섭게 또 남자에게로 몸을 실려 온다. 진호를 안 지 일 년이 가깝도록 손길 한 번 만져 보지 못하고 공상으로만 그려 보던 일이 이렇게 쉽사리 어울릴 줄은 몰랐다는 듯이, 봉순이는 신기하여서 떨어질 줄을 몰라 하는 것이었다. 밤은 들어가고 빗소리는 점점 세차 갔다. 그래도 식기 전에 밥은 먹어야 한다고 봉순이는 진호에게 떠 넣듯이 하여 달래가며 밥을 먹이었다.

"암, 배 곯구 싸움이 되나. 먹어야지. 헌데 지금쯤 그 자식 들어왔겠지. 밥 먹구 우리 가 보자구."

진호는 그래도 여전히 인환이 논래를 꺼냈다.

"그래 가 보십시다. 어서 천천히 잡술 거나 잡수세요"

밥을 먹어 가며 목이 메인다고 이번에는 시원한 맥주를 들여다가 목을 축였다. 혼돈주를 해서 술에 약한 진호에게 어떨까 하는 염려도 없지 않았으나 되레 좀 취하는 편이 데리고 가기에 해롭지 않겠다는 생각도 봉순이는 하는 것이었다.

초가을 비는 시작하기가 무섭게 주룩주룩 쏟아졌다. 단둘이 마주 대한 식탁이건마는 술은 거나하니 취해 가고 정말 오늘밤은 이대로 마냥 새일 것같이 취흥이 도도하여졌다.

그래도 식사가 끝날 무렵을 살펴서, 봉순이는 넌지시 택시 한 대를 부르라고 지휘하였다. 그러나 우중이라 그 택시가 오기에는 여간 거레를 한 것이 아니었다.

"아니, 난 어쩌라는 거야? 나부터 데려다 줘야지."

택시에 오르면서도 진호는 한바탕 승강이를 하였으나, 후딱 안암동 봉순이 집으로 차는 대었다.

"응? 예가 어디야? 운전수, 난 서대문 밖으로 가는 거야. 잔소리 말어."

술이 곤죽이 된 것 같기도 하고 취한 체하는 것 같기도 하나, 진호는 한사코 내리려 들지 않고 또 실랑이를 하였다.

"잔소리나 마나, 금시루 뚜우 붑니다. 가다가 걸릴 걸 어떻게 지금 새문밖까지 가자시는 거예요. 어서 내리세요."

밖에서는 여전히 빗발이 세차니 봉순이도 내리지를 못하고

"어차피 이렇게 됐으니, 소리 없이 내립시다요. 아닌 밤중에 동리가 창피해 어떻게."
하며 빌었다.

"아니, 운전수 그것두 시계라구 가지구 다녀. 지금이 몇 신데!"
하고 진호는 큰소리를 치며 팔뚝의 시계를 들여다보다가 열두 시에 들

어가는 것을 분명히 보자

"얘, 가만 있거라. 이 시계두 뉘 청을 들었더란 말이냐. 벌써 이렇게 됐을 리가 있나."

하고 허허거리며 헛웃음을 치는 것이었다.

"그래요, 그래. 그 시계두 다 알아차리구 내 청을 듣구서 그런 거야. 호호호. 조금만 있으면 날이 번할 텐데 죽자구나 하구 잠깐 들어가서 동틀 때만 기다립시다요 자, 착하지! 내 말 좀 들으라구. 저 운전수두 어서 가야 하지 않나."

하고 봉순이는 썩썩 빌며 달래었다.

"허! 되다 되다 못 해서 이제는 이 마나님 댁에 발칫잠이나 잘 신세가 됐더란 말이지."

진호는 찡얼찡얼하며 먼저 나선 봉순이가 부축을 하는 대로 차에서 내렸다.

두어 발자국 떼어 놓으면 바로 봉순이가 사는 집 사랑채이었다. 봉순이는 부리나케 핸드백에서 열쇠를 꺼내어 밖으로 잠근 자물쇠를 열었다. 무슨 식구가 있을까, 식모를 두었을까, 안집을 거치지 않고 마음대로 드나드는 편리가, 작년에 영숙이가 살던 돈암동 집과 같았다.

"고단하실 텐데 어서 벗구 침대루 들어가 누우세요 발칫잠은 내가 잘께."

진호는 취중일망정 이렇게 끌려온 것이 열적어서 그러는 것인지 멀쩡한 듯하면서도 곤드레만드레 안락의자로 가서 쓰러 박히려는 것을 간신히 부축을 해서 웃통만 벗기고 침대로 끌어다 뉘었다. 이튿날이었다. 진호가 눈을 떠 보니 좁아터진 침대에 봉순이가 자는지 자는 체를 하고 있는지 옆에 반듯이 누워 있다. 진호는 벌떡 일어나 앉으며,

"아, 어저께 어떻게 됐어? 그게 뭐야. 먹을 줄 모르는 술을 잔뜩 먹여서 유인자제를 하여 끌어다 놓구……."

하고 혼자 중얼거렸다. 맑은 정신에 생각하니 무엇보다도 영숙이에게 대한 가책(苛責)이 앞을 서서 입맛이 썼으나, 어쩌는 도리가 없으니 아무쪼록은 그런 생각을 잊어버리려고 혼자 실없은 군소리도 해 보는 것이었다.

"아니, 내 양복은 어쨌어? 여보 쥔마님 내 양복이나 좀 찾아 줘요"

아직도 술이 덜 깬 음성이다.

"호호호……."

웃음을 참고 모른 척하던 봉순이는 해해거리면서 눈을 반짝 뜨고 남자에게로 달겨들며 허리를 껴안는다.

"아니, 물에 빠지는 걸 건져 주니까 보따리 찾아 내란다더니 하마터면 그 비에 길바닥에서 밤을 새웠을 걸 침대루 모셔다가 재워 놓니까, 한다는 소리가 뭐 어째? ……유인자제를 해다가 깝데기를 벗겼다구? 호호호……난 몰러요! 양복은 어떤 놈이 벗겼길래 홀라당 벗구서……호호호"

한참 신기가 좋은 봉순이는 누운 채 캑캑 막히듯이 웃음을 죽여 가면서 놀려대는 것이었다.

"어제 일진이 나빴던 거야. 전날 밤의 꿈자리가 사납더라니."

"뭐라구? 더할 소린 없어?"

이불 속으로 손을 넣어 앉았는 남자의 허벅다리를 꼬집어 주면서 봉순이는 웃었으나 남자의 뉘우치며 입맛이 써 하는 눈치가 속으로 좋을 것은 없었다.

"어서 양복이나 좀 찾아 줘요 늦기 전에 가 봐야지."

양복을 거기 어디 벗어 던졌을 텐데 눈에 아니 띈다.

"어서 더 자요 아무리 문안이 바빠두 비나 개야 나서지."

밖에서는 빗소리보다도 철철 넘치는 낙숫물 소리가 요란하다. 커다란 유리가 박힌 미닫이에는 하르를한 연옥색 커튼을 쳐서, 밖은 내다보이지 않고 흐린 날씨에 아늑한 품이 마냥 잠이나 잤으면 좋을 상 싶기도 하다.

"아, 구갈이 나는데 물 좀……."

하고 진호가 머리맡을 둘러보려니까

"아이, 이 도련님 왜 이리 보채시누?"

하며 봉순이는 혀를 차면서도 웃는 낯으로 일어나 밖으로 나가서 냉수를 한 고뿌 떠다가 주고는, 양복장으로 가서 아래 빼닫이를 열고 파자마 한 벌을 꺼내온다.

"자, 이거 입구 계세요 비는 저렇게 쏟아지는데 아침이나 자셔야 가지."

하고 봉순이는 머리맡의 담뱃갑을 들어서 한 개 붙이려다 말고 다시 일어나더니, 주전자에 물을 떠 들고 들어와서 전기화로를 내놓고 물을 끓인다.

"아이, 그거 신통히두 맞는구먼! 대중 치구 주문해 온 건데."

진호가 파자마를 후딱 입고 침대 아래로 나서는 것을 보고, 봉순이는 만족한 듯이 웃으며 위아래를 몇 번이나 훑어보았다.

"아니 날 입히려구 미리 사다 뒀던 건 아니겠지?"

진호도 자연 끌려서 벙긋하고 안락의자로 가서 앉으며, 우선 담배에 불을 붙이었다. 딴은 파자마는 아무도 꿰어 보지 않은 신건이었다. 고동색 줄이 죽죽 진 빛깔이 마음에 들거니와 언뜻 보기에도 미제(美製)이었다. 이 여자의 몸에 붙이는 것은 머리에서 발꿈치까지 모두 미제 아니면 안 쓰는 모양이지마는 이 남자의 파자마는 누구를 위해서 주문하여다가 두었더란 말인지? 이 집에 드나드는 남자가 몇이나 되는지는 몰라도, 박인환이가 오면 입힐 파자마는 또 한 벌쯤 저 양복장 속에 따로 있을 것이다. 그러나 신건으로 대중 치구 남자의 자리옷을 한 벌 장만하여 두었다니 그 남자는 어떤 남자인지 하여간 정성이 갸륵하다고 속으로 미소가 아니 나올 수 없었다.

"이것은 어떤 팔자 좋은 신랑이 입을 건데 내가 가루챘누?"

"흥! 그런 걱정 말아요. 물건두 임자를 알아보구 제 임자 찾아갔으니!"

봉순이는 끓는 주전자에 차를 한 줌 들어뜨리면서 한층 더 만족한 웃음을 생글하여 남자를 돌려다본다.

"허허, 시집가기 전에 애 기저귀 마련할 처녀로군!"
하고 진호는 껄껄 웃었다.

"난 진호 씨가 우리 집에 와서 내 앞에서 입는 걸 못 보면 혼인에 선물루나 보낼까 했었지."

봉순이는 태평으로 이런 소리를 하며 깔깔대었다.

"예끼!"

하고 진호는 실없이 핀잔을 주며 천생 창부(娼婦) 타입이라고 속으로 혀를 차면서도 이 여자가 그렇게까지 자기를 마음에 두고 있었거니 하는 생각을 하면 (영숙이에게 미안하니 의리가 안 되었거니 하는 생각은 한걸음 뒤로 물러서고) 어쨌든 좋지 않을 수 없었다.

"차 잡수세요"

다반에 김이 모락모락 나는 홍차를 두 잔 따라 놓고, 스카치위스키 병을 곁들여 놓아서 테이블 위에 갖다 놓았다. 말씨도 깍듯하니 신랑 신부의 소꿉놀이 하는 것 같다.

"아 난 싫어."

술병을 드는 것을 보고 진호는 손을 내저었으나

"아녜요. 해장을 해야 해요."

양주를 한 잔씩 따라 찻종에 부었다.

"몇 시야? 응, 벌써 여덟 시 넘었는데! 당신두 어서 나가 봐야 하지 않소?"

진호는 차를 마시며 팔뚝의 시계를 보고 뚱기었다.

"가긴 어딜 가요, 이 비에. 비가 안 오기루 무얼 찾아 먹으러 거길 기어갈구!"

하며 봉순이는 코웃음을 치다가,

"적어두 삼 일은 치러야지! 호호호…… 당신두 아무리 지척이지만 문안 갈 생각은 꿈에두 말아요."

나중 말은 슬며시 질투가 나서 깔끔하니 명령하듯 쏘아 준다. 아까부터 문안 문안 하는 것은 영숙이가 있는 데가 맞은 동리거니 하는 짐작이 있어서 하는 말이었다.

"딴소리! 아무리 비가 오기루 볼일 안 보구 들어엎데서 무얼 하드람."

"으응, 내 놀 줄 아는감! 아 참. 이따 비 개이건 우리 구경 가자구…… 개봉했는진 모르지만 '황태자의 첫사랑' 이름이 좋지? 최봉순이의 첫사랑만은 못할지 몰라두. 하하하…… '시네마스코프'야."

마주 앉아서 조잘대는 봉순이의 말이 진호에게는 귓가로 들렸다. 뜨거운 차에 주기가 섞여 들어가서 뱃속까지 찌르를 하며 확 풀리는 것도 좋거니와 봉순이의 말소리가 차차 멀어 가면서 정신이 몽롱해지고 사죽이 축 늘어지는 것같이 노곤한 것도 감미한 기분이었다.

"그거 마약야. 또 취해 오는데. 아 나른해."

진호는 다시 눕고 싶어서 침대로 가서 쓰러졌다.

"아, 순둥이 한잠 자라구. 한데 시장하진 않어요? 아침은 뭘 먹을꾸?"

봉순이는 침대로 따라와서 남자를 이불 속에 넣어 주며 다시 말버릇이 사납게 어린애 어르듯이 얼러대었다.

"뭐 이따 나가다가 아무거나 사 먹으면 그만이지."

"온 천만에! 귀한 손님을. 우리 최 씨 문중엔 백년손인데 그럴 수가 있나! 호호호……우리 청요리나 시켜다 먹을까? ……"

"아무려나. 차차 세수나 하구 나가자구. 내 한턱낼께. 어젠 용이 과했을걸?"

"별소리를! 돈은 벌어서 무엇에 쓰자구. 관속에 넣어 가지구 가나!"

사실 저 혼자 먹는 것은 외지쪽에 된장 하나로 한여름을 나도 이런 데에 쓰는 것은 아까운 줄을 모르는 봉순이었다.

"주무세요? 나 잠깐 다녀올께……."

옆에서 자는 줄 알았더니 봉순이는 어느 틈에 세수를 하고 나갈 차비를 차리고 침대 옆에 섰다.

"몇 시야? 비는 갰어?"

"좀 뜸해요."

시계를 보니 어느덧 열 시 들어간다. 진호는 이제는 결단하고 벌떡 일어났다. 비에 막혔다는 것이 핑계는 되지마는 아까보다도 술이 깨고 나니

'어쩌다가 이 지경이 되었누? ……'

큰 죄나 짓고 아주 타락을 한 것 같아서 몸까지 근질근질하고 더러워진 것처럼 신산한 기분이었다. 마음이 무거웠다.

"괜히, 나 나간 동안에 홱 가 버리면 안돼요"

봉순이는 그래도 미심쩍어서 따졌다.

"헝! 도망꾼을 붙들어다 났나!"

진호는 쓴웃음을 쳤다.

"양복장을 잠가 났으니까 가실래두 못 가요!"

봉순이는 놀리듯이 실없이 얼굴을 째긋해 보이고는 나가 버렸다.

진호는 부리나케 세수를 하러 나가는 길에 정말인가 하고 양복장을 열어 보니 잠겨 있다. 무심코 혼자 코웃음이 나왔다. 봉순이가 어떤 생각으로 그러누? 하는 생각도 드나 한편으로는 가엾기도 하였다. 이러니 저러니 해도 시켜 온 청요리로 아침식사가 재미있었다. 상을 물리고 나

니 빗발이 가늘어지던 날씨도 변하여졌다.

"어디 차차 나서 볼까. 첫사랑 하는 황태자의 얼굴두 좀 봐 두어야지."

진호를 살살 달래서 끌고 나가려 하였다. 끌고 나가는 것은 고사하고 양복을 내놓게 해야 하겠다.

"첫사랑 하는 황태자는 옷까지 뺏기구 감금은 당하지 않았겠지? 허허허."

"자, 옷은 내 드릴께, 나하구 약조를 해 줘야지."

"뭐?"

"내일 떠나신다면서?"

"그래……?"

"나 따라갈 테야. 나두 명색이 신혼여행이라구 한 번 해 봐야지! 응? ……."

"허허허……."

하고 진호가 웃으려니까

"웃어? 웃어? 어디 해 보자구. 말 같지 않단 말이지?"

하며 봉순이는 덤벼들어서 진호의 어깨를 꼬집는다.

"청요리 접시나 먹여 놨길래 망정이지 이거 어디 당해 낼 수가 있나!"

진호가 연방 웃으며, 두 손으로 덤벼드는 봉순이를 막아 내려는데, 밖에서 안으로 건 사랑문을 찌걱찌걱 흔드는 소리가 귓결에 들린다.

"누구예요?"

봉순이가 소리를 치며 나가더니 문간에서 숙설숙설하는 남자 목소리
가 난다. 진호는 대번에

'흠, 그놈이 왔구나!'

하며 찔끔하기도 하였으나

'뭘, 왔으면 왔지, 저 혼자 차지한 계집인가!'

하고 배짱을 부리는 생각이 났다. 그러나 창피한 노릇이다. 창피 정도
로 끝날지 조금은 애도 씌운다. 갈 테니 어서 먼저 가라고 달래는 눈치
가 문안에 들어서지를 못 하게 하려는 모양인데

"아니, 곧 같이 가 봐야 해."

하고 인환이는 대지르고 저벅저벅 들어와서 축대 위로 올라선다.

"이 선생님, 손님 오셨어요. 어젯밤에 그렇게 찾아다니시던 박 주사
나으리 행차하셨습니다."

하고 봉순이가 앞질러 툇마루로 올라서면서 전갈을 하고 깔깔 웃는다.
들키지 않고 쫓아 보내려다가 이렇게 되고 보니 어젯밤에 진호가 취중
에 인환이를 찾아서 왔다가 비에 막혀서 못 가고 만 것이라고 변명이
되던 말던 그렇게나 내세우자는 생각으로 대수롭지 않은 듯이 웃음엣
소리로 얼레발을 치는 것이었다.

"어! ……"

진호는 하는 수 없이 파자마 바람으로 미닫이를 열고 내다보며 알은
체를 하였다.

"그러지 않아두 어젯밤에 좀 만나려구 찾아 다녔지. 어서 올라와요"

진호는 막다른 골목이니 하는 수 없이 그렇겠지마는 자기가 생각해

도 나쁜 뱃심만 늘었다고 할만치 태도가 태연하고 의젓하였다.

"응, 알았어. 피로연 때문이겠지? 염려 말아요 내 도맡을 거니까. 허허허······이번 색시는 면사포 밑에 어린애가 달리지는 않을 거니 행결 가뜬하지 않은가 하하하······."

하고 인환이는 비꼬면서도 소탈하게 껄껄대다가

"자, 난 가네. 재밌게 노는데 폐가 돼서 미안하였네마는 나두 영업에 방해나 안 되게 제대루 출근이나 시켜 줘야지 않나! 봉순 아가씨두 봉순 아가씨지만······."

인환이는 이편에서 대거리를 할 새도 없이 연해 껄껄대며 풍우같이 나가 버렸지마는, 기실 진호는 입맛이 쓸 뿐이지 할 말도 없었다.

"그럼 내 곧 갈께요."

문간에서 봉순이의 인사하는 소리였다. 무슨 트집이나 걸어 가지고 왁자해질까 보아서 그것이 걱정이었는데 어쨌든 소리 없이 나가 버려 준 것이 두 남녀에게는 다행하였다.

"그러게 어서 출근을 하라니까, 황태자의 첫사랑인지, 신신여행인지를 찾구 늦장을 붙이더라니!"

하고 진호가 가볍게 나무라니까,

"뭐, 아무러면 어때! 그 놈팽이가 내게 무슨 아랑곳이 있길래. 내가 어쩌든 제가 무슨 총찰을 할라구!"

하며 봉순이는 큰소리를 쳤다. 봉순이로서는 큰소리를 칠 만도 한 자신이 있기도 한 것이었다. 인환이가 영숙이에게 첫눈에 홀깍해서 세상없어도 '낙양'으로 끌어들이려고 애를 부등부등 쓸 때부터 봉순이는 사실상 인환이와 연을 끊었던 것이요, 도리어 영숙이를 '낙양에 내놓게 하는데 무수히 조력을 하였던 것이다. 하여간에 영숙이를 고스란히 놓치고 만 오늘에 와서야 인환이 눈에 봉순쯤은 아무것도 아닌 것이다. 도리어 인환이는 지금 터덜터덜 나가며

'흥, 자식은! 제 아무리 똑똑한 체해두 그 올개미에 걸려들고 말았구나!'

하고 코웃음을 치는 것이다.

'……가만있자. 물계가 어떻게 돼가는 거라구? ……어쩌면 정세가 급전직하(急轉直下)루 일대 역전을 할지 모르지! 하여간 이런 일이란 없느니보다는 나은 거야!'

하고 인환이는 신랄할 웃음을 혼자 웃는 것이었다.

"이거 봐요. 나 목욕 잠깐만 다녀올께요"

인환이를 보내 놓고 인환이 흥 하기에 한참 노닥거리고 나더니, 봉순이는 목욕 제구를 들고 나섰다.

"그건 아무래두 좋지만 내 양복이나 꺼내 놓구 가요"

"그럼 나하구 목욕 같이 갈까?"

"온 별소리를!"

"그럼 좀 더 갇혀 있어요. 호호호."

봉순이는 새롱대며 그대로 나가 버렸다.

남자를 첫 서슬부터 너무 시달려 주면 도리어 찜증이 나서 하려니 하는 염려가 없지 않지마는, 그래도 홀홀히 떨어지기가 아깝고 싫은 것을 봉순이도 어찌하는 수 없었다.

기습(奇襲)

1

'무슨 목욕이 아주 껍질을 벗기구 오나? ……'

진호는 느른한 몸을 침대에서 뒤치락거리며 담배만 피우고 누웠다가 벌떡 일어났다.

팔뚝의 시계를 보니 봉순이가 나간 지가 벌써 한 시간은 실히 되었다. 자욱한 방 안의 담배연기를 빼려고 미닫이를 따 놓는 길에 하늘을 치어다보니 번하니 날이 들 것 같다.

진호는 무료도 하고 갑갑해서 뒷짐을 지고 좁은 방 안을 왔다 갔다 해 보았으나 머리에는 아무 생각도 떠오르지 않았다. 구름이 미어진 새로 부연 햇발이 비쳤다가는 스러지고 하듯이 영숙이의 하얀 얼굴이 머릿속에 갸웃하다가는 꺼져 버리곤 하였으나, 아무쪼록은 그 생각은 안 하기로 하였다. 진호는 난봉을 피워 본 경험은 없으나 난봉이 난 이튿날 아침처럼 따분하니 심란한 기분이었다.

'어떻든 어서 빠져나가야지.'

진호는 쇠가 채인 양복장을 무심히 바라보았다. 슬며시 감금을 당하고 이렇게 갇혀 있는 꼴이 우습기도 하고 이왕이면 비나 죽죽 쏟아졌으면 그 핑계 삼고 이대로 또 한참 푹 자고 싶기도 하였다.

그러나 훨훨 빠져나가서 영숙이의 곁으로 가서 영숙이의 말간 얼굴만 보면 이 찌꺼분하고 무거운 기분이 활짝 개이고 말끔히 가든해질 것 같기도 하다.

밖에서 쪽문이 바스스 열리는 소리에

'인제야 오나?'

하고 방긋이 따 놓은 방문께로 발을 돌리려니까 뒤미처

"예가 최봉순 씨 댁인가요?"

하는 숨이 막혀 나오는 듯한 소리가 가만히 들린다. 미닫이에 손을 대려던 진호는 반사적으로 찔끔하며 주춤하였다.

정녕 영숙이의 목소린 듯싶어서 또 한 번 들어 보려고 가만히 귀를 기울이고 있으려니까,

"봉순 씨 계세요?"

하고 문을 좀 더 밀치고 들여다보는 기척이다. 영숙이의 목소리다.

진호는 얼떨결에 눈만 커닿게 치켜뜨고 얼어붙은 듯이 멀거니 섰었으나 비겁하게 그러고만 있을 수가 없어서

"어? 지금 없는데요"

하며 미닫이를 활짝 열고 얼굴을 내밀다가

"난 누구라구! 허허허……여길 어떻게 왔우?"

하고 어설픈 웃음을 커닿게 웃으면서도 겸연쩍은 생각에 머쓱한 얼굴이 되었다.

"호호호……."

영숙이는 기가 차서 나오는 웃음이었으나 길 잃은 아이를 찾은 어머니가 반기듯이 정에서 우러나오는 웃음이기도 하였다.

"날더러 왜 왔느냐 말 마시구, 대관절 여긴 어쩌자구 오셨단 말유?"

입가에서 웃음이 스러진 영숙이는 새침하니 눈을 말뚱히 뜨고 툇마루 끝에 나선 파자마 바람인 남자를 뚫어지게 치어다보았다.

"어서 올러와요 뭐 모르는 집요 허허허."

진호는 또 열적은 웃음을 웃고만 섰다. 구태여 구구스러운 변명도 하기 싫었고 또 변명할 나위도 없었다.

"아는 데면 마구 오나요! 어서 나오세요"

'낙양'에서 뛰어나와서 택시로 치달아 올 때 분통이 터지는 것을 여기다가 쏟아 놓는다면 그대로 진호의 멱살이라도 붙들고 늘어질 것이지마는, 영숙이는 그래도 체면이 있고 고운 성미에 그저 어이가 없어서 혼잣속으로 꽁꽁 앓는 것이요, "이이가 어쩌다 이 지경이 되었나?" 하는 놀라운 생각에 분하기보다도 진호가 실성이나 한 것만 같아서 가엾은 생각이 앞을 서는 것이었다. 그것은 마치 길을 잃었던 자식을 찾아가지고 나무라기보다는 측은한 생각 귀여운 생각에 반가운 눈물부터 앞을 서는 것이나 다름없는 정리였다.

그러나 실성이라기보다도 '이렇게 타락할 사람이 아니었는데! 이렇게 무책임한 못 믿을 사람은 아니었는데!' 하는 생각에 분해 못 견디겠는 것이다.

"아니 나 여기 있는 줄을 어떻게 알구 왔우? 박인환이를 만난 게로군?"

진호는 옷을 뺏기고 갇혀 있다는 말이야 할 수 없으니 가자고 나설 수도 없고 딴전을 하는 것이었다. 아닌 게 아니라 조금 전에 날씨가 번하기에 어제 그만 그러구 헤어진 뒤에 어떻게 되었는지 궁금도 하고 오늘 떠나는지 내일 떠나는지 하여간 만나서 자세한 이야기를 하고 싶기도 하고 불현듯이 만나고 싶어서 '낙양'에를 가 보았더니, 인환이가 "흥!" 하고 코웃음을 치면서

"아마 꿈자리가 사납던 게로구려? 우중에 수고하슈. 하지만 길을 잘못 들었는데! 바루 그 앞의 봉순이 집에를 들러 보지!"
하며 한참 비양거리다가 영숙이가 몸이 달면서도 눈치껏 물어보니까

"어젯밤엔 게서 주무셨다우. 그 덕에 우리 집 일이 안 돼 큰일야."
하고 일러 주던 것이었다. 영숙이는 처음 같아서는 눈이 뒤집힐 것 같았다. 그러나 하여간 집을 배워 가지고 헐레벌떡 달려온 것이었다.

그러나 이렇게 와서 딱 만나니 안 올 데를 공연히 온 것 같고 그렇게 서두르지를 말고 좀 천천히 와서 길이 어긋나서 만나지를 못 하였더면 차라리 마음은 덜 상하고 진호의 체면도 서는 것을 잘못하였다는 가벼운 후회도 나는 것이었다.

"어떻든 가십시다. 무슨 망신살이 뻗쳐서 이게 무슨 꼴이람!"
영숙이는 마음이 차차 가라앉으니까 운상으로 달래었다.

"주인이나 들어와야 나가지. 집을 비워 놓구 어떻게 가나!"

하고 진호는 말을 끊다가

"하하하……망신살이 아니라 잠깐 횡액에 걸린 거지, 별거 없어요 비만 아니 왔더면 이렇겐 안 되는걸 공교히 비가 쏟아는지구 술이 깜빡해서……"

하며 슬며시 변명을 하는 것이었다. 이것은 자기 자신에 대한 변명이요 위안의 말이기도 하였다.

"횡액! 흥, 횡액엔 누가 걸렸게!"

영숙이는 비로소 꼬집는 소리로 코웃음을 치며

"딴소리 말아요. 정신 아직두 덜 나신 게로군? 이 집 지켜 주러 부산서 올라오신 게지! 어쩌자구 이래요"

하고 몰풍스럽게 대들었다.

"집은 안에 부탁하구 문 걸라면 그만이지. 어서 가세요 나, 그 여편네 다신 보기두 싫어!"

영숙이의 목소리가 좀 커지기도 하였지마는 별안간 뒤에서

"보기 싫은 사람 여기 들어갑니다. 미안하외다. 호호호."

하고 봉순이가 소리 없이 들어와서 곁에 서매

"아우 마침 잘 왔우. 비는 억수같이 쏟아지구 주정꾼이를 끌구 와서 그 주정에 잠 한잠 못 자구 어떻게 실랭이를 했는지! 어서 끌구 가요"

하고 깔깔깔 웃는 것이었다.

영숙이는 힐끗 치어다만 보고 말이 아니 나와서 잠자코 말았다. 봉순이는 한 손에는 목욕 제구를 들고 한 손에는 과일봉지인지 커단 봉지를 추켜들고 마루로 올라서며

"어떻든 올라갑시다. 좀 쉬었다 가야지."

하고 이때껏 얼렁뚱땅하는 실없은 말 티와는 딴판으로 지나는 인사로 신통치 않게 말을 붙이는 것이었다.

봉순이가 방으로 들어가니까 진호도 따라 들어가며 무어라고 수군수군하는 것을 봉순이는 코웃음을 치며 눈을 깜작깜작하였다. 남자는 양복을 내어달라고 조르는 것이요 여자는 코대답으로 안을 채우는 것이었으나 영숙이의 눈에는 퍽 은근성스러운 양이 보기 흉하였다.

"난 가요"

영숙이는 너의들끼리 잘 놀아라는 듯이 뒤도 안 돌아다보고 뺑소니를 쳐 나와 버렸다. 뒤에서 진호가 무어라고 소리를 치며 따라 나오는 기척이었으나 영숙이의 귀에는 들리지도 않았다.

2

진호는 정자경 여사의 집 대문을 바라보며 저절로 발길이 느려졌다. 오늘은 세상없어도 부산으로 떠나야 하겠으니까 자경 여사가 나가기 전에 만나서 작별인사도 하고 뒷일을 부탁도 하여 두어야 하겠기에 일찍 나선 것이다. 그러나 영숙이를 만나기가 얼굴이 뜨뜻하고 무어라고 달래야 좋을지? 간밤에도 밤새도록 궁리를 하였던 것이지마는 별 묘안이 있는 것도 아니요 마음만 여전히 괴롭다.

진호가 대문 안에를 들어서니까 누구를 부르고 말고 할 새도 없이 뜰에서 꼬부리고 비질을 하고 있던 영숙이와 마주쳤다.

머리에 하얀 수건을 쓰고 손에 수수비 자루를 든 영숙이는 허리를 펴고 오뚝 서며 빤히 치어다만 보고 있다. 이 여자의 이렇게까지 노기 (怒氣)가 들은 얼굴을 보기는 처음이지마는 이때껏 보지 못하던 예쁜 티가 도리어 귀염성스럽게 마음을 끌었다.

"여길 왜 오셨어요?"

문 밑께로 다가서며 가만히 소곤대었다. 매섭게 쏘는 눈총이 뺨을 갈기는 듯싶었다.

"어제 좀 들를 건데 오후엔 지점에 만날 사람이 있어서……"

진호는 자존심이 몹시 깨진 것을 원통하게 느끼면서 할 말이 없으니까 변명답지도 않은 말을 나오는 대로 한마디 하였다. 어색한 소리를 하고 나니 더 체면이 깎인 것만 같다.

어제 봉순이 집에서 풀려나온 것이 다 저녁때였었다. 고단도 하거니와 그 꼴을 보인 뒤에 무슨 낯으로 뒤미처 가겠느냐고 집으로 가서 넌지시 목욕부터 갔다 와서 그대로 쓰러져 잤던 것이다. 부모의 얼굴을 보기도 낯간지러울 지경이었지마는 어떻든 몸도 말끔히 씻고 마음도 깨끗이 씻어 버리고 싶었다.

그래서 오늘은 정말 목욕재계를 하였거니 하는 생각으로 온 것이었다.

"아, 왔구먼. 왜 들어오질 않구 그래?"

자경 여사가 방에서 나오며 알은체를 하였다. 무슨 이야기를 하는 것도 아니요, 싸우던 닭 모양으로 물끄럼말끄럼 마주 섰는 것이 이 부인의 눈에도 이상히 보였던 것이다.

"전 오늘 저녁 차루 위선 떠나겠습니다. 괴로우신 대로 얼마 동안 좀 더 저 사람 맡아 뒤 주셔야 하겠습니다."

진호는 마당으로 들어서 인사를 한 뒤에 이렇게 부탁을 하였다. 영숙이는 하던 쓰레질을 마저 하고 있었다.

"그거야 뭐 부탁할 것두 없지만 아버니께서 뭐 또 딴소린 안 하시겠지?"

영숙이가 어제부터 풀이 없이 무슨 생각에 팔려 있는 눈치더니 진호 역시 데면데면한 기색인 것이 이상스러워서 무슨 새 걱정이 생겼나 하고 묻는 것이었다.

"아뇨 그거야 설마."

하고 진호는 큰소리를 치면서도 속은 설레었다. 다 된 일을 제 손으로 저질러 놓은 것 같아서 자책지심(自責之心)에 제 속으로 꿈질하는 것이었다.

"아, 일찍이 동했구면. 올러와요"

안방에서 아들 우충이가 내다보며 말을 건다.

"아니, 난 갈 데가 있어요"

진호는 까닭 없이 이 사람에게도 굽죄이는 것 같아서 공연히 굽실하였다. 영숙이가 그렇게 입이 가벼운 사람은 아니지마는 혼자 고민 끝에 자기의 쓸개 빠진 짓을 이 모자한테 하소연이나 하지 않았을까 보아서 걱정이 되는 것이었다.

"그래, 내려가면 언제 올러올 텐구? 뭐 아버니하구두 구체적으루 의론이 됐나?"

자경 여사는 자기의 딸을 시집보내는 것은 아니나 자기가 엉구어 놓은 일이요 어떻든 딸이란 명목을 지어 놓았으니 아랑곳을 아니할 수 없는 노릇이다.

"아직 그런 계단까지 서두를 형편두 못 됐습니다만 내려가서 구체적 구상을 해 가지구 곧 올라오죠."

하고 진호는 해반주그레하게 대답은 하면서도 눈이 저절로 영숙이에게로 갔다. 실상은 영숙이와 의논할 일이 많은데 일이 이 지경이 되어서 겁이 나는 것이었다.

조반을 같이 먹자고 붙드는 것을 이른 아침을 먹고 나선 진호는 작별을 하고 나오면서 문간까지 배웅을 나온 영숙이더러 할 이야기가 있으니 잠깐 나가자고 끌어 보았으나

"나간 뭘해요"

하고 영숙이는 핀잔을 주었다. 이렇게 이른 아침에 따라 나가서 갈 데도 없지만 그런 구차한 변명은 들으나 마나요, 자기도 이제는 달리 생각을 하여야 하겠다고 영숙이는 마음을 단단히 먹는 것이었다.

'영감님의 그 어려운 허락이 간신히 내리구 부랴사랴 예식을 하느니 살림을 하느니 하구 서두르던 사람이 실성을 안 했으면 그게 할 일야?'

영숙이는 생각을 말아야지 생각만 하면 발을 구르고 몸부림을 하고 싶었다. 간밤은 꼬박이 새우다시피 하고 난 끝이라 영숙이는 신경을 톡 건드리기가 무섭게 발악이라도 하고 나설 지경이다.

진호는 그래도 뚝 떨어져 가지를 못하고 머뭇거리다가

"내 이따 올께 나가지 말구 기다려 줘요"

하며 부탁을 하고 획 돌아섰다. 가는 남자의 뒷모양을 잠깐 바라보고

섰던 영숙이는 눈물이 핑 돌면서 들어와서 얼굴을 보일까 보아서 고개를 외로 꼬으고 자기 방으로 얼른 숨어 버렸다.

큰 거리로 나선 진호는 봉순이 집 쪽을 외면을 하다시피 하며 허청대고 걸었다. 이렇게 일찍이는 갈 데도 없고 끈 떨어진 망석중이가 되어 신세가 가련하다는 구슬픈 생각도 드는 것이었다. 진호는 정처 없이 발 나가는 대로 한참 걷다가 저만치 정류장에 전차가 와서 서는 것을 보고 뛰어가 어떻든 올라탔다.

'어디 '낙양'에나 들러 볼까……'

봉순이의 집 편을 바라보고는 외면을 하다시피 하고 혹시나 출근하러 나오는 것과 마주치지나 않을까 겁을 내던 것과는 딴판으로 '낙양'에를 가 보려는 객기가 드는 것이었다. 어차피 아침 차라도 한 잔 마시면서 시간을 보내야 하겠는데 이왕이면 봉순이도 다시 한 번 보고 떠날 겸 저절로 발길이 낙양으로 향하였다.

어제 하루에 진을 빼고 찰거머리처럼 달라붙어서 떨어지지를 않는 것이 찜증도 나고 무섭기도 하였지마는 그런 것이 정말 그렇게 싫으냐고 본심에 가만히 귀를 기울이면 그런 것도 아니었다. 데리고 참다랗게 살림은 할 여자는 못 되지마는 한때 노는 데는 남자의 마음을 끄는 데가 있고 진호와 같은 숫보기에게는 얼을 빼놓는 황홀한 흥미를 되씹으면서 은근히 유혹을 느끼는 것이었다.

아직은 안 나왔으려니 하였더니 어저게 데리러 온 것까지 모른 척해 버린 것이 안 되어서 그런지 봉순이는 일찌감치 나와 있었다.

"오래간만에 뵙겠군요. 흐흥 저기 문안 갔다 오시느라구 일찍 동했

군."

'레지'에 앉았던 봉순이는 홀에 들어서는 진호를 보자 마주 나와서 소곤거린다.

"저기 문안이 아니라 여기 문안부터 왔소이다. 다신 안 올 작정이었지만……"

진호는 선웃음을 쳤다.

"에이 기특해라! 하지만 왜 다시 안 올 작정이더람? 오늘 저녁 차루 떠나는 게로군?"

이쪽 비인 박스로 둘이 나란히 앉으며 봉순이는 또 다시 남자의 얼굴을 반가운 웃음을 띠우며 유심히 들여다보았다.

"글쎄 언제 떠날지. 아주 예식까지 치르구 떠날까두 하는데……"

진호는 여자의 눈길이 눈이 부신 듯이 허공으로 눈을 돌리며 웃음이 입귀에 떠올랐다.

"흥! 듣던 중 반가운 소리로군. 그 식장에는 신부가 둘씩 들어설 거니 좋은 구경거리가 될 거야."

봉순이는 남자의 살을 대어보고 싶은 충동에 손등으로 살짝 진호의 뺨을 치는 듯이 건드렸다. 가벼운 휘파람 소리가 우중충 저편 구석에 획 하고 난다. 어떤 장난꾼의 짓이겠지만 두 남녀는 뒤도 안 돌아다보고 모른 척하였다.

"이 얌체 빠진 마님아! 누굴 또 못 살게 굴려구. 식은 암만해두 부산으루 데리구 내려가서 할까 보다."

"그럼 좋지! 그럭허자구. 이따 내 정거장으루 나갈께."

봉순이는 남자의 대꾸도 아니 듣고 발딱 일어나서 카운터대로 쪼르를 가더니 내다 놓는 다반을 앞질러 들고 왔다.

"정말야 나두 한 번 부산 내려갔다 와야 할 일이 있으니까, 동무 삼아 같이 가면 심심치 않구 좋지 뭐야. 남은 돈 들여가며 달구두 다니는데, 공짜로 준다는데 비쌀 건 뭐야."

봉순이는 차를 따라 놓으며 또 실없이 재껄인다.

"돈 들여가며 달구 다니는 게 따루 있지. 일 없어! 우리 회사에 똑 알맞은 신랑감 하나 있는데 내 이제 소개하지. 머리는 좀 시어서 안됐지만 언제 시면 안 실 머린가! 허허허."

진호는 차를 마시며 심심하니 실없이 대꾸를 하는 것이었고

"잘 됐구면. 아주 선 볼 겸. 하여간 부산은 가기루만 마련이로군."

어제부터 부산에를 따라나서겠다고 야단이니 이년의 여편네가 정말 정거장으로 좇아 나올까 봐서 진호는 실없이 걱정이다.

"허허……. 오늘은 어제의 연장이기는 하지만 이건 좀 심한데! 세상에 장가간다는 신랑 쳐 놓고는 혼쭐 난 신랑인데!"

인환이가 들어오다가 발을 멈칫하며 눈이 실룩해서 혀를 끌끌 찬다. 진호는 그 수작이 못마땅은 하나 좀 굽죄기도 하고 길게 대꾸를 하기가 싫어서 일어서 버렸다.

"아니 아침은 잡쉈우? 난 아직 안 먹었는데 저리 가십시다."

봉순이가 따라 나오면서 말을 건다.

"아, 내 걱정 말구 어서 들어가요"

진호는 떼어 밀듯이 하여 안으로 들여보내려 하였으나 봉순이는 따

라왔다.

"정말 언제 떠나시려우? 단 사흘만이라두 연기를 해 주던지……그렇지 않으면 난 쫓아 내려갈 테야."

봉순이는 정말 놓칠 수 없다는 듯이 발버둥질이라도 칠 것처럼 담판을 하는 것이었다. 진호는 대답이 막혀서 잠자코 말았다.

"그보다두 그 아니꼬운 예식인가 뭔가를 얼마 동안, 내 맘이 가라앉을 때까지 연기를 하던지 해야지, 그렇지 않으면 난 못 살어!"

봉순이의 목소리는 눈물이 어린 듯이 구슬퍼 코멘소리를 하였다.

"그건 또 무슨 소리람?"

"무슨 소린 무에 무슨 소리야. 남, 애를 밸 대루 태다가 이제 겨우 만나자 이별이란 말야? 될 말인감! 그래 내 눈 앞에서 예식이니 뭐니 하구 떵떵거리는 꼴을 이 눈으루 보란 말야!"

봉순이는 목소리를 죽여 가면서도 퐁퐁 쏘는 소리로 대어들었다. 첫서슬인 부풀어 난 자기의 열정을 어느 정도 만족할 만큼 풀어 주고 나서 장가를 들어도 들라는 요구이다. 그럴듯이도 들리나, 이것은 저 혼자 욕심에 경우 없는 소리라고 진호는 반심도 났다. 그러나 이 여자를 덮어 놓고 나무라려거나 밉다는 생각은 없었다.

"그러지 말구 어서 들어가요. 되는 대루 하지 뭘 그래요."

진호는 발을 멈추고 달래었다.

"아냐. 우리 집으루 가서 얘기를 해요 아주 귀정을 내야지 이러구 훌쩍 가 버리면 나는 미치라구."

봉순이는 이 길로 내친걸음에 안암동 제 집으로 끌고 가려는 기세다.

"이거 식전 참에 남 보기 창피스럽게 이게 뭐란 말요. 내 오후에 갈게 어서 들어가요 다 좋두룩 할게 염려 말아요 오늘 떠나진 않아요"

진호는 썩썩 빌다시피 달래었다.

"그래, 오늘은 정녕 안 떠나시죠?"

"글쎄 가 봐야 알겠지만 못 떠날 거예요"

"어쨌든 다섯 시까지는 '낙양'으루 오세요"

봉순이도 그제 어제 너무 제 억지만 부려서 남자가 찜증을 낼까 보아 겁이 나는지라 더 고집은 못 부렸다.

"그래, 그래. 염려 말아요"

봉순이는 그래도 마음이 안 놓이건마는 어디까지 따라다닐 수도 없으니 마지못해 진호를 놓아 보내고 돌쳐섰다.

③

"오늘 저녁에 내려가면 서울루 전근이 되든 우리가 내려가서 아주 거기서 자리를 잡게 되든 양단간 귀정을 짓구 넉넉잡아 열흘 안으룬 올라올 테니까 딴 걱정 말구 가만있어요"

산보 삼아 이야기를 하러 나가자도 영숙이는 도리질만 하니 하는 수 없이 진호가 영숙이가 묵는 이 아랫방으로 따라 들어온 것이다. 안방에는 며느리만 아이를 데리고 있고 조용하니 무슨 이야기라도 할 수 있기는 하다. 영숙이는 윗목에 고개를 떨어뜨리고 앉아서 대꾸가 없다.

"그리구 그 일은 나두 한때 수가 사나워서 걸린 악몽이거니 하구 잊어버리려 하지만 불쾌는 하드래두 어떻게 생각지 말아 주어요 나두 다

77

시는 입 밖에두 내구 싶지 않지만……."

말로 일러서 해결이 되고 좀체 감정이 풀릴 것은 아니지마는 이렇게 라도 달래는 수밖에 없었다.

"염려 마세요 나두 생각이 있어요……."

영숙이는 고개를 숙인 채 말소리는 참다랗게 나왔으나 금시로 평평 쏟아지는 눈물을 걷잡을 수가 없어서 외면을 하고 저고리고름도 없으 니까 손등으로 눈을 문질렀다. 꿈에도 생각지 않은 일에 하두 의외로 놀라워서 꼭 질렸던 분통이 저절로 터져 나오고 만 것이었다.

"변명을 하자는 게 아니지만 그 날 당신두 봤지. 그 자식이 되지 못 하게 구는 게 밉살맞아서 한 대 쥐어박을 생각으루 초저녁에 다시 들 렀던 건데 뭐 긴 소리 해 뭣하우, 술잔을 입에 대기가 불찰이지…… 비 는 쏟아지는데 택시가 게까지 와서는 통행금지 시간이 됐다구 움직여 줘야지……."

김빠진 수작이나 한 소리를 또 한 번 되풀이하는 수밖에 없었다.

"그만두세요 듣자는 얘기두 아니구. 그럴 양이면 엎드러지면 코 달 덴 이리는 왜 못 오셌에요? 하여튼 긴 말씀 하실 거 없에요. 난 나대로 알아 할 거니까 걱정하실 것두 없구! ……."

영숙이는 이제는 훌쩍거리지도 않았다.

"괜한 소리! 사람이 체면이 있지. 내 체면을 보아서라두 꾹 참아요 허허허……."

하고 진호는 별안간 너털웃음을 터뜨리더니 농치는 수작으로,

"여보! 여자에게는 부덕(婦德)이라는 것이 소중하지 않소? 내가 덕을

보자는 게 아니오. 나를 위해서가 아니라 그 덕은 자기에게로 도로 가는 거외다. 허허허."

하고 또 선웃음을 친다.

"무식한 나 같은 것은 무슨 소린지 귓가루두 안 들려요"

영숙이는 쏘아 주고 나서

"어떻든 잘 됐어요 분에 넘는 일을 억지춘향으루 하자는 것두 아니요 어차피 오래가지 못할 바에야 애당초에 시원스럽게 빠그러뜨리는 게 좋죠"

진호는 먹먹히 앉았다.

"그 여편네가 어떤 내기게요 나하군 무슨 업원인지! 난 눈치코치 없던감! 벌써 이렇게 된 줄 알았에요 벌써 일 년이나 두구 눈독을 들여오다가 이제 겨우 소원을 풀었는데 여간해서 좀체 떨어질라구요 내가 물러나죠 어차피 잘됐지 뭐예요"

처음부터 꽁무니를 빼던 영숙이다. 진호를 위해서는 봉순이 따위는 가당치도 않고 진호가 가엾은 일이지마는 그러기로 말하면 자기는 봉순이보다 나을 것은 뭐냐는 어디까지나 겸손하고 자기를 낮추는 영숙이기도 하다.

"쓸데없는 소리 말아요 나두 양심이 있지, 어쩌다 내가 이렇게 신용이 타락되었나 하고 기가 막히는 생각도 들지만 나를 믿어요 설마 내가 이렇게까지 일을 엉구어 놓고 딴마음을 먹을까. 생각을 해 봐요 그렇게 되면 아버니 앞에서두 고개를 못들 거 아니겠수 그건 고사하구 아무려니 내가 다 낡아 빠진 양공주 쉼직한 사람하구 살까 싶수?"

진호는 화를 버럭 내었다.

"허기야 그렇지만 그 여자가 그렇게 쉽사리 누구 좋으라구 물러날 듯싶어요? 그러니 제가 지쳐 자빠질 때까지 한동안 재미나 보시란 말씀예요 그리고 나서 새판으루 얌전한 색시를 골라서 부모님두 마음 놓으시게 제대루 장가를 드시란 말예요 더 길게 얘기할 것두 없에요 얘기할 기운두 없에요"

영숙이는 어서 가 달라는 듯이 발딱 일어나 버린다.

"그러지 말구 좀 앉어요"

진호는 나가려는 영숙이의 치맛자락을 붙들면서 애원하듯이 치어다보며 어설픈 웃음을 웃었다.

"난 헐 말 더 없에요 헌 말을 언제까지 되풀이하구 있으면 뭘 하겠어요 어서 가세요"

영숙이는 얄미울 만치 대떨어진 소리를 하고 휙 뜰로 내려선다.

"아니 그럼 우리 점심이나 먹으러 나가자구."

안방에서 들을세라고 가만히 일렀다.

"점심이 어느 입으루 들어가겠어요 난 가만 내버려 둬 주세요"

영숙이는 방문을 열어 놓은 채 마당에서 훌쩍 자취가 없어지고 괴괴하니 소리가 없다. 진호는 망단해서 먹먹히 앉았다가 용 쓰라고 마련해 가지고 왔던 돈뭉치를 경대 위에 내놓고 일어섰다. 딴은 얼마 동안 노염이 풀어질 때까지 가만 내버려 두는 것이 좋겠다고 생각한 것이었다.

"난 가우."

소리를 치며 툇마루로 나서며 보자니, 영숙이는 저편 우물전에 기대

서서 먼 산을 바라보고 있다. 그 꼴이 소년과수라고 해서 그런지 몹시 처량하고 가엾어 보였다. 저러다가 우물에 뛰어들지나 않을까? 하고 난데없는 겁을 펄쩍 내며 진호는 주춤하다가 속으로 픽 웃었다. 영숙이는 문간까지 배웅을 나왔으나 말 없는 작별을 눈으로만 하였다. 그 풀 없는 눈길이 애처로워 보였다. 진호는 집으로 바로 돌아와서 반나절은 제 방속에 둥싯거리고 누웠다가 저녁밥 후에는 오랜만에 부친의 피복 공장에도 나가 보고 하여 차 시간까지 지루한 시간을 보내고 가방 하나만 들고 떠났다. 떠날 때까지 혼담에 대해서는 다시는 입을 벌리지 않고 말았다. 혼인을 부친이 승낙하고 딱 정해 놨다 하니 모친도 뜨과해서 그런지 별로 자별히 말을 걸거나 하지 않았다. 정거장으로 나오면서 진호의 머릿속에는 봉순이의 생각도 오락가락하였지만 아무쪼록은 잊어버리려 하였다. 좌석 지정권을 얻어 가지고 대합실을 쑥 들어서니 영숙이가 문 밑에 기다리고 섰다.

"야!"

무심코 소리를 쳤다. 의외이기도 하지만 이렇게 반가울 수도 없다.

"아까 휙 보니까 그이 나왔던데!"

영숙이는 다가서며 인사 대신에 천연한 낯빛으로 이렇게 일러 준다. 진호는 눈이 휘둥그레서 대합실 안을 둘러보았다.

신혼여행의 첫날

    진호는 차에 오르면서도 전송인으로 복작대는 플랫폼 안을 휘둘러보아야 어느 틈에 끼었는지 봉순이의 그림자는 눈에 띄이지 않았다.

    아까 대합실에서 영숙이가 그저 '그이'라기에 으레 봉순이려니 생각하였지마는 정말 정녕 봉순이라면 발차시간까지 나서지 않는 것이 더 걱정이 되었다. 대개는 장난의 소리거니 하였던 것인데 정말 어느 차간으로 숨어 타지나 않았을까 하는 염려도 없지 않았다.

    "아까 나왔다는 건 누구야?"

    홈에 들어와 진을 치고 섰는 열차를 등지고 서서 진호는 단 하나 나온 영숙이와 언제까지 덤덤히 섰기가 무료하여서 말을 붙이는 것이었다. 어쩐지 그 말소리가 진호 자신의 귀에도 데면데면히 냉담하게 들렸다.

    "누군 누구에요 아마 같이 가자구 맞췄던 게죠? 흐흐흥, ……어떤 칸으루나 올러 갔겠지."

하고 영숙이는 비꼬아 주다가, 그것이 분명히 사실이거니 하는 생각이 들자, 이러고 섰는 자기 꼴이 열적은 생각이 들어서 얼른 들어가 버리는 것이 옳겠다고,

"어서 올라가서 자리 잡으세요. 난 가요"

하고 고개만 까딱하며 홱 돌아섰다.

영숙이는 그래도 차마 발길이 돌쳐서지를 않았으나 꼭 참고 찬찬히 걸었다. 다시는 돌려다보지도 않았다.

'팔자 사나운 년이 별수 있겠니!'

영숙이는 혼자 곰곰이 생각하면서 외롭고 구슬픈 생각에 눈이 어리어리하였다. 아직도 쏟아져 들어오는 사람에 길이 막혀서 발길이 탁탁 걸리었다.

진호는 찻간의 제 자리에 들어가 앉아서 시름을 놓고 곰곰 생각을 하고 있는 판이다. ……뒤에서 어깨를 살짝 건드리는 가벼운 손길에 홱 돌려다 보니 봉순이가 해해 웃으며 섰다.

"어?"

그는 반은 예기하였으면서도 저절로 놀라는 소리가 나오며 눈이 커 대졌다.

"난 바루 저 간인데 이리 오세요"

봉순이는 여전히 웃는 낯이나 옆에서 듣는 사람이 있으니 말은 공손히 존대를 하면서도 그대로 마구 손을 잡아끌며 수선을 피웠다.

"아니 어떻게 된 셈야. 그대루 가 있어요. 이따 내 가리다"

진호는 좌우의 승객들의 눈길이 이리로 모이는 것이 싫어서도 덜 좋

은 기색이었다.

좀 철이 이르기는 하지마는 연회색의 가벼운 스프링을 걸치고 나이 지긋한 것 보아서는 맵시 있는 거동과 눈찌로 보아서 어느 요릿집 마담인가 보다고 옆의 사람들은 흐흥 하고 코웃음을 치는 것이었다.

"이 자리 좀 봐 주세요 우리 일행이 대신 올 거니까요."

진호의 가방을 앉았던 자리에 놓고 신통치 않은 얼굴로 코대답을 하는 옆 사람에게 부탁을 하였다.

진호는 실랑이가 하기 싫고 무슨 잔소리가 나올까 무서워서 잠자코 끌려 나섰다. 복작대는 속을 빠져나오기가 힘이 들었으나 봉순이는 이편 간으로 와서 제 곁에 자리를 잡고 앉았는 늙수그레한 양복쟁이에게 곱실곱실 치살리고 가방을 들고 앞장을 나서서 서두는 바람에 이 늙은이도 좋지 않은 내색이면서도 자리를 내주고 일어섰다.

"미안합니다. 고맙습니다."

늙은이의 눈에는 젊은 미인이 몸살을 내며 간청 간청하는 것을 안 들어줄 수가 없어서 젊은것들이 잘 놀라는 듯이 점잖이 인심을 쓰는 것이었다.

"날 속이려구? 내 그렇게 만만한 줄 알았던감."

봉순이는 진호의 가방을 찾아 가지고 와서 인제는 소원성취나 한 듯이 어깨를 맞부비며 앉아서 해죽 웃었다.

"이거 왜, 성이 가시게 이러는 거야? 부산 가면 만날 사람이 단단히 있는 게지?"

진호는 입 속의 소리로 핀잔을 주듯이 대거리를 하였다.

"응, 뽕두 따구 임두 만나구! 호호호."

하며 봉순이는 무심히 무릎 위에 놓은 남자의 손등을 찰싹 소리가 나
도록 때리고는 깔깔대었다. 다섯 시까지 '낙양'에서 만나자고 찰떡같이
맞춰 놓고 몰래 빠져 나려던 죄로 한번 맞아 보라는 거요, 어쨌든 요행
히 붙잡은 것이 좋아서 찝쩍거리고 싶었던 것이다. 그러나 여러 사람
앞에서 이런 난잡한 꼴을 보이는 것이 싫어서 진호는 질색을 하였다.

"남이 봐요. 좀 점잖게 앉았어요."

진호는 또 입속의 소리로 이르면서, 머릿속에는 난 들어가요, 하고
차가 떠나기도 전에 홱 돌쳐서 가 버리던 영숙이의 쓸쓸한 뒷모양이
떠올라서 마음이 무거웠다.

"대관절 세상에 이런 비참한 신혼여행두 있담? 신세 가련하다! 뒷발
길질루 걷어차구 가는 도망꾼을 쫓아다니며 붙들구 늘어져야 하니. 호
호호……."

봉순이는 김이 빠진 듯이 맥맥히 앉았다가 진호의 귀에다가 입을 대
고 소곤거리었다. 가만히 앉았기가 심심해서도 그렇지만, 남자의 부연
곁뺨을 무심히 노려보다가 살이 대어보고 싶은 충동을 느끼는 것이었
다. 진호도 따뜻한 여자의 입김이 귓바퀴를 간질이는 것이 싫지는 않았
으나, 일일이 말대꾸를 하여 주다가는 차차 창피한 꼴이 나올까 봐서,
씩 선웃음만 치며 모른 척해 버렸다.

"잘못했어. 이왕이면 침대를 하나 잡는걸! 일등 침대에, 이런 때나 한
번 거드럭거리구 호강을 해 보는걸."

봉순이는 또 이런 소리를 귀에다 대구 나불거리었다. 싫다는 것을 꾀

음꾀음해서 그 늙은이를 배송을 내어 버리고 한참 부산을 떨고 자리를 잡았어야 체면 차리기에 마음 놓고 놀 수도 없으니, 이 긴긴밤을 지루하게 어떻게 보낼지? 남자를 맞붙들고도 이 한밤을 무료히 지내 버리는 것이 아깝기도 하였다.

전에 다니던 미군부대의 부대장이 갈려 가고 새 등대가 들어서는 통에 떨려난 뒤로는, 얌전을 피우려 해서가 아니지마는 혼자 쓸쓸히 지내 오던 봉순이었다. 그렇게 오랫동안 이성이란 것을 모르고 혼자 지내기란 봉순이에게 드문 일이었더니만치 삼십 전 총각이 모닥불을 질러 놓은 봉순이의 감정은, 자다가 깬 듯이 활활 붙어 올라와서 잠시 한때 가만있을 수가 없이 몸이 근질거려지는 것이었다.

차는 어디를 달리고 있는지 벌써 여기저기서 꾸벅꾸벅하고들 코 고는 소리도 간간히 들려온다.

"염려 말아요 부산 가면 취직자리는 서울보다두 얼마든지 있겠다, 설마 밥 멕여 달라구 턱살을 치받히구 앉았을 내가 아니니까."

봉순이의 이야기는 차차 실제적인 생활문제로 번져나갔다. 환도는 했다 해도 굵직굵직한 자국은 모두 한 끄트머리씩 부산에 처뜨려 두었고 아는 사람도 많으니 생활 근거를 다시 부산으로 옮기겠다는 것이었다.

"하지만 진호 씨가 있고서 부산이지, 진호 씨가 뜨면 뭣 하러 부산 있을라구."

"이런 고질이!"

진호도 무심코 따라서 실소를 하였다.

차장이 들어와서 연설구조로 인사말씀을 시작하니까 차안은 부시시 잠이 깨인 듯이 수성수성하여졌다. 봉순이는 눈이 반짝해서 차표를 검사하며 다가오는 차장 일행을 기다리고 앉았다가

"여보세요. 침대 하나 얻을 수 있세요?"

하고 교섭을 시작하였다.

"혼자세요?"

전무차장의 앞을 서서 표를 받아 넘기는 승무원이 대꾸를 한다.

"이렇게 둘예요"

"두 분이 침대 하날 가지구 어떡해요"

하고 승무원은 두 남녀를 멀끔히 치어다보며 코웃음을 친다.

"하나만이라두 있으면 둘이 돌려 가며 눈을 붙일 수 있지 않아요"

봉순이는 코웃음을 치거나 말거나 단김에 잡아떼려고 반색을 하며 대들었다.

"그만둬요. 그럭저럭 날만 새면 그만이지."

진호는 여자보다는 자기가 훨씬 젊다는 것을 의식하며 슬며시 창피한 생각이 들어서 더구나 말리는 것이었다.

"아녜요. 꼭 부탁합니다. 하나래두 좋아요"

봉순이는 또다시 간청을 하였다.

"어디 가 봐서 있거던요"

승무원은 역시 웃음엣소리처럼 한마디 남기고 지나쳐 갔다.

"술이나 한 잔 하시려우? 침대가 안 된다면 이대루 맨숭맨숭히 잠두 올 것 같지 않구……"

봉순이는 또 심심하니까 발딱 일어나서 선반에 얹어 놓은 혼잣손에 는 들기 어려울 만한 커다란 보스턴백을 깽깽 들어 내린다.

"술은 무슨 술. 이건 어느 틈에 가지구 나왔드람?"

진호도 일어나서 거들어 주었다.

"아무리 도망꾼이래두 당장 입을 건 가지구 가야지. 집으로 뛰어가서 손에 잡히는 대루 꾸려 가지구 나온 건데."

하며 가방을 열고 눈에 익은, 먹다가 반 남은 양주병부터 집어낸다. 사 과가 나오고 과자봉지가 나오고 여행제구에서는 조그만 양주잔과 과도 (果刀)도 준비가 되어 있다.

짐을 혼자 추스를 수가 없어서 '낙양'의 일하는 애를 끌고 다니며 들 러 가지고 나와서 차에까지 올려놓게 하였다는 것이다. 그랬기에 영숙 이 눈에 힐끗 띄우고는 어디로 스러졌는지 자취를 감추었던 것이다.

"박인환이두 벌써 알았겠구먼. 가만 있을라구."

"가만 안 있으면 부산까지 쫓아오기야 할라구."

봉순이는 코웃음을 쳤다.

"그치는 우리가 이렇게 된 것을 좋아라 하구 입이 이만큼 벌어졌을 걸. 내게 꿇어앉어 절을 할 날이 있을 거니 두구 봐요."

봉순이는 골무 같은 유리잔에 호박 빛 술을 따라 주고 사과를 벗기 며 이런 소리를 속살거렸다. 웃는 낯도 아니었다.

진호는 귓가로 들으면서 향긋한 술잔에 코부터 가져갔다. 술을 마실 흥미를 잃어버렸다. 영숙이가 악지를 부리고 베돌게 된다면, 인환이란 놈이 살 일이나 난 듯이 휘정거려 놓으려고 잔뜩 노리고 있을 것쯤은 진호도 짐작 못 하는 것은 아니지마는 설마 영숙이가 그 춤에 놀아날 리야, 하는 자신을 가진 진호다.

"흥, 그럴지두 모르지. 둘이 짜구서 너는 어리배기 이진호를 손아귀에 넣고 흠씬 삶아라, 나는 김영숙이를 맡으마 하고 갈라 맡았단 말이지?"

진호는 쓴웃음을 웃을 뿐이요 감히 더 탄하고 덤비지는 못하였다.

"이 양반이 자다 깼나? 그깐 놈 충동에 놀 난 줄 아나 봐. 흐흥. 하지만 두구 봐요. 당신 눈엔 영숙이가 세상에 없는 열녀루 뵈겠지만⋯⋯. 난 결코 남 흉하적하자고 없는 말을 하는 건 아니니까⋯⋯."

봉순이는 은근히 불을 질러 놓았다.

진호는 그 말이 듣기 싫어서 들고만 있던 술잔을 홧김에 훌쩍 마셔 버렸다.

그러나 그런 소리를 듣고 다시 생각하니, 영숙이와 인환이의 그 전 일이 되풀이로 곰곰 떠오르며 어디까지 믿어야 좋을지 알 수가 없기도 하다.

"괜히 그깐 소리를 꺼내서 미안합니다! 무얼 그리 심각하게 생각하는 거예요 엎지른 물은 담을 수가 있나. 그저 그런대루 살아가는 거지. 어서 약주나 잡서요"

봉순이는 까닭 없이 의기양양해서 해해거리며 또 술병을 든다. 진호의 머릿속에는 영숙이와 인환이의 얼굴이 오락가락 번갈아 떠오르며 뒤숭숭한 채 또 그대로 잔을 내밀었다. 이 생각 저 생각 할 것 없이 어서 취해서 잠이나 쿨쿨 자자는 것이었다.

"내, 이 술은 너무 독해서 다시는 입에 대지 말자면서 향기가 그럴듯해. 하하하. 무슨 홀리는 약이라두 탔는지."

진호는 가슴에 묵직이 처지는 기분을 전환시키고 서울 생각 영숙이 생각을 한때라도 잊어버리려는 듯이 제풀에 농쳐 버리며 소리를 내서 웃었다. 실상은 자기의 감정을 누르고 앞에서 알랑거리는 이 여자에게 대범하게 굴자면서도 그만 끌려가고 마는 자기가 무엇에 홀렸는가 싶어서 한다는 소리가 이렇게 나온 것인지도 모른다.

"어디 그 홀리는 약 나두 맛 좀 봐야지."

봉순이는 진호의 기분이 차차 도는 것을 보고 신바람이 더 나서 진호가 내어주는 잔을 받아서 넌지시 한잔 주는 대로 홀짝 마시었다.

봉순이에게 술을 따라 주는 것쯤 예사이지마는 그 독한 술잔을 한숨에 홀깍 마시는 것을 옆의 사람들이 보고, 눈이 커대지며 얼굴을 찌푸리는 눈치에 진호는 새삼스럽게 뜨끔하는 것을 깨달았다.

'나두 인제는 술 먹는 여자를 끌구 다니면서 조인광좌 중에서 권커니 잣거니 하게쯤 됐구나!'

하는 생각을 하자, 어쩌다 금시로 타락이 된 것 같아서 입맛이 쓰기도 하였다.

'이러다가 어쩌려는구? 어느 지경에 빠지려구 이러누? ……'

하며 또 새삼스럽게 겁이 펄쩍 났다. 그러나 만나기만 하면 그야말로 무엇에 씌운 듯이 어리둥절히 끌려 들어가고 마는 것을 어떻게 뿌리칠 용기도 안 나고 매정스럽게 쌀쌀히 구는 재주가 없으니 하는 수가 없다.

"침대 부탁하신 거 여기던가요?"

아까 그 승무원이 쪽지를 들고 왔다.

"네, 네. 에그 고맙습니다."

대개는 틀렸나 보다 하였던 봉순이는 허겁을 해서 반기었다.

"일등인데, 그 대신 하납니다."

"네, 네. 하나두 좋아요. 수고하셨습니다. 약주나 한잔하세요."

"어서 가십시다. 날 따라오세요."

승무원은 양주병을 보고 비위가 동하는 듯이 빙그레 웃었으나, 술 한 잔으로는 턱이 닿지 않는다는 것인지 체면 차려서인지 손을 내밀지는 않았다.

침대로 들어와서 요금을 치러 주고 나서 어깨에 걸친 스프링을 벗어 던지기가 무섭게,

"아, 기분난다! 행복이지 뭐유! 이만하면 우리 신혼여행두 면무식(免無識)은 됐지?"

하고 뒤따라 들어오는 진호의 손에서 가방을 받아 침대 위에 내동댕이를 치며, 그대로 깡충 뛰어 남자의 목을 얼싸안고 매달렸다.

온천(溫泉)까지

커튼에 비친 햇빛 분수로 보아서는 전등불은 환히 켜 있으나 해가 꽤 높은 모양이다. 진호는 파자마 바람으로 침대를 가만히 빠져나와서 세면대에서 세수를 하였다. 이 파자마는 그저께 저녁에 봉순이 집에서 처음으로 몸에 꿰었던 것이다. 도망꾼을 붙잡으러 부랴부랴 나오면서도 이 파자마를 꾸려 넣는 것을 잊어버리지 않다니 무서운 계집이라고, 진호는 체경 앞에서 머리를 빗고 파자마를 활활 벗으며 혼자 웃었다. 옆에서 양복을 입느라고 부스럭거려야 봉순이는 인사정신 모르는 '숨소리도 없이 잠이 폭 들었다. 동틀 머리에 또 한 차례 깨어서 남 잠도 못 자게 바스락거리고 재껄대더니 고만 곯아떨어진 모양이다. 일등 침대라 둘이도 넉넉히 푸근히 잤다.

진호는 양복을 단정히 입고 푹신한 의자에 앉으며 목이 컬컬하니 차(茶) 생각이 났으나 그것은 참고 그 대신 그리 당기지도 않는 양담배를 한 개 집어서 피어 물었다. 무심코 여자의 자는 얼굴로 눈이 가자, 아주 마음을 턱 놓고 화색이 돌아서 평온히 깊은 잠에 빠진 양이 깨었을 때 보는 얼굴보다 훨씬 젊어 보이고, 대룩대는 모진 데가 없느니만치 귀염성스럽게도 보였다.

차가 속력을 쑥 줄이고 살살 기듯이 플랫폼으로 미끄러져 들어가는 모양이드니 우뚝 선다. 그 반동과 함께 자던 사람은 실눈을 뜨고

"아함……."

하고 고개를 돌리다가 진호가 곁에 없는 것을 보고 깜짝 놀라서 눈을 크게 뜨며 가볍게 걸친 하얀 모포를 한 다리로 밀어 걷어차고 목을 뒤튼다.

"벌써 옷을 입었어요? 예가 어디야?"

"다 왔어. 요 담이 부산진."

진호의 눈은 벌겋게 모포 위로 척 걸친 여자의 폭신한 하얀 다리게로 갔다. 처음 보는 것은 아니지마는 포동포동한 쪽 고르고 탄력이 있는 살결은 그 얼굴보다 아직 젊고나 싶었다. 진호의 머리에는 금시로 영숙이의 몸매가 떠올랐다. 아무래도 영숙이는 영양이 좋지 못하고 운동이 고르지가 않아서 그렇겠지마는 체격의 균제(均齊)나 살결이 이 여자에는 비교가 안 되는 것을 생각하면, 부럽달까 아까웁달까 이렇게 그런 흡족치 못한 생각이 드는 것이었다.

"아, 그럼 어서 나두 차비를 차려야지. 아이 이대루 하루 더 누웠었으면!"

침대생활을 하는 습관이겠지마는 이런 좋은 침대에서 떨어져 나오기가 싫은 듯이, 봉순이는 기지개를 쭉 켜고 선하품을 하면서 발딱 일어

나 앉더니 엉덩이로 맴을 뻥 돌아서 침대 끝에 두 다리를 떨어뜨리고 발끝으로 슬리퍼를 찾아 신는다. 여자라고는 영숙이밖에 모르고, 이러한 생활에 젖은 여자의 요염한 교태를 본 일이 없는 진호는 그 슬리퍼를 찾아 신는 어여쁜 발끝까지를 물끄러미 바라다보다가 눈이 부신 듯이 외면을 하여 버렸다.

'대관절 당장 어디루 데리구 가누?'

진호는 여자의 세수소리를 들어 가며 아까부터 하던 궁리를 또 걱정을 하고 앉았다. 방은, 짐을 두고 잠궈 놓아둔 것이 있지마는, 설마 그리로야 데리고 갈 수가 없다. 영숙이와 참다랗게 살림을 하던 그 집에를 낮이 뜨뜻하게 또 딴 계집을 달고 들어갔다간 미친놈으로 알 것이다.

제 소원대로 동래 온천에나 데리고 가서 하룻밤 재워 푹 떠나보낼 수가 있다면 모르지만, 하루 이틀에 호락호락히 떨어져 갈 것 같지도 않으니, 여관엔들 무슨 형세에 들어갈 수가 없다.

'정 하면 저 아는 데가 많다니 어디 가서 제대루 묵으라지.'

그러나 봉순이가 그렇게 만만히 떨어져갈 리도 만무하거니와, 저 자신부터 쾌쾌히 뻐진 소리를 해서 돌려 셀 재주가 있을지 자신이 없다. 끌고야 올 생각은 없었지마는 쫓아온 것을 걷어차 버리기는 아깝기도 한 것을 어쩌랴.

"다음이 부산진이라지? 어서 저 짐들 좀 꾸려 넣어요"

봉순이는 부리나케 수건질을 하며 이른다.

"왜 부산진서 내리자구?"

진호는 부산진서 내리면 오 분도 못 가서 바루 제 집, 아니 제 방구석으로 들어가겠지마는, 아예 자기 있는 데는 알리지 않을 작정이니까 부산역까지 가려는 생각이었다.

"어서 군소리 말구. 새색시 시중을 고분고분히 들어주는 게 아니라! 호호호……. 옛날에두, 노랑두 대구리 뒤범벅 상투의 어린 신랑은 색시 눈치만 봐 가며 치마 끝에 매달려 다니던 거야. 그 대신 내 업어 주지. 하하하."

봉순이가 화장을 재빨리 하고 새 옷을 꺼내 입고 하는 동안에 진호도 하는 수 없이 껄껄 웃으며 여자의 벗어 걸은 스커트와 스프링을 차곡차곡 개켜 넣고서, 자기가 입었던 파자마를 들더니

"너두 팔자가 사나워서 여기까지 끌려왔다마는 이틀이나 신세를 졌으니 인젠 바이바이다!"

하고는 또 한 번 껄껄대며 여자의 자리옷과 함께 뚤뚤 꾸려서 가방에 쓸어 넣었다.

"그런 사위스런 소릴! 이건 뭐야? 삼 일 전 신랑이."

하고 봉순이는 눈을 흘기며 웃었으나 진호의 그 말이 언중에 유언(言中 有言)으로 인제는 헤어지자고 내대는 수작 같아서 심사가 좋지 않았다. 아닌 게 아니라, 진호는 알아들으라고 변죽을 울려 본 것이었다.

어디로 가자는 의논도 할 새 없이 차가 부산진에 닿으니 대지르고 내렸다. 대개는 온천으로 가려나 보다고 진호는 짐작하였으나

'또 그래두 몰라! 제가 갈 데가 있는지? ……'

하고 잠자코 따라섰다. 그러나 정거장 앞에 나와서 택시를 부르는 것을

보고,

"난, 아무래두 회사에 얼굴이라두 뵈구 와야 하겠는데."

하고 앙탈을 하여 보았다.

"글쎄 가만 있에요. 어디 가 쉬구 아침이라두 먹어야지."

"아니, 아침은 먹어야겠지만, 수유(受由) 받은 날짜에 하루가 늦었는데……."

진호는 모자 없는 머리를 긁는 시늉을 하며 사정을 하여 보였다.

"이것두 뭐 사내라구 그래 날 예까지 데려다 놓구 또 꼬리를 감추겠단 말야? 호호호……."

하며 봉순이는 핀잔을 주면서도 놀려대고는 지나는 차에 손을 들었다. 그러나 또 만원이다. 휙 지나갔다.

"이거 적반하장도 유분수지! 허허허. 여보슈, 아주머니 너무 그러지 맙시다. 늙은 총각이 장가가는데 쌍지팽이를 짚고 가루막구 나서더니, 인제는 아주 밥줄까지 끊어 놓기야?"

웃음소린지 정말 걷어차려고 하는 수작인지 봉순이는 좀 얼떨하였지마는, 말하는 진호 자신도 제 말이 반둥건둥 엉거주춤한 감정인 것을 속으로 생각하는 것이었다.

"자, 그럴 거 없이 우리 담판하자구!"

하여 놓고는 봉순이도 말이 막혔는지 호호호……웃다가

"내 말이 그 말야. 그러지 말자구. 내 다 맡았으니, 나만 따라와요 얼마나 먹는 밥이라구, 밥줄이 끊어지면 내가 먹여 주지! 업어두 주구! 호호호……."

하고 달래면서 웃다가 또 지나가는 차에 손을 들었다. 이번에는 고맙게도 스르를 와서 닿았다.

차 안에 들어앉아서는 진호가 너무 점잔을 빼는 데에 봉순이는 안심이 되어서 좋기도 하였지만 우습기도 하였다. 우습다기보다도 귀여워 보였다. 무슨 진호가 아기자기하게 미남자래서 귀엽다는 것이 아니라, 부숭부숭하니 앳된 데가 그저 좋고 귀여운 것이었다.

그러나 진호는 달래 점잔을 피우려는 것이 아니라, 첫째는 운전대에 조수까지 앉았으니 옆에서 봉순이가 마구 굴까 봐서 체통을 차리는 것이요, 아까 봉순이가 사내답지 않다고 하던 말이 귀에 거슬렸기 때문에도 그런 것이었다.

"이거 봐요. 괜한 걱정 말아요"

봉순이는, 곁의 진호가 입을 딱 다물고 거북살스러운 표정으로 앉았는 것이 싫어서 생글 웃으며 달래었다. 그러나 진호는 픽 웃기만 하였다. 봉순이는 그것이 또 걱정이 되었다. 정말 나를 싫어서 그러나? 하고 동래 호텔에를 들어서니까 맞아들이는 보이가 봉순이를 보자 눈이 커대지며

"어서 옵쇼, 오래간만입니다그려."

하고 생글생글 웃는 데에, 진호는 무슨 무안이나 본 듯이 얼굴이 붉어졌다. 그러나 봉순이는 숫기 좋게

"으응? 너 여기 그저 있니? 퍽 자랐구나. 아주 몰라보겠는데."

하며, 알은체를 하였다.

"이 집두 미군 장교의 전용호텔이었지?"

층계를 올라서며 진호는 이런 소리를 꺼냈다. 그것은 확실히 여자에게 대한 약간의 악의에서 나온 말투이었다.

"아니. 난 몰라."

봉순이는 질겁을 해서 대꾸를 하며 뒤를 돌아다보았다. 조그만 보이는 가방을 어깨에 메고 이제야 층계를 올라오느라고 지금 수작을 못 들은 것이 다행하였다.

방을 잡고 나서도 진호가 멀거니 김이 빠져 앉았는 것을 보고 봉순이는 은근히 애가 씌었다. 이 집이 전에는 미군의 전용호텔이었으리라는 상상에서 불쾌한 연상에 사로잡혀 가는 남자의 눈치가 봉순이에게도 자기의 향그럽지 못한 과거를 들쑤셔 내는 것 같아서 싫었다.

"미안합니다. 그리운 심정을 동정은 합니다만……호호호"

봉순이는 일부러 샐없이 놀려 주며 옷을 활활 벗고 욕탕에 들어갈 차비를 차리다가,

"고단하신 모양인데 어서 더운 물에 몸을 확 풀구 와서 아침이나 잡숩시다."

하고 가방에서 또 그 파자마를 꺼내 놓는다. 그러나 진호는 그 파자마를 몸에 다시는 걸치기가 싫은 생각이 나서 거들떠보지도 않았다.

"어서 먼저 들어갔다 와요 난 회사에 전화라두 걸어 봐야 하겠는데."

진호가 전화를 걸러 나가려는지 벌떡 일어나니까

"쓸데없이 전화는 걸어 뭘 해요 내일 출근하면 그만이지."

하며 가로막고 윗저고리부터 벗긴다. 봉순이는 이러다가 진호가 훌쩍 혼자 가 버리지나 않을까 하는 겁도 나서, 양복을 어디다가 감추어 버

렸으면 하는 생각도 하였으나 그럴 데도 없다. 그 대신에 방이 비면 조심스럽다고, 진호의 손가방을 보스턴백에 넣고 잠그고서는 열쇠를 감추어 버렸다.

그래도 탕에 들어갔다가 나와서 밥상을 마주 받고 앉으니 진호의 무겁던 기분도 풀리고 신기가 좋아졌다.

"자, 홀리는 약 또 좀 해야지."

하고 봉순이는 입고 있는 자리옷의 호주머니를 흠착흠착해서 열쇠를 꺼내서 가방을 열고 양주병을 내놓았다.

"자, 실컷 먹어보자구. 갈 데가 있나, 누가 찾아올 사람이 있나."

하며 판을 차리고 먹을 작정으로 양요리로 안주를 따로 시키고 법석이었다.

"자, 누가 먼저 곯아떨어지나 해 볼까."

진호도 팔을 걷고 대들었다. 봉순이는 자칫하면 혼자 걱정에 빠져들어 가는 진호를 술이나 취하게 해서 흥이 나게 하자는 것이었지마는, 진호도 봉순이를 곯아 떨어 버릴까 하는 생각을 슬며시 먹는 것이었다.

"그런데 하숙은 어디쯤 되우? 삼 일은 예서 마친다 하구, 내일은 '푸리기'를 해서 데려가야지 않겠수?"

봉순이도 우선 몸 붙일 데를 생각하는 것이었다.

"하지만 나 있는 데는 갈 데가 못 돼. 왜 아는 데 많다지? 어디 좋은 데 하나 잡아 놔요 내가 데릴사위루 들어갈 테니. 허허허."

"글쎄…… 전에 나 있던 아파트가 교통두 편리하구 좋기는 하지만 지금은 어떻게 됐는지?"

봉순이가 아주 장기전을 차리는 말눈치에 진호는 또 한 번 속으로 혀를 내둘렀다.

"아, 취한다. 난 인젠 밥 할 테야. 아주머닌 좀 더 하시지."

하고 진호는 술병을 들었다.

"아주버니 이거 망녕요 안주두 좋구 하니 좀 더 합시다그려."

봉순이는 실없이 혀 꼬부라진 소리를 내며 신기가 좋았다.

상을 물리고 나니 피차에 어지간히 취기도 돌았지마는, 노곤들 하여 펴놓은 자리에 쓰러들졌다. 그러나 진호는 여간해서 잠이 들지 않았다. 옆에 누워서 지껄이는 봉순이의 잔소리를 얼쯤얼쯤 대거리를 하며 어떻게 하면 이 고질을 소리 없이 어서 배송을 낼까 하는 궁리에 팔렸었다. 그러자 귀밑에서 조잘대던 목소리도 차차 멀어 가며 어느덧 잠이 어리어리 들려다가 조용해지는 바람에 소스라쳐 눈을 떠 보니, 봉순이는 쌕쌕 숨소리를 내며 마악 잠이 들어가는 모양이다.

진호는 무슨 도둑질이나 하듯이 숨도 크게 못 쉬고 가만히 일어나 앉아서 잠든 숨소리에 귀를 기울이며 여자의 얼굴을 기웃이 엿보고 있다.

또다시 기습(奇襲)

1

진호의 눈은 잠든 봉순이의 얼굴에서 머리맡의 보스턴백으로 갔다. 아까 양주병을 꺼내고는 열쇠를 구멍에 넣어 놓은 채로 있다. 진호는 잠든 아기가 깰까 봐 하듯이, 숨을 죽여 가며 가방으로 가서 그야말로 도둑질이나 하는 듯이 가방을 열고 자기의 손가방을 꺼내서는, 마음먹은 대로 그 속에서 만 환 뭉치 하나를 빼어내서 다시 닫아 놓은 보스턴백 위에 얹어 놓고는 사뿟 일어섰다.

진호는 못에 걸린 양복을 후딱 입고 손가방을 들기가 무섭게 소리없이 방문 밖으로 빠져나왔다. 복도로 나선 진호는 큰 숨을 휘 쉬며, 날씨는 선선하건마는 겨드랑이에 땀이 배는 듯싶었다.

한나절에 손님이 뜸한 복도에는 인기척이 끊기고 조용하였다.

"아, 어딜 갑쇼?"

층계를 내려서려니까, 아까 짐을 들어다 주던 보이가 말을 거는 바람에, 진호는 선뜻하며 멈칫하였다.

"응, 좀 나갔다 올 테야. 혹 못 오드라두 머리맡에 돈 만 환 내놨으니, 그걸루 셈 하시게 하구, 하룻밤 편히 쉬시게 해드려라."

진호는 제풀에 놀란 것이 우습기도 하였지마는, 얼떨결에도 그 돈 만 환을 이런 애들이 들어갔다가 자는 틈에 집어 갈까 보아서 일러두는 것이었다.

호텔 밖으로 나온 진호는 접때 서울에서 봉순이 집을 빠져나올 때 같지는 않았지마는 가슴이 후련하였다. 온천물에 몸도 깨끗이 씻어서 거뜬하였지마는, 마음도 시원하였다.

그런대짜 내일이라도 회사로 쫓아와서 또 성화를 바칠 것이지마는 그래도 위선 걷어차는 의사표시는 되었으니, 얼마 동안은 성이 가시게 굴다가도 저 지치면 서울로 떨어져 가겠지 하는 생각이었다.

'도대체가 술이 병이야!'

언제라고 술에 얽매이던 주망태는 아니지마는, 설마 그날 술이 안 취했던들 그렇게는 안 되었을 것을 하는 생각을 하면 술을 인제는 입에 대지 말아야 하겠다는 결심도 하는 것이었다.

그러나 또 생각하면 손쉽게 술 탓만 할 것도 아닌 것 같다. 그날 저녁에 그놈을 해내려고 분김에 술을 한 병 일부러 들이키고 인환이를 찾아간 것이지마는, 봉순이가 요릿집으로 끌 때도 그렇게 인사정신 모르게 고주가 되었다든가? 그렇게 말하면 당초에 봉순이가 새문밖에서 살 시절에 실상은 아래층에 살던 영숙이에게 놀러가서도, 자기가 놀러 간 기척만 나도 당장 위층에서 뛰어 내려와서 끄는 대로 따라 올라가

서 커피차를 얻어먹고, 댄스를 가르쳐 준다고 전축을 틀어 □□□□□
□□□□□□□□□□□□□□□□□□층에 영숙이 모녀가 있는 줄을 몰랐었
던가? 번연히 이 여자가 무슨 생각, 무슨 수단이거니 알면서도 아래층
의 영숙이가 마음에 키이면서도 어쩌는 수 없이 위층으로 끌려가던 생
각을 지금 와서 생각해 보면, 무슨 큰소리가 나오겠느냐는 자책지심(自
責之心)이 없을 수 없었다.

'누가 탓을 할꾸? ……'

이런 생각을 하면 진호는 봉순이만 나무릴 수가 없었다. 그러나 봉순
이만 나무랄 수가 없다는 자책지심이 얼른 결단하고 봉순이를 박차 버
릴 결심을 꺾는 것이었다. 그러나 실상은 또 그뿐이 아니었다.

마치 무르익은 과실이 차차 곯아 떨어져 가는 무렵에 풍기는 향취와
새큼한 단맛이 감칠 듯한 것 같은 그런 유혹을 마음 한구석에 생각하
여 보는 것이었다.

무어 그리 급한 일이 있다고 택시를 잡아 탈 필요가 없어서 진호는
버스로 천천히 부산진역 앞까지 와서 하숙으로 들어갔다.

"아, 왜 이리 늦으셨습니까?"

하며 주인댁이 나와서 맞고, 아이들이 따라 나와서 반기고 하는 데에,
진호는 반갑기도 하였지마는, 무슨 더러운 구렁텅이에 빠졌다가 헤어
나와서 햇빛이 비치는 맑은 시냇가에 선 듯싶어 신선한 기분을 느끼었
다.

"안녕하셨어요? ……그런데 애 큰일 났구나 아무것두 가지구 온 게
없어서."

하고 진호는 딱 와 보니, 빈손으로 들어온 것이 안된 생각이 들어서 선뜻 돈지갑부터 꺼내서 아이들에게 대거리를 하여 주었다.

"그래 각시네를 안 데리구 오셨습니꺼?"

주인댁이 의외란 듯이 치어다본다.

"뭐, 시집살이 해야죠 혼자가 좋아요"

진호는 선웃음을 쳤다.

"우야꼬, 그래도 계시다가 안 계시니까, 적적해 못 견디겠더구만. 혼자 어찌 지내실랍니꺼."

색시를 데리러 올라간 줄만 알았던 주인댁도 눈치만 멀끔히 보고 섰다. 진호도 자기 방에 맹꽁이자물쇠가 비딱이 잠겨 있는 것을 보고 마음이 허전하고 덜 좋았다. 무어 그리 오래 살림을 하던 터전은 아니지마는, 전 같으면 퇴근해 나와서 영숙이가 나와 맞아 주던 형용이 머리에 떠올라서 쓸쓸한 생각이 드는 것이었다.

방에를 들어서니 첫눈에 띄우는 것은 못에 걸린 영숙이의 파르스름한 상에(집에서) 입던 치마다. 그 위에는 소매부리를 걷은 채인 나일론 깨끼저고리가 둘에 접은 채 덮이듯이 얹혀 있다. 영숙이가 부산에서 부라사랴 빠져 달아날 때 속으로는 언제나 또 다시 오려니 하는 생각으로 그대로 두고 갔던 것만 같아서, 진호는 뒤쫓아 올라갈 때까지 그대로 걸린 채 두고 보던 것이지마는, 지금 와서 주인 없는 옷이 빈 방을 지키고나 있었던 듯이 말없이 축 늘어져 있는 것을 보니 또 다시 마음에 언짢고 영숙이에게 미안한 생각이 간절하다. 먼지가 보얗게 앉은 방바닥에 발을 들여놓기가 싫었다. 너절히 늘어 놓인 책상 위도 떠날 때 그대로이건마는 쌀쌀한 기운이 돌며 살아 있는 기운이 돌지 않는다.

그래도 안주인이 걸레를 빨아 들고 들어와서 방바닥을 훔쳐 주고 책상 위를 치워 주니까, 방 안에 다시 살아난 기분이 돌아서 진호는 옷을 벗고 자리를 깐 뒤에 드러누웠다. 선뜻한 자리 속이었지마는 몸 기운에 녹을 새도 없이 그대로 잠이 들었다.

인사정신 모르고 깊은 잠에 곯아떨어졌던 진호는 옆에서 누가 흔들며 깨우는 줄을 알면서도 눈이 떨어지지가 않아서 □□□□□□□□□□ 눈을 가슴츠레 떠 보니, 주인집 작은 딸이 앞에 앉았다.

"선생님, 사모님 오셨습니다."

어린 딸년은 매달리듯이 다시 잠이 들까 보아 귀에다 대고 소리를 바락바락 지른다.

다시 눈을 감아 버리던 진호는 '사모님'이라는 바람에 충혈이 된 눈을 커닿게 뜨고 벌떡 일어나 앉았다. 이 집에서는 영숙이가 와 있을 때 어른들이 사모님이라고 부르기 때문에 아이들도 그렇게 불러 왔던 것이다.

"흐흥! 사모님이란 어떤 사모님인지……자, 여기 사모님 들어갑니다."

이때껏 마루전 아래에 섰던 봉순이가 코웃음을 치며 툇마루 위로 올라선다. 그러지 않아도 사모님이란 소리에 정신이 번쩍 들었던 진호는, 맥이 풀리며 반쯤 열린 창문으로 들어서는 봉순이를 멀거니 치어다만 보고 앉았다. 깨우려 들어온 계집아이는 그저 선생님 같고 이 집 아주머니 같은 반반한 여자면 사모님이라고 부르는 줄 알고 무심히 나온 말이겠지마는, 진호는 영숙이가 뒤미처 쫓아 내려온 줄로만 알고 반색을 하였던 것이다.

"이건 뭐야! 어디 사람이 그럴 수가 있담."

방에 들어선 봉순이는 눈을 고두 세고 발을 통 구르며 앉으려다가, 마루 끝에 놓인 보스턴박스 생각이 나서 다시 나가서 가방을 들여다 놓는다.

"아니, 하루저녁 편히 쉴 일이지, 여긴 또 어떻게 알구 쫓아온 거요?"

진호는 아까는 술까지 끊겠다고 혼자 화를 내고 후회를 한 것과는 딴판으로 어쩐지 속으로 코웃음이 나는 것을 참으면서 핀잔을 주었다.

"얘, 너의들은 어서 가 놀아라."

무슨 구경이나 난 듯이 동리아이들까지 우르르 몰려 들어와서 기웃거리며 방 안을 들여다보는 것이 귀치않아서 쫓아 버리고, 방문 밑에 눈을 깜작거리며 우두커니 섰는 주인집 아이도 달래 보낸 뒤에 문을 닫아 버렸다.

2

"결국 떨어져 지내야 피차에 좋겠기에 그런 건데……."

진호는 무슨 딴소리가 또 나올까 봐서, 안집에 들리는 게 창피해 겁을 내며 봉순이의 하는 거동만 바라보다가 입을 여니까, 봉순이는 거기에는 대꾸도 않고 가방을 열더니 집에서 입는 옷을 꺼낸다.

"자, 그러지 말구 나갑시다. 남 체면두 좀 봐 줘야지."

진호는 질겁을 해 일어나서 양복을 떼어 입기 시작한다.

그래도 봉순이는 모른 척하고 옷을 부둥부둥 벗고 헌옷으로 갈아입는다.

한편에서는 나갈 차비로 양복을 입고 한편에서는 벗고, 조용한 방 안에는 버스럭 소리밖에 아니 났다.

"예서 아주 판을 차리면 어째? 남 체면두 생각해 줘야지!"

진호는 와이셔츠를 입고 넥타이까지 매면서, 그래도 가만히 있을 수만 없어서 또 한마디 하였다.

"체면은 무슨 체면! 그야말루 체면두 인정머리두 없이 그런 알부랑자 짓이나 해서 남 낯을 깎이게 하구 다니면서!"

옷은 다 갈아입고 가방을 치우면서 봉순이는 어이가 없다는 듯이 코웃음을 친다.

"허허허. 누가 할 소리를!"

진호는 위협으로 넥타이까지는 매고 났으나, 그래도 어쩐지 뱃속에서는 쓴웃음이 복받쳐 올라와서 그만 웃음이 터지고 말았다.

"그러지 말구 우리 요 옆 정갈한 여관이 있는데 그리루 나갑시다."

달래기 시작하였다.

"아, 고단하다. 남 좀 잘 만하니까 일으켜 내구 회사엘 허위단심 찾아갔다가 이 집 찾느라구 얼마나 또 애를 쓰게 하구!"

봉순이는 예사로이 혼잣소리를 하며, 이때까지 방 임자가 드러누웠던 자리로 가서 자빠져 버리며,

"아니꼬운 체면은 무슨 체면야! 화가 치미는 대루 하면 뺨이라두 갈길걸! 뺨만 갈겨? 목을 졸라매 줄 텐데!"

양말까지 벗은 하얀 조그만 발을 꼬아서 쪽 뻗고 기지개를 켜며 누

워서 혼잣소리를 조잘댄다.

"아니, 그럼, 엊그제 본마누라를 서울루 쫓아 올려보내더니 또 금시루 제이호를 끌구 내려왔다구 동리에선들 날 뭘루 알 거야?"

진호도 하는 수 없으니 자리 앞에 도사리고 앉으며 책상 위에 담뱃갑을 집어 한대 핀다.

"흥! 그 말 혼자 듣기 아까운데! 제이호라구! 호호호……제일호의 그 알량한 제일호 마님의 자리를 차지해서 미안하구 죄송하구! 호호호 이거 이거 왜 이래!"

이제는 얼러대는 소리를 하고 눈을 똑바로 뜨다가, 진호가 모른 척하니까 봉순이는 스르르 눈을 감아 버린다.

방 안은 점점 더 우중충해지다가 불이 확 들어왔다.

아무런 소리를 하고, 아무런 짓을 해도 역시 며칠 동안에 더러운 정이 들어서 얄밉게 보이지 않는 진호는 고단해 하는 이 계집을 들쑤셔서 데리고 나가야만 되겠다는 생각은 사라져 버렸다. 인정이 그럴 수도 없지마는 여기에까지 기를 쓰고 찾아온 것을 생각해도 그렇고, 마주 딱 대하면 밉지 않으니 그럴 수밖에 없었다.

"아니, 우리 회사에 가서 또 딴소린 안 했겠지?"

진호는 봉순이가 잠이 들었나 싶어 가만히 말을 꺼내면서 눈을 감고 누웠는 하얀 얼굴을 내려다보았다.

"몰라! 시끄러! 길바닥에 내던지고 간 제이호가 무슨 말은 안 했을꾸!"

봉순이는 실눈을 떠서 남자의 눈치를 보면서 팩 쏘아 주었다. 그러면서도 입가에는 가느다란 미소가 어리었다.

봉순이가 이 집에 찾아든 것을 보면 정녕 회사로 찾아가서 주소를 알아 가지고 온 것일 것이라는 짐작이 진호에게도 드는 것이었다.

"되우는, 이호가 귀에 거슬리는 게로군! 하지만 생각해 보라구. 지금은 이호지만, 세월은 비끄러매 놓던감. 조금 있다간 제삼호, 사호로 떨어지면 어쩌려는지? ……"

봉순이는 다시 눈을 감은 채 자는 듯이 모른 척하고 누웠다.

"이거 봐. 그러기에 어서 늙수그레한 제일호 자리를 골라잡아 가지구 몸 둘 데를 차리라니까! 이건 뭐야 남 장가두 못 가게 헤살만 놓구! 그 죄는 누가 받을 테야? 호호흥!"

진호의 머릿속에는 여전히 주인집에 창피스럽다는 생각이 떠나지를 않아서 가만가만히 소리를 내는 것이었다. 그뿐만 아니라, 진호는 이 여자와 교제가 있은 뒤로 경험이나 나이 보아서는 이죽이죽 말이 늘기도 하였지마는 놀리는 농담이 아니라 피차에 실수 없이 좋을 대로 하자고 타이르는 말씨였다.

그린 듯이 가만히 누웠는 여자의 얼굴은 간지러운 듯이 볼그레 피어오르면서 네 말이 옳고 우습다는 듯이 평화스러운 기색이 돌았다. 그러나, 너 아무렇거나 난 나 할 대로 하고 싶은 데까지 하고 만다는 배짱을 부리는 기색이 꼭 다문 입가에 떠오르는 것 같기도 하다.

"흥! 이 마님이 정말 잠이 드셨나? 내가 무슨 죄가 있다구 이렇게 못살게 구는 거야?"

진호의 입에서는 또 역시 학생시절같이 장난의 소리가 탄식같이 웃음에 섞여 나왔다.

"응, 그래! 왜 제 죄를 모를꾸! 남같이 코주부거나 납작코루 태났더면 팔자 편했겠지? 누구 죄랄 거 뭐 있나! 어머니 아버지 죄지! 남의 눈에 띄게 태난 것이 죄란 말야! 호호호……."

별안간 발딱 일어나 앉는 봉순이는 깔깔깔 웃으며 옆에 앉았는 남자에게 그대로 덤벼들려는 듯한 눈웃음을 친다.

"허허허……. 아주머니 그러지 말자구. 어서 일어나요 우리 저녁이나 먹으러 나갑시다."

진호는 달래면서 머릿속에 또 영숙이가 떠올라왔다. 영숙이한테는 자기가 오히려 짜증을 내었지마는 이것은 이편에서 큰소리 안 내게 달래야 하겠으니 큰 걱정이다.

"아이 난 잘 테야. 지금 어딜 가자는 거야? 아무래두 잠이 보배야."
하고 봉순이는 또 다시 누워 버린다. 그래도 봉순이는 웃음기를 머금은 눈을 말뚱말뚱히 뜨고 모로 누워서 망단해 하는 젊은 애를 짓궂은 눈초리로 바라보고만 있다.

그러자 저녁 밥상이 나왔다. 진호는 선뜻 일어나서 상을 받아들이면서 무심코 혀를 쯔 차면서

"애, 밥 한 그릇 더 가져 와!"
하고 식모아이에게 일렀다. 밥은커녕 상 위를 잠깐 보아도 전에 경험이 있어서 잘 알지마는, 젓가락도 댈 수 없는 선 김치보시기에 새우젓 접시, 간장 고추장 종지를 늘어놓고, 보기만 해도 씁쓸한 멀둥한 토장국 대접이 밥그릇 옆에 놓였으니 아무리 밥 한 그릇을 더 가져오기로서니,

이거야 차마 봉순이더러 먹으랄 수는 없는 노릇이다.

"뭘 그래요. 아이 난 밥 소용없다."

하고 봉순이는 깔깔 웃으며 또 다시 발딱 일어나서 손을 홰홰 내두르더니, 밥상 위를 한 번 휘 돌아다보고 나서,

"어디, 우리 귀한 영감 밥상이 이래서 됐나! 가만있어요, 내 좋은 반찬 꺼낼께!"

하고 보스턴백을 끌어당기더니, 술병부터 꺼내 놓고 찻간에서 먹다가 남은 고기통조림이며 이것저것을 하나씩 하나씩 쑤셔 꺼내어 늘어놓는다.

"어어! 난 술 끊었어! 날더러 또 술을 멕이려구? 허허허."

진호는 선웃음을 치며 도리질을 하였다.

"글쎄 가만있어요. 나 하는 대루……."

하고 봉순이는 가지고 온 양주잔을 내놓으며 차근차근히 네모진 커단 술병을 들었다.

"허! 또 이 홀리는 술을 먹으라구?"

진호는 어쩌는 수 없이 너털웃음을 터뜨리며 잔을 들어 받아 놓고는 식모아이를 불러서 청요리를 몇 접시 시키었다.

술병에는 호박색 양주가 이제는 밑에 조금 남기는 하였지마는, 애초에는 어떤 놈이 가져다가 봉순이의 집에서 먹다가 남겨 둔 것인지? 그비 오던 날 아침에 봉순이의 집에서 맛을 본 뒤로, 기차간에서, 동래 온천에서, 또 여기까지 끌려 다니며 남을 못살게 구는 것이었다. 그러나 봉순이는 이거 몇 잔이면 이 젊은 아이의 그 꼬장꼬장하던 마음이 확

풀리고, 무슨 소리가 연달아 나올까 보아서 무시무시한 그 혓바닥이 노글노글하여지는 데에 맛이 들어서 그야말로 자기 앞에 무릎을 꿇게 하는 무슨 마약처럼 이 남자 앞에 내어놓는 것이다.

"아아, 벌써 도는데! 하지만 난 다시 안 홀려! 허허허."

청요리가 오고 술잔이 오락가락하니까, 진호의 말소리부터 달라졌다.

"호호호 그게게 큰소리 말라니까."

봉순이는 의기양양하였다.

"그래야, 김 다 빠진 젊은 맛을, 술기운으로 부축하는 것밖에! 이건 뭐야? 신세 딱하지!"

진호는 강주정을 내놓으며 껄껄 웃었다. 그 말에 봉순이는 잠깐 새침하여지며 언짢은 눈치다가

"어디 두구 보자구! 넌, 얼마나, 언제까지나 젊은 대루 큰소리를 치나!"

하고 가냘피 하얀 손가락으로 부글부글한 진호의 뺨에 삿대질을 하였다. 그러면서도 봉순이는 조금도 웃음기를 보이지는 않았다.

"허허허……."

진호는 웃기만 하면서 술잔을 내서 봉순이에게 주었다.

봉순이는 따라 주는 술잔을 받으면서도 이 젊은 아이한테 이런 모욕을 당하는구나 하는 생각에 여전히 얼굴빛은 시원치 않았다.

3

상을 물린 뒤에 술이 거나히 취한 진호는

"어어! 기분 좋다! 어디 오래간만에 바닷가에 산보라두 나가 볼까?"
하며 봉순이를 들쑤셔 보았다.

"에그 난 싫어 잘 테야. 나가긴 지금 어딜 나간다는 거야?"
하고 봉순이는 살림하는 신혼 색시나 되는 듯이 붙들었다.

그러나 진호는 멀쩡한 김이기도 하지마는 초저녁부터 귀찮게 바스럭
대고 쏘삭거리는 이 여자 앞에 앉았기가 싫어서 와이셔츠 바람으로 훌
쩍 나서고 말았다.

'저게 따라 내려온 줄을 알 텐데……'

생각은 역시 서울에 가 있었다. 가뜩이나 한데 영숙이가 점점 더 덧
드러날 것이 애가 씌어서, 우선 편지로라도 무어라고 변명을 하고 마음
을 돌리게 할지 걱정이었다. 무어나 무어나 급한 것이 서울로 전근을
해서 영숙이를 옆에 끼구 있게 되어야만 일이 제대로 순탄히 해결될
텐데, 회사에서 잘 들어줄 지가 문제다. 내일은 인사과장을 집으로 찾
아가 볼까 하는 생각도 하여 보았다. 그럴 생각이 벌써 들었더라면 서
울서 내려올 때 무슨 선사할 것을 마련해 가지고 내려오는 걸 잘못했
다고 후회도 났다.

'허! 인젠 나두 사회에 나섰다구 첨할 줄두 제법 알게 됐구나!'
하며 진호는 컴컴한 거리를 어슬렁어슬렁 걸으며 쓴웃음을 혼자 웃었
다.

문간 불이 환한 여관집 앞을 지나다가,

'나온 김에 여관에를 들어가 자구 혼자 좀 애를 태워 줄까?'
하는 생각이 들었으나 미처 결단을 못한 채 여관 앞을 지나치고 말았

다. 영숙이가 내려와서도 단 한 채의 금침을 가지고 지냈으니, 하룻밤이라도 또 한 이불 속에서 지낼 것을 생각하면 그다지 싫은 것은 아니지마는, 좀 떨어져 있고 싶은 기분에 실쭉한 생각도 없지 않고, 내친걸음에 내대는 기색을 좀 더 뼈지게 보여 주고 싶은 것이다. 그러나 봉순이를 너무 덧들여 놓았다가 정말 암상이 나 가지고 일부러라도 한술 더 뜨고 덤비게 되면 그것도 걱정이기는 하였다.

와이셔츠 바람이라 차차 선선하여지기도 하였으나, 봉순이가 한잠 푹 든 뒤에 살며시 들어가 누워 버리는 것이 낫겠다고 아무쪼록 시간을 보내려고 또 한 바퀴 돌다가, 지날결에 눈에 띄우는 거리의 술집으로 들어섰다. 발을 구르며 술은 다시 입에 안 대겠던 것도 딴소리, 시간을 보내자는 핑계도 없지 않았지마는, 역시 술이 비위에 당기는 것이었다.

저녁밥에 먹은 위스키가 깨이니까 목이 컬컬하였던 것이다.

고뿌 술을 한 잔, 두 잔, 석 잔째인데, 기름진 청요리를 먹은 뒤가 돼서 그런지 좀체 취하지를 않는다.

"무슨 걱정이 많으셔서 그렇게 수심에 빠지셨어요?"

술잔을 놓고 멀거니 앉았는 것을 보고 나이 지긋한 주인댁이 안 보는 체하면서도 힐금힐금 건너다보다가는 말을 걸어왔다. 말씨가 본바닥 사람은 아니요, 피난민 찌꺼기로 처져 있는 축인 모양이다.

"흥, 그렇게 봬요? 수심에 빠진 게 아니라 장가갈 궁리에 팔려 있답니다."

진호는 껄껄 웃고 말았다.

"한참 좋은 땐데 왜 안 그러실라구! 호호."

드는 손도 없고 나는 손도 없이 오뎅 냄비에서 김이 보얗게 서리고 조용한 한때이었다.

"너무 좋아 걱정이랍니다."

진호는 또 잔을 들어 반이나 단숨에 켰다. 우연히 영숙이와 처음 만날 때부터의 생각, 부산 대화가 있던 다음날 부산진역에서 만났을 때 웬일이던지 첫눈에 가슴이 설레이던 생각부터 나기 시작해서 애틋한 정서에 끌려들어 가는 것이었다.

"좋습니다. 신수가 훤히 틔신 것이 색시가 너무 따라서 어느 걸 골라 잡을까 걱정일 겁니다. 한참 망설이는 판이군요."

젊었을 때는 지나는 남자의 눈길도 그대로는 지나치지 않았을 주인 주모는 새새거리며 심심하니 놀리는 것이었다.

"잘 알아 맞추셨습니다. 허허허 관상쟁이보다 더하시군요 허허허……."

"관상쟁인 별수 있던감! 어디 손금두 좀 봐드릴까?"

그저 이야기삼아 실없은 소리이겠지마는, 와락 이리로 나와 조그만 식탁을 겸하여 마주 앉는다.

"어디 좀 봐 주세요"

진호도 껄껄대며 왼손을 내어밀었다. 주모는 기름 묻은 매끈매끈 닳아빠진 손으로 진호의 손을 받쳐 들듯이 붙들고 한참 들어다 보며 얼굴을 몇 번씩이나 번갈아 보고 하더니

"처궁이 좀 산란하겠군! 두 계집 거느리란 팔자구요……."

하며 운자를 뗀다.

"딴소리! 허허허……쌍벌죄루 콩밥이나 먹지 않을까 봐 주세요"

"호호호……. 콩밥은 왜! 부모덕에 이밥만 먹겠수. 아니 큰돈 잡아 볼 거요, 이름두 날릴 거요……."

"하하하……. 이름을 날린다니 국회의원쯤은 되려나? 어디 입후보나 해 볼까!"

하고 진호는 장단을 맞추었다.

"으응! 남 힘들여 말하는데 헛소리 하는 줄 아시나 봐. 내 말이 맞을 거니 두구 봐요 동기는 단 형제!"

"맞었어, 맞었어!"

"그거 봐요."

손금쟁이는 신이 나서

"당신은 삼형제는 둘 건데, 그저 사모(紗帽)를 세 번 쓰라는 게 걱정이야. 조심하세요, 여자는!"

하고 정말 관상쟁이나 되는 듯이 참다랗게 일러 주는 것이었다.

"허허허. 그 술병 이리 가져오슈. 복차루 아주머니 한 잔 드려야지. 안주두 좀 더 가져오시구."

아주 맹문이는 아니요, 무어 좀 아는가도 싶지마는, 어쨌든 듣기 싫은 소리는 아니니 진호는 연방 신기가 좋았다.

"아니, 내, 술 얻어먹자구 헌 건 아닌데……어쨌든 참 좋아요"

주모는 진호가 잔을 비어서 내주는 것은 받지 않고 새 고뿌를 갖다 놓고 손님에게도 치고 자기 잔에도 부었다.

"그래 여난(女難)의 상(相)은 아닌가요?"

진호는 좀 쑥스럽다고는 생각하면서도 사모를 세 번 쓴다는 말이 마음에 걸려서 채쳐 보는 것이었다.

"어쨌든 팔자가 세구, 계집으루 고생 좀 할 거란 말인데, 그래두 팔자 좋지 뭐유."

하고 주모는 술잔을 벌써 비워 놓고 탐이 난다는 듯이 또 한 번 남자의 얼굴을 치어다보다가,

"나두 젊었을 때 같으면 한몫 보자구 덤벼들었을걸!"

하고 벌써 주기가 도는지 샐없이 깔깔댄다.

"하하하……. 참 정말 여난에 걸리나 보다!"

한참 뜸하였던 손님이 들어오기 시작해서 주인은 한소끔 바빠졌으나, 진호는 그래도 그대로 훌쩍 일어설 수가 없어서 멈칫멈칫하며, 손 나는 대로 마주 와 앉은 주모에게 술을 또 두어 잔 권하고 일어선 것이 열 시나 넘었을 거다. 길에 나서니 찬바람은 쏘이건마는 제법 술이 돌아서 이만하면 봉순이한테 주정도 실컷 할 수 있을 것 같다. 봉순이가 잠이 들기를 기다려서 들어가자던 생각은 까먹고, 술김을 빌어서 하고 싶은 말을 죄다 해 버리자는 작정이었다.

"어! 술이 취한다. 이건 누구야? 솔개미 까치집 차지하듯이 남의 자리에서 염체 좋게 이건 어디서 게든 양공주야? ……"

진호는 방에 들어서며 비쓸비쓸하며 방바닥에 펄썩 주저앉는다.

자는 척하고 돌아누웠던 봉순이는 양공주라는 말에 박딱 일어나 앉으며 독이 바짝 난 눈으로 앞에 앉은 진호를 쏘아보다가는, 정말 취한

품이 탄했다가는 더 무슨 소리가 나올지 겁이 나서 곧 뛰어나갈 듯이 일어서더니 전등불을 탁 끄고 그대로 자리 속에 쓰러져 버린다.

"뭐? 이 양공주는 영어 아니면 말이 통하지를 않는 모양이다. 벙어리는 아닐 텐데, 입이 붙었나?"

컴컴한 속에서 부스럭부스럭 양복바지를 벗어 던지고 자리 속으로 엉금엉금 기어들어 가서는 돌아누운 봉순이를 엉덩이로 자꾸 민다. 벽으로 착 달라붙은 봉순이는 몸이 꼭 끼어서 숨이 막힐 지경이라.

"이 주정꾼이 망난아! 이러면 내가 호락호락히 밀려날 것 같으냐?"
하고 두 발을 벽에다 번디고 팍 밀어냈다.

"하하하…… 꽤 앙세다!"
하고 주정꾼은 되받아서 또 엉덩이를 민다.

봉도 물고 눈물도 짓고

1

"어떻게? 더 자겠수?"

윗목에 앉아서 아침밥을 한술 뜨고 상을 밀어 놓고 일어선 진호는 부리나케 양복바지를 쥐면서, 자리 속에 그대로 누웠는 봉순이를 내려다보며 말을 걸었다.

"벌써 가우? 난 좀 더 드러눴다가 갈 테야."

잠이 깼으면서도 모른 척하고 누웠던 봉순이는 눈을 반짝 뜨고 쳐다본다.

"아침은 쥔한테 일러 놀 테니 자시구 나가요"

그래도 자기를 바라고 온 사람이니, 진호는 너무 매정스럽게 할 수가 없어서 웃는 낯을 보였다.

"그 걱정은 말구……. 그러나 저러나 내 오늘 나가서 집을 구해 놀 테니, 딴소리 말구 떠날 작정이나 하구 있어요"

봉순이는 쏘는 소리를 하였다. 호텔에 내던져 두고 간 것을 쭐레쭐레 기어든 것도 분한데, 간밤에 생트집만 하고 들볶인 것을 생각하면, 아직 직성이 풀리지를 않았다.

"그래, 그래. 아무쪼록 좋은 별장이나 하나 구해 놓으라구."

진호는 웃음엣소리로 대꾸를 해 주고 훌쩍 나가면서도 정말 방을 잡아 놓고 성화를 바치면 걱정이라고 겁도 났다.

점심때 진호는 회사를 빠져 나와서 그래도 마음에 키우니 어떻게 나갔나 하고 하숙에부터 들려 보았다.

"아이 이거 미안하구먼! 삼일 안 색시가 이렇게 겔러 빠져서. 호호호."

그때까지 자리 속에 파묻혔던 봉순이는 발딱 일어나서 저도 미안한지 허둥허둥 자리를 개켜 얹고 세수 제구를 들고 뜰로 내려서는 것이었다.

안방에서도 모른 척하고 있고 봉순이가 대야를 들고 물을 뜨려 쩔쩔매기에 뜰에 그대로 섰던 진호가 웃으며 부엌으로 들어가서 물을 떠 주었다.

"그럼, 난 가요"

이왕 나온 길이니 데리고 나가서 같이 점심이나 먹고 헤어질까 하는 생각도 없지 않았으나, 그 거레를 하는 화장이 끝나기를 기다리려면 한나절이나 걸릴 것이니 진호는 뜰에 섰던 채로 돌쳐서려 하였다.

"아냐, 아냐. 금세루야. 같이 나가자구."

봉순이는 수건질을 하며 방으로 뛰어 들어가다가 진호가 모른 척하고 나가 버리는 것을 보고는 혀를 쯧 찼다. 이때처럼 남자가 매정스럽고 제 신세가 가엾은 생각에 풀이 죽은 때가 없었다.

그래도 장을 대고 온 사람들을 제대로 만나게 될지는 모르나 화장만은 시간 가는 줄을 모르고 정성껏 하였다. 오라는 데는 없어도 갈 데는 많았다. 서울서 떠나기 전부터 궁리가 많았었다. 그 중에는 민간인 측 양키도 있었지마는 헌다한 사장 영감도 있다. 서울서도 만났지마는 요새는 여기에 내려와 있다니 여기서 불시에 만나면 서울서 만나는 것과는 달라서 반가워할 것이요 괄시는 안 할 것이다.

'일만 잘 되면! 어디 두고 봐라. 네까짓 것!'

진호가 옆에 앉았거나 한 듯이 피, 하고 곧 사래질이라도 할 듯싶이 코웃음을 쳐 보았다. 그러나 그것은 잠깐 발끈한 생각이지 정말 진호를 놓쳤다가는 큰일이라고 공연히 겁이 나고 마음이 서운해졌다.

'그거 봐! 그래두 맘이 안됐던 게지! 점심시간을 타서 부리나케 달려드는걸!'

어쨌든 진호가 그동안이 궁금해서 들여다보고 간 것만이라도 고마워서, 봉순이는 자랑삼아 저더러 하는 말이었다.

옷치장을 하는 데도 무슨 선이나 뵈려 가는 듯이 가방에서 이 양복 저 양복을 꺼내서 몇 번이나 입었다 벗었다 했는지 몰랐다. 커다란 핸드백을 들고 나서며 봉순이는 주인집에 알은체를 하고 나갈까 하는 생각도 없지 않았으나, 어제 온 뒤로 코빼기도 못 본 주인댁을 불러낼 묘리도 없고 하여 그대로 나가려니까 주인댁이 마루로 나서며,

"아이구 우야꼬 아침상이 그대로 있는데 점심이나 자시구 가시소"

121

하며 뜰로 내려온다.

"괜찮아요. 폐가 많습니다. 일가 댁에 좀 갔다가 곧 와요"

봉순이는 무어 겸연쩍을 것도 없지마는 어서 빠져나가려 하였다. 그러나 주인댁은 봉순이를 어떤 위인인지 좀 보고 싶어서 나왔다는 듯이 멀거니 만경이 되어서 바라보고 섰다.

저녁때 진호가 퇴근해 나와 보니 게[蟹] 딱지만한 방 안이 이사 간 집처럼 여자 양말짝, 드로즈, 파자마들이 헤갈이 되어 방바닥에 널려 있고 가방을 뒤엎어 놓은 듯이 양복떼기까지 이 구석 저 구석 동댕이를 쳐 있다. 진호는 눈살이 저절로 찌푸려지고 혀를 차면서도 손에 잡히는 대로 집어, 걸 것은 걸고 뭉뚱그려 넣을 것은 넣고 방을 말끔히 치웠다. 그러나 안방에서는 모른 척하고 내다보지도 않았다. 어디서 그따위를 끌구 와서……하고 못마땅해서 그러는가 싶어서 진호는 마음에 찔끔하기도 하였고 창피한 생각이 들었다.

'어쩌면 홀아비살림에 누구더러 치라구 그래 놓구 달아나 버린단 말이람!'

전 같으면 방을 분통같이 치워 놓고 마당까지 깨끗이 쓰레질을 하고 밥을 지어 놓고 자기가 돌아올 때를 기다리고 있었을 영숙이가 불현듯이 그립고 아쉬웠다. 그날 밤 진호는 밤이 이슥토록 자며 깨며 기다려야 봉순이는 오지 않고 말았다. 와도 걱정이지마는 그래도 안 들어오니 좀 서운도 하고 애가 씌었다.

이튿날도 감감 무소식이었다. 그러나 시원섭섭도 하였다.

벌써 사흘째나 아니 들어오는 것을 보고는

'흥! 단단히 걸렸군!'

하고 코웃음을 치면서도 진호는 시원섭섭만 한 것이 아니라 잘되었다는 생각과 함께 웬일인지 속아 떨어진 것 같은 분한 생각도 들었다. 잠깐 동안이나마 더러운 정이 들어서 그런지 마음에 키우고 금시로 톡튀어 들 것만 같아서 자다가 깨어서도 옆에 누웠나 하고 들여다보다가 서운하곤 하였다.

자다가 말고 가방 속을 뒤져 보았다. 세수 제구 목욕 제구가 없다.

'흥! 다 제 셈속은 차리구 다니는걸!'

하고 진호는 혼자 웃었다. 제 배짱이 있고 제 실사교를 차리고 따라 나온 거니 하는 생각을 하니, 진호는 짐이 좀 덜렸다고 마음이 가벼워지면서도 역시 마음 한구석은 허전한 것을 어쩌는 수가 없었다.

사흘 밤을 지내고, 나간 지 나흘째 되던 날이었다. 저녁때 진호가 회사에서 나오려는 판인데 전화가 왔다.

"나예요 호호호. 난봉이 나느라구 어린 앨 떼 놓구 나돌아 다니는 것 같애서 어쩌나 맘이 안되는지! 호호호. 그래 자리 속에 엄마 젖이나 찾구 킹킹대지 않았어? ……"

어디서 전화를 거는 것인지 연해 하하거리며 제 말만 하는 통에 이편에서는 옆에서들 듣는 것이 무서워서도 그랬지마는 그저 에, 에 하고 어름어름 대꾸만 하였다.

"좀 있으면 나오시겠죠? 나오는 길에 그 왜 광복동 유명한 카나리아 다방 아시지? 그리 좀 와요"

"난 모르겠는데……."

"그거 무슨 딴전야. 부산 피난 삼 년에 공으루 살았구면! 하하하. 어쨌든 광복동 중턱께까지만 와서 어디서 물어보든지 알거니 찾아와요 꼭 할 말이 있으니⋯⋯."

"할 말은 집에 와선 못 하겠기에!"

"그런 게 아냐. 난 몰라. 기다릴 거니 꼭 와야 해요."

저 할 소리만 하고 전화를 톡 끊어 버렸다.

'나 안 가면 저 오겠지.'

내댈 제는 언제요 나 안 가면 저 오겠지, 라니 시원섭섭하다는 것도 빨간 딴소리였다. 무어 그리 부아가 날 것까지는 없으렷마는 진호는 지루퉁해서 말없는 전화통만 바라보고 앉았다.

"왜 그래? 매우 향기로운 목소린데! 정 가기 싫건 내 대신 가 줄까?"

옆의 젊은 애에게도 수화기에서 흘러나오는 봉순이의 또랑또랑한 목소리가 들렸던지 실없이 놀린다.

"호! 정 그렇다면 아무리 바빠두 나두 대 서 보지 허허허."

"이 사람들 헛소리들 말어. 요새 젊은 영감이 출입이 잦으시다구, 일찍 들어오란 분분가 본데. 그 왜 전화통에서 바가지 긁는 소리 들리지 않던가."

하고 마주앉은 또 하나 총각이 껄껄댄다. 학교를 갓 나온 것은 아니지마는 머릿속에는 징집(徵集)이 가득 들어앉았고 언제나 장가를 가게 되려누 하는 한심한 생각이 떠나지를 않는 이 젊은 축들에게는 진호가 신혼한 색시 영숙이를 데리고 와서 살림을 한다는 것이 부러워서 장난 반 거염 반으로 언제나 놀리는 것이었다.

회사에서 나선 진호는 생각을 돌려서

'가 보나? 그만 둘까? ······'

하고 망설이면서 버스를 잡아탔다. 차가 부산진 앞에 섰다가 혹 떠나는 대로 내버려 두고 선뜻 내리지를 못했다. 쓸쓸한 하숙에를 들어가 본대야 별수 없으나 어디 어떤 꼴인지 구경이나 하겠다는 생각으로 찾아갈 작정을 하였다.

2

"응! 왔구먼! 여기야 여기."

전등불은 채 안 들어오고, 어두침침한 속에 담배연기만 저녁안개처럼 보얗게 낀 속에서 봉순이의 목소리는 들리나 손님이 오글거리는 속에 어디가 끼어 있는지 얼른 찾기도 힘들었다.

"그래 잘 있었어? 회사두 잘 다니구?"

맨 구석배기 창 밑으로 자리를 잡고 앉았는 데로 간신히 비집고 들어가니까 봉순이는 흔감스럽게 반색을 하며 앉았던 자리를 내주고 일어선다. 진호는 맞은편에 우좌스럽게 떡 버티고 앉았는 부연 중년신사를 힐끗 보며 인사성으로 고개를 끄덕해 보이고 앉으면서도 봉순이의 어투가 손아랫동생이나 다루는 듯하는데 웬일일꾸? 하는 생각이 들어서 대꾸도 잘 못 하고 픽 웃어만 보였다.

"선생님 이 애가 아까 말씀한 우리 외사촌동생예요"

'이 애'라는 소리에 진호는 선뜻하며 뒤통수나 탁 얻어맞은 듯이 얼떨하였다. 어쩐지 제 꼴이 비굴해진 생각이 들어서 얼굴빛이 살짝 변해

졌지마는 그런대로 봉순이의 낯을 생각해서 다시 엉덩이를 들먹하고 앞에 앉은 늙수그레한 친구에게 인사를 하는 수밖에 없었다.

"어……."

이 친구 대관절 누군지? 턱을 건드렁하고 대꾸만 하는 것이 몹시 거만스럽다. 누구나마나 물어보지도 않아도 그만 짐작은 진호에게도 있었다.

"이 선생님은 동진상사(東振商社), 진호두 알겠지? 거기 사장이셔. 호호호……아주 그 길에 나두 한몫 목아서 소개해 줄까? 난 사장 비서실장이라누!"

봉순이는 다방 안 사람들이 다 들을만치 자랑삼아 커다란 소리로 떠벌여 놓고 깔깔댄다. 봉(鳳)을 하나 물어 놓고 신바람이 나서 그러는지? 비서실장이라는 것은 제 입으로 내린 사령(辭令)이겠지마는 사장이면 이름도 없는지 이편에서는 깍듯이 통성명을 했는데 "어……." 하고 턱짓으로 끄떡끄떡만 하니 아니꼽기 짝이 없다고 진호는 생각하였다.

"아니 내 하두 심심하기에 관상쟁이를 봤더니 돈을 붙들 것이요 이름을 날린다기에 나두 방직회사 사장이나 되구 국회의원이나 되면 우리 누님을 비서루 쓸까 했는데! 허허허……."

진호는 사장을 좀 비꼬아 주고도 싶고 팔자에 없는 '누님'을 한술 더 떠서 불러 보고 싶은 충동으로 이런 소리를 꺼내며 껄껄 웃었다.

"허허허. 쉐쉐! 어서 데려가슈. 난 이런 비서실장 처치 곤란한 판인데 그거 잘 됐구먼."

사장 영감은 꾸물꾸물하는 소리로 좀 덜 떨어진 수작을 하고는

"자 그만 일어설까? 어디루 갈까?"

하고 봉순이를 치어다본다.

"그거 봐! 비서실장 분부만 기다리면서! 호호호."

봉순이는 제 핸드백은 옆구리에 끼고 사장의 손가방을 들고 나선다.

진호는 차나 한 잔 주려니 했더니 차도 안 내고 나서는 것이 좀 못마땅도 하였으나 저녁들을 먹으러 가는 모양인데 끌려가기도 거북한 생각이 들었다.

"난 갈 테야."

밖에 나와서 진호가 헤어져 가려니까

"아냐 아냐. 같이 가요. 얘기할 것두 있구 나 하라는 대루 가만있어."

하고 봉순이는 눈을 깜작깜작하며 은근히 이르는 것이었다. 무슨 꿍꿍이속으로 그러는지는 몰라도 놈팽이를 올려 앉히려는 눈치인데, 눈을 기여 가며 거기에 한통속이 된다는 것이 진호로서는 자존심이 깎이는 것 같아서 따라서기가 싫었다. 그러나 아직 이름도 모르는 사장이

"이 형, 나 좀 부탁할 것두 있고 하니 어디 가서 얘기나 잠깐 합시다요."

하고 친숙히 말을 붙이는 데는 뿌리칠 수도 없었다. 초면에 밑도 끝도 없이 부탁할 말이 있다니 무슨 부탁인지 궁금도 하고 호기심도 없지 않았다.

조그마한 요릿집으로 들어가서 됫박 같은 방에 좌정을 하고 앉으니까

"이 형, 한일방직(韓—紡織)에 계시다지? 좋은 데 들어가셨구려."

하고 사장은 연해 이 형, 이 형하며 말을 붙이었다.

"우리 사장 아세요?"

"암, 아다마다!"

한일방직 사장 김준식이를 모른대서야 체면이 깎인다는 듯이 동진상사 사장은 큰소리를 쳤다.

"글쎄 그러니 우리 동생 말 좀 잘해 주세요 진호두 우리 사장님께 부탁 잘해 둬."

봉순이는 호호호 하고 웃다가

"하지만 서 선생님, 우리 동생이 요새 연애 고작이 빠질 지경우로 서울에 두구 온 색시의 곁을 떠나지 않으려구 서울 지점우로 전근을 못해 법석인데, 아예 그런 청은 들어주지 마세요 당분간 부산에 두구 귀양살이를 시켜서 떼 놔야 할 거니까. 호호호."

하고 진호를 놀려 주었다.

"그거 무슨 소리야. 그런 좋은 일에 훼방을 놀 거야 뭐 있나. 김 사장 만나면 당장 서울지점으로 옮기게 말해 주지."

하고 서 사장은 큰소리를 치다가

"아, 참 김 사장 잘 알겠구려? 내 명함 한 장 갖다 주구 쉬 한 번 찾아가 뵙겠드라구 전달이나 좀 해 주우. 저녁이나 함께 먹구 싶은데 언제쯤 틈이 있겠느냐구 좀 물어봐 달란 말요."

하며 지갑을 꺼내서 명함에다가 김준식 사장의 이름을 써서 진호에게 준다.

진호는 명함을 받아 들고 비로소 이 사람이 서정규라는 것을 알았다.

한일방직의 김 사장은 실상 처음 들어갔을 때, 인사과장에게 여러 명 신입사원과 함께 끌려가서 꾸벅 인사 한 번만 하고 나온 정도이니 김 사장이 진호 따위 애송이 사원을 알 리가 없다. 그러나 그렇다고 명함 한 장 전해 달라는 부탁쯤 못 듣겠다고 할 수도 없으니 받아 넣어 두었다. 저녁밥까지 사 먹여 가며 부탁을 한다는 것이 결국 이것인가? 하는 생각을 하니 좀 이상하기도 하였으나 어쨌든 이런 심부름으로 해서 김 사장에게 얼굴을 익혀 둘 기회라도 얻어 두는 것은 해롭지 않다는 생각이 들어서 좋기도 하였다.

술까지 얻어먹어 가며 되레 이편 청을 들어 달라기에는 너무 배짱이 센 수작이지마는 아무튼 그렇게 이야기가 오고 가는 동안에 말 한마디쯤 못 해 줄 것도 아니니, 이게 웬 떡이냐 싶기도 하였다. 일전에 손금을 보아 주던 주모의 말이 맞느라고, 이것이 돈을 붙들고 성공을 하게 될 문이 열리는 시초나 아닌가 하는 공상도 하여 보는 것이었다.

식당에서 나와서 헤어질 제, 서 사장은

"그거 꼭 부탁해요. 하회는 미스 최한테루만 전해 주슈."

하며 또 다지었다.

"돈 들여가며 신신당부를 하는 눈치가 단순히 명함 한 장 보내고 안부나 전하라는 건 아닌 모양인데……?"

둘이만 걷게 되니까 진호가 먼저 말을 꺼냈다. 봉순이는 서 사장과 함께 가려니 하였더니 외갓집 아주머니의 꾸중이 무서워서 오늘은 일찍 들어가 봐야 하겠다고 입에서 나오는 대로 헛소리를 탕탕 하고는 진호를 따라오는 것이었다.

"호호호 아무튼 외사촌동생두 하나 두구 볼 거야. 심부름 잘만 하라구. 동생도 좋구 누이두 좋구! 일만 잘 되면 덕을 단단히 볼 거니."

부산에는 외갓집에 다니러 온 거라고 입에서 나오는 대로 헛소리를 한 끝에 진호 이야기가 우연히 나와서 한일방직에 다닌다니까 서정규는 그럼 좀 심부름 시킬 일이 있으니 부르라고 하여 불렀던 것이다.

"아까 김 씨하구 그렇게 친한 새는 아닌가 봐. 어떻게 끌어내서 만나 보군 싶은데 다리를 놔 줄 만만한 사람도 없구 길을 뚫으려구 애를 쓰던 판인데, 진호 씨가 거기 다닌다니까 우선 슬쩍 말을 걸어 보자는 거지."

봉순이의 설명이었다.

"묻지 않아두 으레 한밑천 대라구 기대는 수작일 텐데, 그래두 든든한 사람을 내세워야지 나 같은 졸병쯤으론 될 말인가."

진호는 코웃음을 친다.

"그야 그러기에 누가 고등외교를 해 달라는가! 만나 준다기만 하면 한턱 단단히 내구. 그런 고등외교야 내가 있지 않은가!"

하며 봉순이는 지금부터 신바람이 나서 어깻짓을 하였다.

"응, 알았어 알았어! 뭐? 매부두 좋구 누이두 좋다던가 하더니 또 누구를 못 살게 굴려구?"

진호는 코웃음 쳤다.

"입 좀 닫쳐 둬. 내가 누굴 못살게 굴었단 말야?"

봉순이는 발끈하였다.

"나두 어리배기 사장인 줄 아는감! 헌데 그 서 가는 언제부터 안 거야?"

"왜? 샘이 나?"

"흐흥, 헐 일 없던감! 똑 알맞기에 말야. 내 무조건하구 양보를 할 거
니 창피스럽게 동생이니 뭐니 하구 애, 재 하지나 말어요."

"그럼 뭐 설마 애인이라구 터놓구 자랑할 수야 있나."

봉순이는 발길에 채이도록 어깨가 맞닿도록 자꾸만 남자에게로 달겨
든다.

"애인! 흐흥……!"

진호가 어처구니가 없다는 듯이 냉소를 하니까

"그럼 뭐랬으면 좋아? 우리 영감이라긴 아직 앳되구!"

하며 컴컴한 속을 걸으며 봉순이는 남자의 넓적팔을 꼬집었다.

③

"응, 아씨께서 편지가 왔구먼."

진호가 구두끈을 푸는 동안에 먼저 방으로 들어간 봉순이는 방바닥
에 떨어져 있는 편지봉투를 집어 든다.

"어디 봐, 이리 줘."

뒤따라 들어오며 진호가 손을 내밀었으나 봉순이는 핸드백을 책상
위에 내던지며 편지를 감추는 흉내를 내더니

"나부터 좀 보구."

하고 피봉을 죽 찢는다.

"볼 게 다 따루 있지. 그게 어떤 편지라구."

진호는 실없은 소리같이 대꾸를 하며 펴 들은 편지를 뺏으려 하였으

나 봉순이는 마루로 피해 나가며 골몰히 읽는다.

사실 진호는 그렇게 기다리던 영숙이의 편지가 궁금해서 어서 보고도 싶었지마는 이 여자에게 그 편지를 건드리게 하고 싶지 않았다.

"잘 생각했지. 내 신세나 제 신세나……"

편지를 다 보고만 봉순이는 방으로 들어오며 옷도 벗지 않고 기다리고 섰는 진호에게 펼친 편지를 내어민다.

"뭘 잘 생각했단 말야? 제 신세나 내 신세나 어쨌단 말야?"

진호는 편지는 받으려고도 않고 눈살을 찌푸리며 핀잔을 주었다.

편지를 보고 난 봉순이의 입에서 '잘 생각하였지'라는 소리가 나오는 것을 들으니 진호는 벌써 겉짐작이 들어서 더 불쾌하였다. 그렇게 자기 속을 탁 털어 놓고 갖은 소리를 다 해 가며 썩썩 빌었건마는 역시 자기는 물러서겠다는 사연밖에 더 없을 것 같다.

"나 잠깐 다녀 들어올 테야."

양복은 입은 채인 진호는 편지도 안 보고 그대로 나가려 든다.

"그럼 나두 나갈 테야."

봉순이는 손에 들었던 편지를 책상 위에 던지고 나서려 한다. 너댓 장이나 되는 편지지가 후르를 하고 책상 위에 날아 떨어지며 흐트러진다. 진호는 마음에 선뜻하며 덜 좋았다. 애를 써서 보낸 편지가 봉순이의 손에서 저렇게 마구 굴리며 헤갈이 된 것을 당자가 알면 얼마나 분해 할까 하는 생각을 하니 영숙이에게 미안하기 짝이 없다.

"어딜 따라가겠다는 거야? 어서 잔말 말구 자요"

진호의 입에서는 막 구박을 하고 뿌리치는 소리가 나왔다.

"에, 난 가방 가지구 갈 테야. 이렇게 민주를 대는 걸 질깃질깃 쫓아 다니는 내가 미친년이지!"

봉순이는 팩 토라져서 눈물이 글썽해지며 가방을 끌어내 놓고 못에 걸린 양복들을 떼어서 아무렇게나 뚤뚤 말아 넣는다.

"응, 잘 생각했어. 저 책상 밑의 드로즈하구 양말짝두 넣어 가지구 가라구."

진호는 나가다 말고 주춤 서서 내려다보다가 놀리듯이 픽 웃었다. 여기에 한 번 더 발끈한 봉순이는 아무 대꾸도 없이 아랫입술을 악물고 분에 못 이겨 그런지 그만 울음이 터져 나와서 돌아앉은 어깨가 들먹거린다. 진호는 잠깐 선뜻하였다. 이 여자가 우는 것을 본 일도 없지마는 젊은 애처럼 우는 것이 어울리지도 않거니와 의외이기도 하였다.

'나이 아깝게 울긴 무엇 땜에 우는 거야?'

진호는 이런 생각을 하며 차마 입 밖에 낼 수는 없어서 속으로 혀만 찼다. 며칠씩 싸지르면서 어떤 놈한테 가서 자빠졌다가 염체 좋게 또 기어드는 이것을 한자리 속에 뉘어 놓고 어떻게 잔단 말인가 하고 아까부터 께름해 하던 진호는 핑계 좋게 잘되었다 하고 가만 내버려 둘 작정이었다. 그러나 제 신세타령으로 그러는지 정말 정에 겨워서 그런지 이렇게 목이 메어 우는 꼴을 보니, 인정이 어떻게 모른 척하고 내버려만 둘 수도 없어서

"별안간 왜 이래요? 뭣 땜에 그래. 이 밤중에 어딜 간다는 거야?"

하고 가방을 뺏어서 저리로 밀어 놓았다.

"내 잘못했어요. 아무 생각 없이 실없이 그런 거지만……"

봉순이는 가방을 다시 끌어당기거나 가겠다고 악지를 부리지는 않고 핸드백에서 손수건을 꺼내서 눈물을 꼭꼭 눌러서 썼으며 고개를 외로 꼬고 이렇게 사과를 하였다.

"그까진 소린 해 뭘 해. 자 나가자구 바람이나 쐬구 들어와 자게."

진호는 생각을 돌려서 되레 달래었다.

"내 걱정 말구 어서 나가세요"

봉순이도 금시로 마음이 풀려서 고분고분해진 진호의 부드러운 말소리에 속으로는 웃음이 복받쳐 오를 지경이었으나 내친걸음이라 좀 더 토라져 보였다.

"실상은 내일 인사과장을 찾아가 볼 작정인데 빈 손으루 갈 수가 있어야지. 뭐 있나 하구 좀 나가 보자는 건데 무에 좋을꾸?"

진호는 의논성스럽게 말을 건다.

"내 알아요"

봉순이는 여전히 뾰롱뾰롱하다.

"하여간 나가자구. 저기 관상쟁이 술장수가 있는데 홧김에 술이나 한 잔 먹을 겸, 우리 아주머니 언제나 좋은 영감 만나서 시집을 가게 될지 관상이나 좀 보구 허허허."

사실 진호는 영숙이 생각을 하면 공연히 심난하고 여기서 이 지경으로 봉순이의 성화를 받는 것도 구살머리쩍어서 술이나 먹고 인사정신 없이 푹 쓰러져 자 버리겠다는 생각뿐이다.

"요 알뜰한 얼굴은 보여서 뭘 하겠기에! 흐흥……그래서 돈을 붙드느니 출세를 하느니 큰소리를 쳤구면. 그러지 말구 언제나 이 귀신같은 늙은 년이 앓던 이 빠지듯이 시원스럽게 떨어져 나가겠는지 그거나 물어보구 오시구려.”

하며 봉순이는 코웃음을 치면서 관상쟁이라는 말에 솔깃해 하는 기색이다.

“아닌 게 아니라 그것두 좀 물어볼 겸 어서 나가자구.”

“에잇 나두 홧김에 술이나 한 잔 먹구 와서 자야지.”

봉순이도 아까 요릿집에서 몇 잔 한 주기가 빠지니까 또 한 잔 당기는 판이라 따라 일어서고 말았다.

정거장 앞에 나가서 양담배 한 보루와 봉순이가 골라 주는 양주 한 병을 사서 들고 일전에 갔던 관상쟁이 술집에를 찾아 들어갔다.

“어서 오세요 오늘은 동부인이시로군.”

주인 주모는 반색을 하며 맞았다. 오늘도 한구석에 두어 사람 고뿐 술을 놓고 조용히 마주 앉았을 뿐이요 한가롭다.

“쥔아주머니, 동부인인지 구리 부인인지 관상을 잘 해 보슈.”

“뭐 내 눈을 속이려구. 될 말인가!”

주모는 생글생글하며 코웃음을 친다. 술이 나오고 안주접시가 늘려 놓았다.

“자 쥔아주머니두 한 잔.”

하고 진호는 술을 권하고 나서

“오늘은 이 아주머니가 언제나 시집을 가게 되나 좀 잘 봐 주세요. 복채는 얼마든지 나올 거니까.”

하고 충동하였다.

편지

1

"뭐 영감 말야. 발길에 채어서 넌더리가 날 지경인데 뭘 걱정이슈."

하며 주모는 눈을 깜작이며 봉순이의 얼굴을 뜯어본다.

"남 악담을 하시는구려."

말은 그래도 봉순이는 새새새 웃었다. 저편 구석의 두 남자는 빙그레 웃으며 만경이 되어서 이편을 바라보고 있다.

"악담이 무슨 악담. 그럼 평생 과부 팔자랬으면 좋겠어요?"

주모는 펄쩍 뛴다.

"그런데 쥔아주머니, 이 아주머니 영감님이 망녕이 나서 그런지 자꾸 이혼을 한다구 들볶는데 어떻게 백년해로를 할지 좀 보아 주슈."

진호가 또 실없이 말을 거니까,

"뭘, 애망녕이 난 거로군. 하지만 오래가진 못할 거야. 이 아주머닌 아주 요릿집 같은 거나 하나 내구 아주 판을 차리구 나서 보슈. 잘될

거니."

별로 손금을 보자지도 않고 눈치껏 어름어름 대거리를 해 주는 것이나, 봉순이는 어수히 맞는다고 신기해도 하고, 아주 판 차리고 나서 보라는 말도 귀에 솔깃하게 들렸다. 이왕이면 한일방직의 김 씨를 대고, 얼러 보려는데 잘 되겠느냐고 물어보고 싶으나, 차마 진호 앞에서 그런 말을 꺼낼 수가 없었다.

구질구질한 데 앉아서 마냥 판 차리고 술을 먹기도 창피한 생각이 들자 웬만큼 하고 진호를 들쑤셔서 얼른 나와 버리고 말았다.

"······서울로 전근이 되어 같이 모여 살기를 바라는 것도 아니요, 반드시 전근이 너의 결혼의 조건이 될 것도 없지 않으냐. 차라리 얼마 동안 떨어져 사는 것이 피차에 좋을 성싶다······"

진호는 부친의 편지에서 이런 구절을 볼 때 좀 덜 좋고 섭섭한 생각이 들었다. 집안에서 이단자(異端者)로 여기고 주체할 수 없는 말썽꾼으로 돌려서 부모도 인제는 아주 내대는가 하는 생각을 하면 몹시 고독을 느끼기도 하였다.

그러나 떨어져 지내자는 데에는 이유가 없지 않다는 짐작이 진호에게도 들기는 하는 것이었다. 새파란 과수인 형수가 있는 집안에는 들르기가 싫으니 멀찌감치 떨어져서 귀양살이를 하라는 것이리라고 짐작이 가서 진호는 어이가 없다는 듯이 무심코 실소를 하였다.

'개가를 하겠다면 가라지! 아이들은 내가 맡기루 하구······. 잔뜩 붙들어놓고 썩힐 거야 뭐 있나!'

손쉽게 이런 생각도 떠올랐다. 그러나 아무리 친조카 자식이기로 둘씩이나 애미 애비 없는 자식을 어떻게 맡겠다는 말인지……원길이(영숙이의 아들) 생각이 머리에 떠오르면서 또 한 번 혼자 선웃음을 쳤다.

"……혼례는 네 마음 내키는 대로 언제든지 지내도 좋다마는, 이왕네 사람이라고 명토를 지을 바에야 남의 집에 두고 신세만 끼칠 수 없고 너도 객지에서 괴로울 것인즉 하루 바삐 거행토록 하여라. 비용은 간략히 작수성례(酌水成禮)할 셈 잡고 대강 삼만 환 예산 쳐 놓았다. 그외에 더 드는 것은 너 알아 하여라……"

삼만 환이라니? 지금 돈 삼만 환으로 뭘 하라시는 건구? 하며 진호는 하도 어이가 없어서 이번에는 혼자 소리를 내어 웃었다.

"……이번 기회에 집 간이라도 마련해 줄 작정이었다마는 뜻대로 안되는구나. 나도 여년(餘年)이 얼마 아니 남았는데 너 아다시피 모아 놓은 것 없고, 동생들은 아직 어린데 손주 새끼가 둘씩이나 달렸으니, 나죽은 뒤에는 굶어 죽으라니? 내 짐도 수월치 않은 것을 알아다오……"

진호도 코가 맥맥하였다. 늙은 아버지가 사정하다시피 하는 말에는 뜨끔한 생각도 들기는 하지마는, 이것은 부친의 엄살이오 벌을 단단히 서라는 것이로구나, 하고 또 한 번 히쭉 웃었다. 그러나 무심히 웃고만 있을 일이 아니라, 어서 서둘러서 올라가게 되어야 집 한 채라도 생기겠는데……하는 생각과 함께 우선 머리에 떠오르는 것은 인사과장의 얼굴이다. 인사과장은 그끄저께 집으로 찾아가 만났다.

"글쎄, 어디 개인의 사정만 볼 수야 있나마는 유의는 해 두지."
하는 정도로, 들어온 지도 얼마 안 되어서 무슨 잔소리냐는 말눈치 같았다. 양주병이나 담뱃갑쯤 받았다고, "네 그럽쇼"하고 선선히 대답할

리도 없고, 청을 들어준다손 치더라도 어렵다고 쭐겨야 생색이 나고 코 아랫진상도 더 나오게 될 것이지마는, 인제야 겨우 말을 걸어 놨는데 겉몸이 달아 쫓아다닐 수도 없는 일이요, 딱한 노릇이다.

부친의 편지에는 또 이런 말도 쓰여 있었다.

"……너도 나이 그만하면 자립해야 할 것이요, 늙은 애비가 일일이 총찰을 하고 간섭을 하려들지도 않겠다마는 매사를 자의껏 요량해서 잘 해 나가야 할 것이다. 우선 자수성가한다는 결심으로 경제적 독립을 하여야 할 것이요, 결코 뒤에 아비가 있거니 급하면 어찌해 주겠지 하는 기대는 생각은 아예 버려라.……"

이것은 자식의 고집에 넘어가서 이 혼인을 승낙은 해 주었으나, 그래도 못마땅해서 화풀이로 하는 말인 모양이나, 의절만 안 한달 뿐이지, 이제는 아주 손을 뗄 터이니 너 할 대로 하고 너 될 대로 되라는 막가는 말 같아서 듣기에 속이 저리고 서운하다. 금시로 부모의 품에서 내던져진 것 같아서 몹시 쓸쓸하다. 그것은 고사하고 맨 마지막에

"……내 다시는 아랑곳을 하고 알려 들 필요는 없다마는 너 이번 내려갈 때 누구와 동반이 되었느냐는 말이다. 영숙이는 영숙이대로 눈치가 달라져서 취직 길을 뚫으러 나다닌다는 말을 풍편에 들었는데 그건 또 무슨 일이냐? 도시 뭐 부족거론(不足擧論)이니까 말 말자면서도 너 어머니가 애절하는 모양이 보기에 하도 딱해서 한마디 하는 것이니 너 어머니 속이나 태우지 말고 내 낯 깎이는 짓이나 말아다오."

하고 정수리에 침을 놓는 것보다도 더 뼈저리게 나무란 사연에는 눈이 뚱그래지며 '내가 어쩌다 아주 부랑자가 되어 버렸단 말이냐!' 하고 진

호는 집안에 신용 타락이 되고 자존심이 깎인 데에 분이 와락 났다.

부친이 낙양다방에만 들르면 단통 봉순이가 쫓아온 것쯤은 알았겠지마는, 그보다도 영숙이가 구직(求職)을 한다고 싸지른다니, 이게 어디 약혼을 하고 시집간다는 여자가 할 노릇인가? 첫째 남 듣기에 창피스러워 못 견딜 노릇이다. 얼마나 욕들을 할까……그러나 욕이 무서운 것이 아니라, 공연히 헛애를 쓰고 돌아다니는 암상이 잔뜩 난 영숙이의 뾰로통한 얼굴이 눈앞에 얼씬거리며 가엾은 생각에 곧 뛰어 올라가서 잡아끌고 싶다.

자리 속에서도 곰곰 생각을 해 보아야 부친의 말대로 어서 식이나 하고 데리고 내려오는 수밖에 별도리가 없기는 한데 정작 영숙이의 노염을 풀고 마음을 돌리게 해야 할 텐데 그 역시 묘책이 나서지를 않는다.

진호는 자리 속에서 기어 나와서 책상에 편지지를 꺼내 놓았다. 정자경 여사에게 매달리는 수밖에 도리가 없다. 모든 것을 숨김없이 고백을 하고 모든 것을 맡아서 해 달라고 부탁하려는 것이다.

"어머님같이 존경하는 마음으로 오랫동안 사랑을 받아 온 사위나 되는 듯싶이 모든 잘못을 용서하시고 조력하여 주실 줄 믿는 마음으로 이 글월을 올립니다. 부끄러운 말씀입니다마는 제가 어느 미친 여자의 꾀임에 빠져서……"

마악 여기까지 써놓고 뒷말을 상스럽지 않게 완곡히 잇대어 나가려고 말구(語句)를 생각하고 앉았는데 어디서 노려보고나 있었던 듯이 봉순이가 후닥닥 뛰어 들며

"벌써 자는 거요?"

하고 소리를 치기가 무섭게 툇마루에 통하고 올라서며 미닫이를 확 열어젖힌다.

"홍, 러브레터를 쓰시고 계시군! 독수공방에 잠이 안 오셔서! 어디 좀 봐요 어쩌면 내게 보내려던 것인지두 모르지. 호호호"

주기가 좀 있는지 매우 신기가 좋다. 진호는 얼떨결에 편지를 덮어 놓고 돌아보다가 얼른 다시 집어 쭉 찢어서 두 손바닥에 넣고 부비며

"유서를 쓰는 거야. 아닌 게 아니라 잠두 안 오구 하두 못살게 굴기에 수면제를 마악 먹을 판인데."

하고 농쳐 버렸다.

"듣기 싫어요 나 지금 어디서 오는지 알기나 해?"

봉순이는 옷을 활활 벗어 던지며 금시로 딴청을 한다.

"장하시군! 사장님 비서실장이 사장 모시구 가서 퇴주잔이나 얻어걸린 게지 뭐야?"

진호는 손에 든 편지 종이 뭉치를 휴지통에 탁 던지며 헛웃음을 쳤다.

"날 누구루 알구, 퇴주라니?"

하고 옷을 다 벗은 봉순이는 남자가 누웠던 자리로 가서 쓰러지듯이 누워 버리면서,

"이거 왜 이래? 어수히 맞추긴 맞혔지만……사장은 사장인데 어느 사장이게!"

하고 무슨 수수께끼나 걸듯이 어린애처럼 콧노래를 부르며 자랑삼아

거는 말이었다.

"응? 사장은 사장인데, 혼쭐난 사장이란 말이지? 그건 내 사장!"
하며 진호도 봉순이의 어린애 같은 소리가 우스워서 웃고 말았다.

"대체, 눈치는 빨라! 그 사장이 자기 집 가는 길에 자가용으루 여기
까지 바래다 주었다누!"

무어나 아느냐는 듯이, "흥, 참!" 소리까지 나왔다.

아닌 게 아니라 그럴 만도 하다. 한일방직의 김 사장과 벌써 만나서
동진상사의 서 사장과 함께 회식까지 하였다는 말눈치니, 이건 천만의
외이기도 하지마는 여간 '제트'식이 아니다.

"그래, 정말 우리 사장 만났어?"

진호는 좀 정색이 되었다

"왜? 곧이들리지를 않어? 날 지금은 민주를 대지만 두구 보라구! 잘
못하면 큰코다쳐. 날 떠받들면 당장 서울 전근시켜 주지!"

봉순이는 큰소리를 탕탕하며 자빠졌다. 그끄저께 저녁에 인사과장을
만난 길에, 사장에게 가는 편지를 맡아 가지고 있는데 직접 전하고 전
갈을 드릴 말도 있으니 내일 사장실까지 데리고 가 주겠느냐고 부탁을
하여 놓고, 김 사장에게 서정규의 명함을 갖다가 준 것은 그저께 아침
일이었었다.

그래도 빈손으로 가지 않았던 덕이었던지 인사과장의 안내로 사장을
만나는 영광을 얻었고, 진호가 대학의 추천으로 지난봄에 입사한 수재
라는 소개까지 하여 주어서, 사장이 웃는 낯으로 대꾸를 하리만큼 낯이
나게 된 것은 진호도 내심에 은근히 유쾌하였던 것이다. 김 사장은 서

정규의 명함과 전갈을 받고도

"응. 고맙습니다 하구, 나두 틈 있는 대루 한 번 가 뵙겠다구 말씀해 주게."

하며 지나는 인사겠지마는 기분 좋게 대거리를 하여 주는 것이었다. 동진상사라면 무역상계에서도 다소 신용이 있는지 김 사장도 그리 괄시는 안 하는 눈치기는 하였지마는 무슨 언턱거리를 대고 이편에서 뒤미처 쫓아가서 끌어냈겠지마는 하여튼 불과 하루 이틀 사이에 이렇게 급진전이 되리라고는 생각지 못한 것이다.

"그래, 그동안 어딜 가서 파묻혔다가 무슨 바람이 불어서 이 밤중에 달겨든 거야?"

벌써 통행금지 시간도 지났지마는 이틀 사흘씩 어디 가서 틀어박혀 있다가 남 마음이 가라앉을 만하면 획 나타나서 들쑤셔 놓고 하는 것이 불쾌하였다.

"어렵쇼 인제 제법 강짜를 다 할 줄 알구! 호호호……차차 사람이 되는구면!"

하고 봉순은 남자의 훌뿌리는 질투 비슷한 그 말을 도리어 달갑게 받으면서

"옷두 좀 갈아입을 겸, 우리 애송이 영감이 기다릴 것 같구 보구 싶어서 ……"

하고 남자의 손을 잡으려며 시룽댄다.

"그 옷가방 아주 갖다 두지. 여긴 세탁집이란 말야, 바느질집이란 말야."

진호는 여자의 내미는 하얀 손길을 탁 치며 책상으로 돌아앉았다.

"그래. 내 인제 날마다 또박또박 제때에 들어와서 저녁이라두 같이 먹어 줄께. 날마다 그놈의 연회 시중 들기에 어디 몸을 빼쳐 낼 수가 있어야지. 오늘도 하마터면 못 올 건데, 마침 김 사장이 같이 타지 않으려기에 따라나섰지."

김 사장이 자기 차로 바래다주었다는 그 말이 몇 번이고 하고 싶은 자랑이기도 하지마는, 김 사장과 그런 인연이 붙고 교제가 터진 것은 금시로 돈 보따리나 쏟아진 것 같은 무슨 길조요, 일은 반 성공이나 되었거니 싶어서 마음이 옥신거려서 못 견딜 지경이다.

"되우 생색은 낸다. 숫제 혼자는 밥이 입에 안 들어가는 줄 아는 게로군. 김 사장, 서 사장 모시기에 몸을 두 쪽으루 내두 바쁠 텐데, 그 틈을 타서 이런 누지(陋地)에 와 주시는 건 황감하외다만 앓던 이 빠지듯 시원합니다. 제발 쑤엑 쑤엑!"

진호는 아직 편지지에 펜은 들지 않았지만 듣기 싫은 소리를 흠씬 해 주고 싶었다.

"그 입 좀 작작 놀려요, 괜히 오는 복두 털지 말구, 어서 들어와 자."

봉순이가 노곤해서 눈을 감고 대꾸를 하는 눈치가 곧 잠이 들 듯하여 진호는 말을 더는 안 시키려고 입을 닫혀 버렸다.

뒤에서 금시로 잠이 든 숨소리를 들어가며 진호는 아까 쓰려던 편지를 밤이 이슥토록 정성껏 썼다.

첫째는 영숙이를 달래서 마음을 돌리게 잘 타일러 줄 것, 부친과 의논을 해서 택일만 해 놓고 올라오라면 언제든지 상경할 터이니 만반준비를 부탁한다는 것, 준비라야 색시가 옷이 없을 것인즉 옷장만을 하는 것일 텐데, 부친이 혼비로 삼만 환을 내놓는다는 것은 홧김에 하는 억설인즉 이것도 자경 여사의 수단껏 해서 과히 남부끄럽지 않게 준비하여 달라는 부탁이었다. 언제부터 친한 새라고 바쁜 사람더러 혼인 준비까지 해놓고 몸만 올라가게 해달라고 부탁을 하는 것은 염치없는 말이나 마음은 다급하고 이밖에 뉘게 의논 한 마디 할 데 없으니 매달리는 수밖에 없었다.

2

"그래, 서울은 언제 올라갈 작정이요?"

이튿날 아침에 자리 속에 눈을 빤히 뜨고 누워서 어제 지낸 일을 되풀이해 생각을 하는 눈치기에, 세수를 하고 들어온 진호는 머리에 빗질을 하며 말을 걸었다.

"서울은 무슨 서울. 일이 잘 돼 갈 것 같으니까, 어디서 붙들든지 붙드는 대루 주저앉지."

봉순이는 여전히 큰소리를 친다.

"흥, 비서실장 자국이 또 하나 느는 게로군. 정말 내가 덕을 보나 보다."

"가만있어요. 나만 따라다니면 다 좋은 일이 있을 거니."

봉순이는 웃지도 않고 참다랗게 쾌쾌히 이르는 소리였다.

"김 사장이 쉬 서울을 간다니까, 어쩌면 나두 그 길에 따라나서 서울에 한 번 갔다가 올까두 하는데, 어쨌든 김 사장두 서울 가기 전에 대

145

거리[回禮]루 한 잔 낼 거니까, 그때 봐야 알겠지만."

한 번 만나 본 사람을 놓고 봉순이는 제멋대로 공상이 많은 말눈치
다.

"그래, 얘기가 어수히 얼려 들어갔어? 출자를 한대?"

"으음……."

하고 봉순이는 도리질을 한다. 저편 대꾸가 매우 은근한 데에 힘을 얻
어서, 단순히 말이 오고 가게 된 것을 언턱거리로 쇠뿔도 단결에 빼란
다고 봉순이를 데리고 찾아갔던 것이라서 의외로 김 사장을 끌어내는
데 성공을 하였다는 것이다.

"그래 회사까지 왔으면서 내겐 경의두 표하지 않구 모른 척들 하구
갔더란 말야! 그럴 수가 있나! 정작 중매는 난데 술 한 잔 안 먹이구."

진호는 진호대로 술좌석에 자기를 빼 놓은 것이 분하였다. 그런 좌석
에 데리고 가서 시중이라도 들게 해 주었더면 사장에게 긴하게 보일
기회라도 얻었을 것인데 하는 생각을 하면 좋은 기회를 놓친 것이 분
하였다.

"그리게 , 그런 고등외교는 내게 맡겨 줘. 내 다 소원대루 해 줄께 가
만히 있으라니까."

"이 아주머니, 뭘 믿구 연해 큰소리만 하는 거야? 떡 줄 놈은 꿈두 안
꾸는데 김칫국부터 마시구 앉아서."

"어디 두구 보자! 아무러면 헛물을 켤까! 내 춤에 안 넘어가는 놈이
있는 줄 아남! 나이는 공으루 먹은 건 아냐."

봉순이는 자신만만하였다.

저녁때 진호가 회사에서 돌아와 보니까 책상 위에 놓아둔 채인 편지
지축에 그대로 몇 마디 적어 놓은 것이 눈에 띄운다.

"미친년 꼬임에 빠진 가엾은 도련님께

생각해 보니 미안하군요, 다시는 안 올 작정입니다. 사람 보낼께 짐
을 내 주십시오 김칫국 마신 양공주."

어젯밤에 쓰던 편지를 찢어 버린 쪽지를 한사코 휴지통에서 쑤셔내
어서 보고야 만 모양이니, 이런 악착스러운 계집이 발을 끊겠다는 것도
곧이들리지는 않지마는 한때 장난이라 하여도 좀 불쾌하였다. 미친년
이란 말을 보고 노하지 않는다면 되레 이상할 노릇이지마는 그런 말을
써야 될 처지요 당자에게 들킨 것이 도시 불쾌한 일이다.

봉순이는 그 후 또 이틀 사흘 안 들어오고 전화도 걸어오지 않았다.
참 정말 발을 끊으려나? 하고 진호는 코웃음을 쳤으나 짐을 찾으려 보
낸다던 사람도 아니 왔다. 서울서 자경 여사한테선 편지를 받았다는 엽
서라도 한 장 올 것 같은데 하고 기다리고 우울하고 초조한 며칠이 지
나갔다.

그야말로 옷이라도 바꿔 입으러 들를 텐데 무슨 좋은 일이 있나 하
고 기다릴 것도 없으련마는 궁금하였으나 동진상사로 전화까지 걸어
볼 성의까지는 없었다. 성의 여부가 아니라 실없는 말로라도 제 편에서
떨어져 간다는 사람에게 이편에서 아쉬운 듯이 전화를 걸기가 싫었다.
그러자 벌써 한 댓새나 되는지 회사에 들어가 앉아서 마악 일을 시작
하려는데 전화가 왔다. 궁금하던 차이니 역시 반가웠다.

"진호 씨? 나예요, 나……"

노한 사람의 말소리 같지는 않다.

"또 난봉이 났어! 호호호. 뭐 속 시원히 발을 끊자는 판인데 난봉 좀 나기루 좋지 뭐야……"

어떻게 된 사람인지 또 실없이 깔깔대는 것이었다.

"뭐 객쩍은 소리. 어서 얘기해요."

진호는 전화통에 대고 눈살을 찌푸리며 핀둥이를 주었다.

"으응! 미친년이랄 젠 언제구 난봉이 났다는 건만 듣기 싫은 게로군? 미친년으루 패 차구 나선 년이 난봉 나기쯤 예사지 뭘 그래."

이번에는 웃지도 않고 토라진 목소리다.

"대관절 뭐야? 난 지금 바빠요"

"아 참, 나두 바빠요 나 오늘 서울 가는데 어디 작별하러 갈 새가 있어야지? 비행장에서 좀 만나자구."

결국에 하는 소리가 옷가방을 지금 곧 비행장으로 가지고 나오라는 것이었다.

제 말대로 정말 김 사장을 따라서 올라가는 것이다. 김 사장쯤 되면 계집이 발에 걸려 못 살 지경일 텐데, 한두 번 만난 봉순이 따위를 그렇게 호락호락히 상대할 리는 없을 것이요, 봉순이가 제 돈 들여가며 비행기로 날릴 까닭도 없을 거니, 필시 서 가가 돈을 들여가며 봉순이를 내세워서 그 소위 고등외교를 시키는 것일 것이요, 봉순이는 그런 자국이 안 걸려 걱정이지, 큼직한 봉이나 낚아챈 듯이, 인제는 진호 따위 눈에도 차지 않아서 부려나 먹자는 요량일 것이다. 진호는 가방을 들고 쭐레쭐레 계집의 꽁무니를 따라다닐 것을 생각하니, 그 꼴사납게 되었다고 불쾌는 하였으나 하여튼 과장에게 허락을 맡고 나섰다.

하숙에 뛰어가서 봉순이의 보스턴백을 꾸려 가지고 버스를 달려 헐레벌떡 수영(水營)비행장에를 나가 보니 정작 떠날 사람은 하나도 눈에 안 띄운다.

'너무 고지식한 게 손야.'

하며 진호는 거진 한 시간이나 쓸쓸한 대합실에 찬바람을 맞아 가며 멀거니 앉아 있자니 인제야 우우들 몰려나온다.

보지 못하던 파르스름한 새 양복을, 산뜻이 쭉 빼고 앞장을 선 봉순이가, 볕살이 쨍한 벌판에 유난히 눈부셔 보인다. 옆에 나란히 서 오는 조선옷 입는 아낙네는 김 사장 부인인지? ……그러나 원광으로 보아도 예쁘장한 몸맵시가 어느 요릿집 마담 아니면 제이호쯤일 것이다. 김 사장을 옹위한 전송객 중에서 알아볼 얼굴은 서 사장과 인사과장 사장 비서들이었다.

"어, 이 군 웬일인가?"

그래도 먼저 알은체 해 주는 사람은 인사과장이었으나 사장에게 긴하게 뵈러 나온 줄이나 알았는지 좀 이상한 낯빛이었다. 김 사장은 위신상 진호가 눈에 띄지도 않는 듯이 본 척 만 척이었으나, 서 사장만은 그래도 꾸떡 인사대꾸를 하였다. 봉순이도 고등외교를 하는 자리래서 그런지 눈찌로 알은체만 하는 체하였다.

가까이 놓고 보니, 봉순이의 팔에 걸은 연회색 스프링도 아이론에서 뚝 떼 낸 신건이요, 반짝거리는 깜장 칠피의 하이힐도 서울서 신고 온 것은 아니다. 시집가는 새색시처럼 미장원에 가서 화장을 하고 오는 길인지 새 옷에 광이 나서 그런지 또 대여섯 더 젊어진 것 같다.

'그만하면 큰소리도 칠 만하다마는 옷 한 벌 벌러 부산에 따라왔던가?'

하는 생각을 하면 더럽기도 하고 뺨 싸대기라도 한 번 갈겼으면 시원할 것 같았으나, 언제 또 볼 너냐! 하고 진호는 참아 버렸다.

모두들 눈등이 부석하고 얼굴 가죽이 더운 물에 튀겨 낸 것처럼 부옇게 축 늘어진 것을 보면 어젯밤에 이 맵시 있는 마담 집에서 밤들을 새고 튀어나온 오입쟁이들 같기도 하다. 그래도 언제나 매끈히 세련되고 신수가 환한 김 사장만은 종로신사답게 깨끗하고 버젓하다. 거기다가 비하면 서 사장은 아무래도 메떨어지고 막걸리가 뚝뚝 듣는 것 같으니 이런 사장을 수행하는 봉순이의 어깻바람이 저절로 날 것도 짐작할 만하다.

대합실에 들어와서 우중우중 섰는 동안 진호는 한구석에 국궁하고 비켜서서 짐을 지키고 있으려니까 아까는 탐탁히 알은체도 않던 봉순이가 제 깐엔 미안한 생각이 들었던지 쪼르를 와서

"내 일주일만 있다가 올께, 심심하겠지만 얌전히 기다리구 있어요"

하고 은근히 속살거린다. 무슨 어린애나 떼어 놓고 먼 길을 떠나는 어미 같은 수작이 우스웠으나 진호는 순둥이처럼 고개만 끄덕끄덕하는 수밖에 없었다.

그러나 다시 저편으로 가다가 말고 진호를 돌아다보며

"진호, 이리 좀 와. 사장께 인사라두 여쭈어야지."

하고 손짓을 해 가며 커다랗게 부르는 데는 질색이었다. 또 '외사촌동

생'을 광고 치자는 눈치인 모양이나, 이것은 물론 김 사장에게 대한 앞지른 변명일 것이다.

진호가 어색해 하면서 앞으로 나오니까,

"김 선생님, 이 사람 아시겠죠? 우리 외사촌동생예요 좀 잘 봐 주세요 내 동생야 일에 열심이구 어딜 내놓으나 염려가 없으니까, 뻑두 소용없다구 고지식하게 덤비는 축입니다마는. 호호호."

하고, 봉순이는 마침 좋은 기회를 놓치지 않겠다고 열심으로 소개하여 주었다.

진호는 소개를 잘 해 준 것은 고마웠으나 얼굴이 뜨뜻하고 속이 느글느글하였다.

비행장에서 들어오는 길에 서 사장이 은근히,

"일전엔 수고해 줘 고마웠수. 가끔 틈 있는 대루 좀 놀러 와요"

하고 말을 거는 것을 보고, 아 이제야 인사를 받는고나 하며 일편 좋기도 하나 무슨 가면극에 자기도 주역이 된 것 같아서 겸연쩍기도 하였다.

봉순이를 훌쩍 보내고 나니까, 진호는 한시름 잊은 듯이 몸이 홀가분하였다. 그러나 날이 갈수록 마음 한구석이 허전한 것 같기도 하고 그 허전한 생각이 또 무슨 죄를 짓는 듯이 영숙이에게 미안하였다. 여전히 날마다 하숙에 돌아오면 자경 여사한테서 편지가 왔나 하고 방 안을 휘휘 둘러보곤 하였으나, 기다리는 기별은 안 오고 생각 밖에 봉순이의 편지가 왔다.

"아아, 부산이 그리워요, 언제 때 정든 부산이라고 떠난 지 며칠이나 되기에 이렇게 그리울까? 더 다시 캐이지 않기로 내 맘을 모르실 리 없는 우리 님이시겠지……”

이따위로 허두를 낸 지치발 지치발 뜯어보기도 힘든 잔사설이 한참 나가다가,

“서울은, 그동안에 퍽 변한 것도 많아요, 첫째 그 정숙하신 김영숙 여사가 내 대신 또 다시 낙양에를 나와 앉으셨구요 당신이 이를 갈아붙이는 박인환 씨가 한때도 곁을 떠나지 않는가 하면, 문을 닫은 뒤에는 손에 손을 맞잡고 나가시고……그만해도 서울은 꽤 변했지요?”

‘예끼! 못된 것은 하는 수 없어!’

하고 진호는 편지를 북북 찢어서 휴지용 수통에 넣어 버렸다. 영숙이가 아무려면 낙양에를 나가 앉았을까? 말이 안 되는 수작이라고, 진호는 봉순이가 그렇게까지 속이 얕은 계집인 줄은 몰랐다고, 몇 번이나 혼자 코웃음을 쳤다. 그러나 대관절 봉순이가 영숙이를 무슨 원수나 졌다고 그렇게 못 먹어 하고 헐어대는지 이상스러웠다. 사장을 둘씩이나 끼고 눈이 번해 돌아다니며, 무엇이 나빠서 자기를 놓지 않겠다니, 어쩌자는 수작인지 그 배짱을 알 수가 없는 노릇이다.

‘아무래두 여난(女難)이 있어, 일이 안되느라구 이런가 보다.’

고, 그까짓 술집 여편네의 관상이란 것을 믿는 것은 아니나, 두 계집을 거느릴 팔자라더니, 고작 걸린다는 것이 다 찌부러져 가는 그따윈가? 하고, 그 부라퀴한테서 빠져나지를 못할까 보아 실없이 걱정이 또 된다.

그러나, 뒤미처서 정자경 여사에서 온 답장을 보고는 그만 헉하고 맥이 풀리고 말았다. 정자경 여사는 얼굴이 뜨뜻하도록 준절히 나무라고

좀 더 수양을 하라고 권하면서 도저히 상식으로는 판단할 수 없는 일이요, 자기도 어떻게 하는 도리가 없으니 손을 떼겠다는 사연이었다.

"……세상에 어디 그럴 법이 있겠소 약혼을 하고, 그나마 이만저만한 터가 아닌 것은 내가 더 말할 것도 없거니와, 오죽 사정이 딱해야 아랑곳도 없는 내가 나섰겠소 그런 것을 마치 장가가는 신랑이 가마를 탄 채 가로 샌 것쯤 되었으니, 이런 일이 또 어디 있겠소 내 자식이 그랬다면 다시는 면대도 않을 것인데, 그래도 댁의 아버님께서는 그만하시다니 무던하시고 고마운 분인 줄이나 알아 두시오."

진호는 겁이 펄쩍 났다. 사람이 살다가는 이런 곤경도 당하는가 하며 한숨을 후우 내뿜을 뿐이다.

"영숙이의 딱하고 가엾은 꼴을 차마 앞에 놓고 볼 수도 없거니와, 내게도 있기가 괴로운지 한동안 직업을 구한다고 돌아다니더니, 요새 며칠은 들어오지도 않기에 알아본즉 전에 가 있던 다방에 다시 가서 그 일을 보는 모양이오. 그래도 친어머니가 계신다니 마음이 조금은 놓이며, 낸들 말리는 수도 없고 당장 먹고 살아야 하니 어찌하겠소"

진호는 눈에 불이 확 났다. 그 놈……박인환이 밑에 가서 또 살려 줍쇼 하고 고개를 파묻고 있으니 기가 막힐 노릇이다.

"……그것은 고사하고 마음을 놓을 수가 없는 눈치가 보이니 이를 어쩌우? 내 입으로 차마 말이 아니 나오오마는, 요새 신문에 흔한 그런 막 가는 일이나 저지르지 않을지 밤에 잠이 오지를 않소 다 늙게, 이게 내가 무슨 죄란 말이오 ……"

진호의 머리는 으쓱해지고 눈알이 팽 도는 듯하다.

신부의 실종

1

　정자경 여사의 편지를 보아도 영숙이는 낙양다방에 또 나가 앉았는 것은 분명하다. 그러고 보면 다방을 들인 뒤에는 인환이와 손에 손을 붙들고 밤거리를 싸지르며 놀러 다닌다는 봉순이의 편지 사연이 지어 하는 말만이 아닐 것도 같다. 영숙이의 저번 편지만 해도, 전처럼 진호의 행복을 위하여 물러선다는 고분고분한 겸손한 태도는 간 데 없고, 다시는 속을 미친년 없다고 마구 들이대는 발악이었던 것을 생각하면 분김에 무슨 짓을 할지 모를 일이다.

　자기를 떼어 버리려는 수단이기로서니 그렇게까지 심할 수가 있느냐고 길길이 뛰는 분수가, 원체 솔직하고 단순한 풋내기니만치 그 분노는 좀체 삭을 것 같지 않고, 꽁하니 맺힌 매듭이 여간해서 풀리기 어려울 것이다. 게다가 수절하고 있을 때와도 달라서, 남자를 다시 알게 되고 남자의 사랑이란 데 눈을 뜨게 되었는데 상대가 인환이다. 첫눈에 홀깍

해서 아직 연이 끊이지도 않았던 봉순이를 새에 넣고 갖은 수단을 다해서 손아귀에 넣으려다가, 진호를 당해 내는 수가 없어 나가 자빠졌던 인환이다. 영숙이만 하드래도 본심으로 인환이가 싫은 것은 아니었던 눈치이지마는, 한때는 진호를 위해서, 진호의 구혼을 거절하려는 수단으로 인환이에게 달아나려고까지 하던 한때가 있었지 않았던가! 일이 이쯤 되고 보니, 지금쯤 인환이란 놈이 제 세상 만난 듯이 얼마나 허허거리며 갖은 추태를 부리고 다닐지 눈에 빤히 보는 듯싶다.

진호는 속에서 열탕이 끓어 뒤집힐 것 같다. 벌써 며칠째 잠도 제대로 못 자고 입이 깔깔해서 밥맛을 잃었으니, 얼굴이 홀쭉 빠지고 눈이 걷어질린 것이 풀이 하나도 없어 보였다.

"여보게, 요새 웬일인가? 얼굴이 반쪽일세그려. 동정하네, 동정해."

"뭘 동정한단 말야?"

진호는 동료들의 놀리는 수작에 비로소 자기의 얼굴이 남의 눈에 띄우도록 못되었나 하고 쓴웃음만 쳤다.

"상사병이란, 말만 들었더니 인제 바루 봤네, 허허허. 왜 안 그렇겠나, 우리 같은 만년 총각과는 달라서, 혼자 들어가는 자리 속이란 기가 막히게 찰 걸쎄. 하루가 새롭지 않은가. 어서 전보를 치지."

진호도 따라서 실소를 하였지마는, 전보나 쳐서 그렇게 쉽사리 해결이 될 것 같으면 걱정이 없을 것이다. 서울 갔다가 온 지가 반달도 못 되는데, 염치가 있지 또 가겠다고 할 수도 없는 일이요, 다만 한 가지 턱없이 기다리고 앉았는 것은, 정자경 여사에게 되짚어 애걸을 하여 보낸 편지의 하회다. 덮어 놓고 택일만 해서 전보를 치든지 그럴 수가 없거든 모친이 위독하다는 전보라도 쳐서 어떻게 하든 몸만 빠져 올라가게 해 달라고 신신당부를 해 놓은 것이다. 그러나 서울에서도 그렇게 쉽사리 의논이 될 일도 안 되겠지마는, 벌써 사오 일이 되어도 감감하다. 서울 갔던 김 사장은 어제 왔다는데, 봉순이는 어찌 되었는지? 달려들어도 가뜩이나 머릿살 아픈 판에 성이 가실 일이지마는, 그래도 자세한 소식이나 들을까 해서 은근히 기다려지는 것이었다.

'어쩌면 사장을 따라 내려왔으면서 제 볼일이 바쁘니까 모른 척하구 있는 것인지두 모르지……'

이런 짐작도 들었다. 제 볼일이라야 별게 있을라구, 서 사장한테 매달려 다니는 것이겠지마는, 내려와서도 모른 척하고 있다면 괘씸하다. 만나는 것이 귀찮다면서, 저 싫건 놀러 다니다가 거기서도 싫증이 나면 생각난 듯이 스르를 달겨드는 것이 못마땅해 하는 진호인데, 인제는 아주 가외로 여기고, 있어도 그만 없어도 그만이라는 봉순이의 태도가 괘씸하지 않을 수 없다.

그렇게 생각하니 진호는 공연히 부르를한 심사가 나서 동진상사로 전화를 걸어 볼 생각이 났다. 부산에를 다시 왔으면 왔고 말면 말았지 아랑곳이 뭐냐고 쾌쾌히 큰소리를 혼자 치면서도, 뒤를 캐어 보아야 시원할 것 같고, 또 하나는 영숙이의 소식을 어서 들어 보겠다는 저 혼자의 핑계로 저녁때 전화를 걸고 말았다.

"네, 여기 지금 와 계세요. 잠깐 기다려 주세요"

앳된 계집아이 목소리가 나더니 금시로 봉순이가 바꾸어 나왔다.

"아니, 이거 미안하구먼, 어떻게 전화를 다 걸 생각이 났어? 호호호……."

옆에는 서 사장이 있는지, 외사촌오라비 대접을 하느라고 반말지거리다.

"나? ……어제 왔어. 동무 집에서 늦어서 못 들어갔지만 모두들 안녕하시지?"

짜장 외갓집 문안을 하는 말투였다. 무슨 까닭에 잠깐 거는 전화로도 천연덕스럽게 거짓말을 해야 하는지? 무슨 까닭이라기보다도 서 사장에게 자기네들 비밀을 눈치채게 될까 보아서 무척 조심을 하는 것이리라.

"……서울 소식이 궁금해서 전화를 거는 줄은 알겠어. 그러지 않아두 나 회사엘 갈 일이 있는데, 좀 가만있어……."

하고 전화를 잠깐 끊고 옆에 사람과 무슨 의논을 하는 눈치더니, 파사 시간 전에 회사로 오마는 것이었다.

봉순이는 김 사장과 함께 와서 헤어진 뒤라, 사장에게 인사를 온다는 말이겠지마는, 전화를 끊고 옆 사람과 의논을 하던 눈치가, 서 사장의 형편을 물어본 것일 것이니, 둘이 오려나 보다 싶었다. 그러나 일이 다 끝나고 나갈 차비를 차리도록 봉순이는 그림자도 보이지를 않았다.

'또 오밤중에나 달겨들려는거지.'

하며 그대로 나서려니까 전화가 때르를 오며 사장실에서 호출이라 한다.

"여어! 수났군. 사장 영감, 한 잔 허러 가자는 거 아닌가."

하고 젊은 축들은 껄껄대었다. 하여간 사장실에서 부른다니 까닭 없이 부러워들 하는 것이었다.

사장실에는 봉순이만 와서 둘이 마주 앉아 있었다.

"아, 참, 아깐 깜박 잊어 버리구 얘길 못했지만 이번 서울 갔던 길에 반가운 소식을 하나 가지구 왔는데, 우선 한턱낼 테야? 거저 가르쳐 주긴 아까운데……."

봉순이는 안락의자에 떡 버티고 파묻혀 앉아서 손아래 오라비나 다루듯이 웃음엣소리를 붙이는 것이었다. 진호는 사장의 앞이라 실없은 소리로 대거리를 할 수도 없어 그저 웃어만 보이며 길치로 공손히 섰다. 그러나 반가운 소식이라는 데에 귀가 번쩍 하였다.

"얘기할 거 있건 얘기하시라구, 이 군두 거기 앉지."

사장은 변소에라도 가려는지, 자리를 피해 주려는 눈치로 일어선다.

"아녜요, 선생님두 들어 주셔서 좋을 일예요"

하고 봉순이는 일어서려는 사람을 제지하며

"아니, 총각이 장가간다는 얘기처럼 더 반가운 소식이 어디 있겠어요"

하고 운자를 뗀다.

"허! 딴은 한턱내구서 들어야 할 이야기로군."

김 사장은 껄껄 웃으며 자기의 테이블로 가 앉아서 서류를 정리하며 나갈 차비를 차리었다.

"정작 날짜를 까먹었지만, 아무튼 택일은 해놓으셨대. 그동안 기별 안 왔어?"

"아니."

진호는 봉순이에게 공대를 할 수도 없고 말 붙이기가 거북해서 입속에다 넣고 어물어물하였다. 그러나 택일까지 해 놓았다니 마음이 후련하고, 그 말을 사장이 듣는 데서 꺼내 준 것도 잘되었다고 은근히 좋아하였다.

"응, 그렇게 임박했어! 그럼 신접살이를 부산서 꾸며야 하겠군."

사장이 이런 것까지 걱정을 하며 알은체를 해 주는 것도 고마웠다.

"그러게 걱정예요 어떻게 서울 지사루 전근은 안 될지? 사장 선생님 처분만 바란답니다."

봉순이는 기회를 놓치지 않고 말끝을 붙들어서 귀를 울려 두었다.

"그거야 난 몰라요, 사장 권리두 게까진 못 미치니까."

김 사장은 웃으며 방어선을 쳐 놓고는 휙 나가 버린다.

"자, 이리 와. 오랜만에 손이라두 좀 만져 보게."

둘이만 남게 되니까, 봉순이는 앉은 채 한 팔을 내민다. 진호는 꼿꼿이 섰던 자세를 풀어 뒷창턱에 팔꿈치를 기대며

"누가 그래? 택일을 했다구."

하고 역시 그것이 궁금해 물었다.

"영숙 어머니가 그러더구면, 그렇게 서두를 건 뭐야. 쭉 째진 식은 안 하기루 어떻다는 거요 ……새 신랑인지 묵은 신랑인지, 인제 영 뺏기는가 싶어서 난 맘만 설렁하구……."

봉순이는 남자가 다가와 주지를 않으니, 내밀었던 팔을 그대로 옴추려 들이기도 안 되어 살그머니 일어나서 남자의 곁으로 온다.

"뭘, 영감 복이 터져서 주체를 못 하면서 그래두 나쁘다는 거야?"

159

진호는 코웃음을 쳤다.

"이것두 말이라구 하는 거야? 날 뭘루 알구 그따위 소리를 해!"

선뜻 봉순이의 손은 남자의 뺨으로 올라갔다. 왼편 볼을 잡혀서 머리가 흔들흔들하면서도 진호는 웃기만 하고 섰다.

"놔요, 여기가 어딘데? 사장실야."

뺨에서 손을 떼고 그대로 달겨들려는 것을 막으며 진호는 또 다시

"그래, 우리 집사람이 정말 다방에 나와 앉았어?"

하고 말을 돌렸다.

"몰라. 흥, 우리 집사람! 내게 그까짓 건 물어 뭣해? 하지만 아까 사장한테두 미리 부탁을 해 놨지만, 난 허느라구 했어. 그 대신 식을 했습네 어쩌네 하구, 날 푸대접을 했담 봐라. 가만 내버려 두진 않을 거니."

그래도 남자의 몸에 손을 대보고 싶어서 양편 어깨에 두 손을 얹고 앞뒤로 흔든다.

"가만 안 있으면 어쩔 테야? 그런 객설은 말구, 어서 실사교나 차리라구."

"누가 그런 걱정하랬어?"

하고 봉순이는 핀잔을 주다가 목소리를 떨어뜨려서

"아무리 잠깐 동안이지만 매끝에 정이 든다구, 하두 말다툼이 심해서 그런지? 아무리 생각해두 이대루 헤어질 수는 없어. 큰소리는 안 칠 테니, 그저 명목만이라두 걸어 두고 발치께루 가만 놔두기라두 해 줘요."

하며 애원하듯이 매달린다.

"하하하. 명목이라니 무슨 명목? 촉탁이랄까? 신접살이의 가정 고문

은 어때? 허허허."

하고 진호는 소리를 죽여서 웃다가, 방문이 열리는 기척에 선뜻 몸을 빼어 옆으로 비켜섰다.

사장을 따라 들어온 비서가 가방을 꾸리는 동안에, 사장은 봉순이에게 스프링을 거들어 입히고, 봉순이는 사장을 입혀 주고 하여 한참 부산하다가 일행이 현관에 나왔으나, 결국 차에는 사장과 봉순이만 탔다. 서 사장이 초대를 하여 가는 것인지 둘이만 저녁을 먹으러 가는 것인지, 어쨌든 이야기는 잘 어울려 들어가는 눈치다.

이날 밤에도 봉순이는 진호에게 들르지는 않았다. 기다린 것은 아니지마는, 으레 김 사장이 자기 차로 데려다 주었다고 밤늦게 들어와서 한바탕 자랑을 했을 텐데 어디로 새었는가 보다고 덜 좋기도 하였으나, 인제는 택일을 하여 놓은 신랑 아닌가 하는 생각을 하면 덜 좋고 말고 그런 생각은 아예 말아야 하겠다고 진호는 자기 마음을 나무라도 보았다. 그렇게 초조를 하다가 일이 된 것만 다행해서라도 영 잊어 버려야지, 하늘이 무섭지 또 무얼 넘겨다본단 말이냐고, 마음을 고쳐 먹으려면서도 문득문득 머리에 떠오르는 여자의 육체에서 풍기는 교태가 알찐거려서 공상으로 허공에 유혹을 느끼곤 하는 것이었다.

2

이튿날 밤 급행 이등차간에 자리를 잡고 앉은 진호는, 오랜만에 마음이고 몸이고 홀가분해진 데에 자기가 생각해두 딴사람이 된 것 같았다. 지난일은 다 잊어버리자, 생각지를 말자고 결심하였다.

봉순이를 안 만나고 떠나는 것이 도리어 잘되었다. 어제 김 사장실에서 잠깐 만난 뒤로는 오지를 않았으니, 오늘쯤은 들를 텐데 허행을 시키는 것도 안되었기에 동진무역으로 전화를 걸고 일러만 두었다.

서울서 회사로 전보를 쳤기에, 그것을 빙자로 휴가 수속을 밟아가지고 하숙에 돌아와 보니까 정자경 여사의 편지가 와서 기다리고 있었다. 인간대사라는데, 집에서 부친의 편지도 없고 당자에게서도 쓰다 달다 말이 없이, 자경 여사의 주선만 믿고 올라가는 것이 한편으로는 섭섭하고, 또 무슨 딴소리나 터져 나오지 않을지 안심이 되지 않기도 하나, 하는 수 없다. 그저 아무렇게나 예식이라고 강행을 해서 올가미를 씌워가지고 데려 내려오는 것만 상책이라고 생각하는 것이다.

'설마 그동안에 무슨 변통야 있었을라구!'

한 가지 걱정은 영숙이가 인환이에게 넘어가지나 않았을까 하는 의심이다. 그러나 봉순이가 그건 자기에게 물어 무얼 하느냐고 잡아떼던 것을 보면 좀 안심도 된다. 헐어 댈 건덕지가 있고만 보면 얼마든지 보태서라도 조잘댔을 텐데, 되레 전번에 편지로 한 말까지 부인하듯이 어색해 하는 눈치가 별일은 없는 것 같다. 또 그러나 한편으로 생각하면, 기위 혼인날까지 받아 놓고 아무래도 살고야 말 사람들인데 흠 하자(瑕疵)가 있기로 설마 당자한테야 발설을 하려고 입을 닥쳐 버리는 것인지도 모를 일이다. 정자경 여사의 편지에서나 무슨 기미를 골라내려고 하였으나, 통명스럽게 사무적인 말밖에 없었다. 부탁대로 시중은 들어 주지만, 또 다시 무슨 말썽이 생긴다면 그때 가서는 난 모른다는 것이다. 어쨌든 소청대로 서울에 올라올 기회를 만들어 주는 것이니, 어서 올라와서 재주껏 하라는 냉담한 태도였다. 재주껏 하라는 말은 영숙이를 달래라는 말일 것이다. 받아 났다는 날짜가 앞으로 닷새는 남았지마는 얼마나 준비가 되어 가는지? 설마 한편에서는 부둥부둥 혼인을 차리는데, 저두 여자지 또 딴소리야 할라구? 하는 생각을 하면 안심도 되기는 하였다. 하지만 역시 마음이 안 놓이는 것은, 인환이의 그 솜씨에 넘어가서 옴치고 뛸 수 없는 처지에 빠졌다면, 내 몸은 인젠 버렸거니 하는 자책지심으로라도 끝끝내 뻗대고 말지나 않을까 겁이 나는 것이다. 차에 올라서 마음이 홀가분한 것도 한때요, 이 걱정 저 궁리에 밤을 그대로 꼬박 밝혔다.

부산을 떠나면서 집에 와 영숙이한테 전보를 쳐 놓았으나 정거장에는 아무도 아니 나왔다. 집에서야 아이들이 학교에를 가고, 부친이 무슨 정성에 마중을 나와 줄까마는, 공장사람이 얼마든지 있는데 모른 척해 버렸다. 그건 고사하고 누구보다도 영숙이가 시치미 떼어 버리는 것이 더 섭섭하다. 장가를 들러 오는 신랑의 행차로는 쓸쓸하였다. 궁금한 분수로 보아서는 내리는 길로 낙양다방에부터 가 보고 싶은 것을 참고 집으로 들어갔다.

"어쨌든 왔으니 다행하다. 정거장엘 내라두 좀 나가구 싶어두, 밤낮 들어앉은 사람이 어릿어릿 나가선 뭘 하니."

모친은 변명을 하면서

"글쎄 그게 웬 법석이란 말이냐. 인젠 다 길러놓구, 너두 그만 지각은 들었을 거니 하구 한시름 잊었거니 했지, 이럴 줄 누가 알았단 말이냐." 하고 눈물이 글썽해지는 것을 보니 진호는 머리가 저절로 숙어졌다.

공장에를 나가니까 부친은 잠자코 골통대만 뻑뻑 빨다가

"인젠 제정신이 좀 들었니?"

하고 한마디 할 뿐이었다.

집으로 다시 와서 아침을 먹는 상 곁에서 모친이 이야기를 하여 주는 것으로 그동안 지낸 경과와 혼인 빔도 대충 마련해서 바느질을 뿔뿔이 맡겨 놓았다는 것은 알았다.

"그래야 뭐 있다든. 두 몸이 다 발가벗은 몸뚱이니, 당장 입을 옷 몇 벌밖에……그래야 신부집이라구 신랑 양복 한 벌이라두 마련을 할 체신들이냐? 가뜩이나 말썽스런 혼인이니 꿈이나 꾼다던? 양복 모자 구두까지두 네게 당한 일습까지 아버지께서 돈을 내놓을게, 네가 오건 네 손으로 가서 맞추라신단다."

"아이, 뭐 그런 것까지 바라지는 않아요. 실상은 식은 올려 뭘 합니까마는, 처지가 다르니까 남이라두 허수히 볼 것 같아서 체면을 세우자는 거요, 이담에 자식들이 자라서라두 저의 부모는 거저 만나 사는 것이라는 말을 안 듣게 하자는 것이지 별거 있습니까."

진호는 미안하고 송구스러운 생각에 이런 변명도 하는 것이었다.

"암 그럼 첩으루 끌어들이는 거 아니구 남은 속으로 어떻게 생각을 하던 간에……"

그래도 모친은 말 뒤를 흐려 버렸다. 하여간 집에서는 인제는 다 된 혼인이거니 믿고, 불만이 있어도 다시는 입 밖에 내지 않는 것이 고마웠다. 거진 다 엉구어졌으니 영숙이도 딴소리는 안 할 것이라고 안심이 되었다.

그러나 낙양에를 와 보니 영숙이가 어제부터 안 들어온다는 데에 입맛이 썼다.

"눈치가 다른 것 같진 않아요? 그래두 짐작이 있으시겠죠?"

"별루 다른 눈치두 없지만 글쎄……어린 것한테 가서 누웠는지."

영숙이 모친의 어정쩡한 대답이었다.

"그래, 그동안을 못 참구 여기엔 왜 또 나와 앉게 하신단 말씀이오"

진호는 모친의 탓을 하였다.

"남의 집에 얹혀 있기두 어렵구, 취직 자리두 얼른 나서지를 않는데, 예서는 사람이 없어 쩔쩔매는 형편이니 모른 척할 수두 없어서 그랬지만……"

모친은 변명을 하면서

"허지만 그 애 억지두 이만저만해야 말이지."

하고 혀를 차는 것을 보면 올라온다는 전보를 보고 피신을 한 모양 같다.

"박 군이 들쑤셔대구 충동하니까 맘이 달떠서 그런 거 아녜요?"

진호는 슬쩍 떠보았다.

"딴소리 말아요 그 애 성미를 그렇게두 모르드람? 그건 고사하구, 자꾸 입버릇처럼 죽겠단 소리만 하니, 어린 것을 끼구 요새 흔한 약이나 삼키지 않을까 애가 씌어서……"

하며 마나님은 눈살을 펴지 못한다.

"그래 어떻게 했으면 좋겠다는 거예요? 일우 벌려 놓구 이 지경이면 날더런 어떡허라는 건지……"

진호는 기가 막혀 짜증을 냈다.

"누가 아니래. 이왕지사 저두 몸을 허락한 처지요 그만큼 타일렀으니 그만 마음을 돌렸으면 좋으련만!"

만날 해야 그 말이 그 말이다. 진호는 영숙이가 들어오거든 자기가 왔다는 말은 말고 붙들어 두라고 일러 놓고 언젠가 한 번 같이 가 본, 원길이를 맡겨 둔 데로 달려갔다. 그러나 모자가 다 없다. 어젯밤에 와서 자고, 아침결에 어린 것을 데리고 나갔다는 것이다.

그만만 해도 우선은 마음이 좀 놓이나, 아이까지 데리고 나갔다는 데에, 아까 들은 모친의 말이 선뜻 머리에 떠오르면서 무슨 불길한 예감이 드는 것 싶어서 가슴이 썰렁하며 저릿하였다.

되짚어 다방으로 와 보았으나, 역시 아니 왔다.

"날씨가 좋으니까 화풀이로 어린 것 놀릴 겸 창경원에나 가지 않았을까."

모친의 의견이었다. 그럴 듯도 하였지만, 이 판에 한가로이 창경원에를 갔을 것 같지도 않고, 쫓아가 보기로 그 넓은 속에서 헛애만 쓸 것이라고 단념하고, 진호는 급한 대로 정자경 여사를 사무소로 찾아 나섰다.

"아무튼 잘 왔어. 난 인젠 사무 인계야."

자경 여사는 냉담하면서도 웃음엣소리를 하였다. 그러나 그 냉담은 얼마쯤 지어서 하는 것이요, 아주 내대는 눈치 같지도 않아 보였다.

"그러지 마세요. 닷새만 참아 주시면 사무인계는 하지 말라두 하겠습니다만, 어딜 가 있는지? 절 좀 잠깐만 만나게 해주세요"

하고 진호는 허턱 대놓고 넘겨짚는 소리로 졸랐다. 자기네끼리는 내통이 있어서, 혼을 좀 단단히 내려고 어디로 돌려서 숨겨 놓지나 않았을까 하는 의혹도 없지 않았던 것이다.

"이건 또 무슨 소리야? 물에 빠질 걸 건져내 노니까, 보때리 찾아내라는 배짱이로군."

자경 여사는 어이가 없다는 듯이 깔깔 웃었다.

"그래, 저는 어떡했으면 좋겠다는 거예요?"

"뭐, 저는 단념한다는 거지. 그야 진정으로 싫어 그러는 게 아닌 것은 뻔하지. 하지만 이 지경으로 끝끝내 오래 못 갈 바에는 당장은 박절하드래두 이 기회에 아주 갈라서는 것이 옳을지두 모르긴 해."

자경 여사는 좀 더 쌀쌀히 잡아떼는 소리를 한다.

"이건 지금 와서 새삼스럽게 어떡허시는 말씀입니까."

"뭐 지금이기루 늦을 거야 없지!"

막 골을 올리는 수작 같다.

"일을 아주 빠그려뜨리는 마당이면야 이르구 늦구가 있겠습니까마는, 아니 일을 벌여 놓구 택일까지 해서 저를 불러 놓으시구 그렇게 막 가는 말씀을 하시다니, 절더런 똥 친 막대가 되라십니까? 목이라두 매라시는 겁니까?"

진호는 이보다 더한 꾸지람도 들으려니 하는 생각이기는 하였지만, 정말 본심으로 이런 소리를 하는가 싶어서 겁이 펄쩍 났다.

"이건 무슨 뗀가? 택일만 해 놓구 전보를 쳐 주면 올라와서 일을 깡 그리겠다구 하기에 자네 말대로 해 주지 않았나? 지금 와선 마치 자네

색시를 뒤에 돌려 빼서 얻다 감춰나 놓은 듯이 내노라니 이거 무슨 어처구니없는 수작이야?"

"글쎄, 누가 뗍니까. 무슨 낯으로 큰소리가 나오겠습니까마는, 하두 딱하니까 어머니같이 믿구 답답해서 하는 말씀이죠"

진호는 누그러지며 빌었다.

"그래 그 계집은 떨어져 나갔어? 그동안 서울 놀러왔다가 또 내려갔대지?"

한참 만에 자경 여사는 무슨 생각이 났는지 다짐을 두듯이 순탄한 목소리로 말을 돌렸다.

"네, 원체 떨어지구 말구가 없에요 어쩌다 그런 실수가 한 번이나 있죠"

"누가 아나! 그것두 부산 내려가 있다니, 저무도록 곁에서 쌩이질이나 하면서 젊은 것이 살이 내려서 살 수가 있겠나."

이야기가 이쯤 되면, 정말 정신을 바짝 차렸다면 딸을 내주어도 좋겠다는 말이 곧 나올 것만 같아서 진호는 마음이 저으기 놓였다.

"글쎄 다시는 염려 없에요. 그런 위인이란 돈 나올 자욱만 골라 다니는 건데, 지금 저의 회사 사장하구 얼르구, 또 하나 무역회사 사장이 달려 있구……."

"듣기 싫어! 그따위 미친년의 소리. 그것두 말이라구 내 앞에서 하는 거야?"

하고 자경 여사는 핀잔을 콕 주고 나서,

"그런 년이니까 더 믿을 수가 없다는 거지. 돈 따루 등쳐다가 젊은 놈에겐 돈 대 줘 가며 남의 집 풍파만 이르집어 놓기가 일수요 ……뭐 보지 않아두 뻔하지. 만난 지가 한 달두 못 되면서 그렇게 선선히 물러설라구?"

"그렇게 의심하면 한이 없죠 그저 속는 셈 하시구 저를 믿어 주세요"

진호는 썩썩 빌었다.

"그까지 소린 내가 해 뭘 해. 첫째 당자가 믿어 줘야 말이지."

또 내던지듯이 핀잔을 주고 나서

"내가 사위를 고른다면, 자네 같은 사람을 뭘 보구 딸을 내 주겠나."
하며 막 깎아 붙인다.

"에구 맙쇼. 값이 아주 폭락입니다그려."

진호가 농치듯이 껄껄대며 머리를 긁죽거리니까,

"그럼 뭐야? 허구 많은 처녀에, 애 달린 새파란 과부를 골라잡는 것부터 난봉 격이지 뭐란 말인가."
하고 또 듣기 싫은 소리를 한다.

"그만 고정합쇼. 옆방에서 듣기에두 창피스럽습니다."

진호는 어색한 웃음으로 말을 막고 일어서 버렸다.

자경 여사에게 이따가 집으로 찾아가마고 약속을 하고 나와서, 그동안에라도 왔을까 싶어 또 낙양으로 가 보았다.

"어, 언제 왔어? 한데 어떻게 된 셈판이야? 신랑이 오니까 이번엔 신부가 뒷문으로 빠져나가구! 아니 부산서두 식을 하구 왔나? 봉순이가 이번 내려가면서 저 먼저 부산서 식을 올리구서야 올려 보낼 테라고 큰소리를 치던데! 허허허, 아무튼 지금이 한참 물오를 때, 좋은 때로구면."

손이 모자라서 아주 웃통을 벗어젖히고 주방에 들어서서 무엇인지 안줏감을 지지고 있던 인환이가, 만나는 맡에 비양거리며 지절대는 것이었다.

진호는 대꾸를 하기가 싫어서 들어서다 말고 나와 버렸다. 나오니 집에 들어가 앉았기는 갑갑하고, 한참 망설이다가 창경원에나 가 보리라 하고 차를 잡아탔다.

시련

영숙이가 아이를 데리고 어느 나무 그늘 밑에 먼 산을 치어다보며 앉았을 것만 같은 환상이 머리에서 떠나지 않을 동안은, 이 사람이 우글거리는 창경원 속을 헤매는 자기의 꼴이 우습지도 않고, 찾고야 말리라는 희망에 몸이 괴로운 줄도 올랐다.

그러나 한 바퀴를 휘 돌고 두 번째 식물원 앞까지 와서는 진호도 김이 빠지면서 그대로 아무 데나 주저앉고 싶었다. 생각하면 이러한 허무한 일이 없다. 택일을 받아 놓고 장가를 들러 온 신랑이 색시를 찾으려 창경원 벌판을 허턱 대놓고 헤매다니, 이런 얼빠진 일이 또 있단 말인가!

'예라 술이나 한 잔 마시고 한숨 돌려 가자.'

하는 생각에 곧 그 옆의 식당으로 들어갈까 하다가, 그래도 무슨 '기적'이 어느 구석에서 튀어 나올 것만 같아서, 진호는 지그시 참고 앞을 지

171

나가는 사람 떼를 샅샅이 노려보고 있었다. 옷맵시나 몸 가지는 것이 영숙이 비슷한 젊은 여인이 사람 틈에 얼씬하는 듯만 하여도, 진호는 소스라쳐 눈이 똥그래지며 전신이 찌르를 하는 것을 깨달았다. 어느 새에 자기의 감각이 영숙이의 조그만 육체적 율동에도 이렇게 신경이 예민하여졌던가 하는 생각을 하면서 감미한 환상에 혼곤히 사로잡혀 들어가곤 하였다.

하여간 집에는 들어가서 맥맥히 앉아 있기 싫고, 그렇다고 발길을 둘데가 없으니 해가 훨씬 기울었건마는, 턱없이 바라는 '기적'이 나타날 것만 기다리며 탈진한 사람처럼 어느 때까지 퍼더버리고 앉았었다.

그러나 점심을 아니 먹어서 시장하다거나 화풀이로 술이라도 한 잔 먹겠다는 생각은 잊어버리고 "응" 하는 안간힘과 함께 새로운 힘에 분연히 일어나서 사람 틈을 비집고 창경원을 빠져나와 버렸다.

'거길 또 가? ……'

거리로 나온 진호는 자조하는 코웃음을 쳤다. 그러나 역시 낙양에밖에 발길을 돌릴 데가 없었다. 아무 영문 모르고 예식 날만을 기다리는 모친이, 오랜만에 온 자식을 위하여 맛있는 반찬을 해 놓고 기다리려니 하는 생각을 하면 그것도 뼈가 아픈 생각이 들었다.

'나두 남의 자식답게 이만큼 부모의 마음을 모르는 건 아니건마는……'

진호는 이런 생각도 들었다. 그러나 일이 영영 제자국에 들어서지를 않는 날이면 이 뒷갈망을 어찌할 것인구? 하는 겁이 또 더럭 나기도 하였다.

낙양에 들르니 여전히 영숙이의 그림자는 보이지 않았다.

"허! 풀방구리에 쥐 드나들듯, 매우 바쁘신 모양일세그려 하하하. 몇 번이구 오는 손님야 반갑지만, 영업이 돼야지. 차 한 잔 안 팔아 주구! ……."

여전히 주방에 들어서서 '쿡' 대신으로 갈팡질팡하고 있던 인환이는, 영숙이를 놓친 것이 분하고 손이 모자라서 종일 이 속에 매달려 있는 것이 화가 나서 농담처럼 밉둥을 부리는 것이었다.

"그러지 말구, 한턱 내. 내 찾아줄게. 혼쭐 난 신랑두 다 봤지! 날치기가 채 갔단 말야? 신부를 얻다 빠뜨리구 다니면서……허허허."

가뜩이나 한 진호는 이 따위하고 말을 붙일 경황도 없다는 생각이었지마는, 점점 더 버르장머리 없는 데에 불끈 치미는 분을 꾹 참고 아무 말 없이 되돌아 나오려니까, 영숙이 모친이 도마질을 하던 칼을 놓고 따라 나오며

"그 웬일일꾸! 일가라구 별루 있나? 찾아다니는 친구가 있는 것두 아니구……."

하며 눈이 커져서 한층 더 애가 씌어 한다.

"가만히 겝쇼 어디서든지 나오겝죠. 설마 악야 먹었을라구요"

"그야 그렇겠지만 누가 아나?"

"온 천만에. 내가 박찼다면 몰라두, 옵쇼 옵쇼 하구 업어 모셔가겠다구 이 지랄인데! 날 골을 올리구, 혼을 좀 내보겠다는 고 심보가 앙큼하구 얄밉지만……."

영숙이 모친의 원망 비슷한 말눈치에, 진호는 인환이에게 대한 화풀

이까지 얼러서 핀잔을 주면서도, 영숙이를 얕잡아서 욕을 해 주는 데에 불현듯이 그리운 애정을 느끼는 것이었다.

진호는 큰소리는 하고 나섰지만 찾아낼 길이 막연하다. 다람쥐 쳇바퀴 돌듯이, 게서 뱅뱅 도는 노릇이지마는, 그래도 그동안 들어왔을까 싶어서 또 원길이를 맡겨 놓은 집으로나 가 보는 수밖에 없었다.

"또 왔습니다."

진호는 어색해서 먼저 소리를 치며 중문 안에를 들어서다가 아랫방 문께서 원길이가 아이들과 놀다가,

"아저씨!"

하고 내닫는 바람에 어찌나 반가운지 그대로 번쩍 안아 버렸다.

"엄마 있니?"

원길이가 할머니라고 부르는 젊은 댁이 듣기에 부끄러울 만치, 물었다.

"아이, 조금만 일찍 오셨더라면! 어린 것 데리구 목욕 갔다 와서 지금 막 갔는데……."

영숙이의 아주머니뻘 된다는 이 젊은 댁은 딱한 듯이, 그래도 생글생글 웃으며 대꾸를 하는 것이었다. 며칠 있으면 조카사위뻘이 될 신랑이라는 데에 자별한 생각이 들면서도 아직 시스러우니 말공대가 깍듯하다.

"저리 갔에요?"

"아마 그런가 봐요 그저 방만 하나 더 있어두 내게 붙들어 뒀으면 좋으련만……."

시집갈 색시를 다방에 내앉히기가 딱하다는 말이었다.

원길이를 데리고 나가서 머리를 깎이고, 백화점에 가서 양복을 사 입히고, 점심을 먹여 가지고는 덕수궁에 들어가서 한나절 놀리다가 돌아와서 아주 목욕까지 시켜 놓고 갔다는 것이었다. 설명을 듣고 섰는 진호는 연방 입가에서 웃음이 스러질 줄 몰랐다.

머리를 깎이고 새 옷을 사 입히고 맛있는 음식을 먹이고 구경을 시키고 목욕까지 시켜 놓았다니, 그 다음에 할 일은 무엇일꾸? 신문에 보면 약을 먹으려는 사람도 이런 순서를 밟았지마는, 혼인 참례에 데리고 가는 아이도 이런 치장은 차리는 것이다. 세상에 혼인 빔을 차리는 것을 보고, 첫째 그 옷은 누구더러 입으라고 약을 먹는 색시도 있을까?

진호는 어깨가 가벼워지고 마음이 느긋했다. 진호가 온종일 찾아다니느라고 헤맸다는 말을 듣고, 영숙이 아주머니는

"저런! 그럴 줄 알았더면, 좀 자세한 이야기를 해드리는걸. 실상은 나더러두 같이 나가자는 걸, 입을 것두 만만치 않구 해서 혼자 내보냈던 건데……."

하며 헛수고를 시킨 것을 퍽 애석해 하였다.

"원길아, 너 아저씨하구 부산 가서 살까! 어머니두 가구."

진호의 입에서는 무심코 한마디 흘러 나왔으나, 어른이나 아이나 웃기만 하였다. 그러나 영숙이 아주머니는 속으로

'시집가는 색시가 하두 좋아서 강아지를 보고도 난 내일 시집간다 하구 자랑을 하더라더니, 의가 무척이나 좋은가 보다!'

하고 부러운 듯이 생글생글 웃는 것이었다.

'낙앙'으로 또 되짚어온 진호는 인환이를 만날 것이 싫었으나, 체면이고 창피고 없이 역시 뒷문으로 활개를 치며 기세 좋게 쓱 들어섰다.

그러나 아직도 안 왔다는 것이다. 그리고 보면 인제는 갈 데라곤 정자경 여사한테밖에 없을 것이다.

"그래, 어서 가 보라구. 저두 생각이 있겠지, 괜히 정거장에두 나가지 않구 무슨 짝에 남 고생만 시키구. ……자, 인젠 점심이나 먹구 가요"

영숙이 모친도 인제야 마음이 놓여서 사위를 붙들었으나, 진호는 영숙이를 어서 만나고 싶기도 하지마는, 이따위 구석에서 밥이 무슨 밥이냐고, 뒤도 안 돌아다보고 나와서 헐레벌떡 정자경 여사의 사무실로 뛰어갔다. 그러나 또 여기서도 조금 전에 나갔다 한다.

"따님인지 누군지 오긴 왔었는데 함께 나가시진 않았나 봐요 선생님은 또 들어오실 걸요."

옆방의 여사무원의 어정쩡한 대답이라, 한때는 젊은 아낙네들이 아침저녁으로 들꼬여서 법석이던데, 전쟁미망인을 상대로 하는 이 사업도 재정난에 빠졌는지 아까 점심 전에 왔을 때도 쓸쓸하더니, 저녁때가 되니까 책상을 지키고 있는 여사무원 두엇만 조는 듯이 풀이 빠져 앉았다.

따님인지 누군지라니 영숙이가 다녀간 것만은 분명하다는 생각에 새 기운이 나서 진호는 자경 여사와 저녁때 만나자는 약속보다는 좀 일지마는, 급한 마음에 신설동 자택으로 택시를 달렸다.

"어서 오세요 어머니께선 아직 안 들어오셨는데요"

우충이 댁이 나와서 맞으며 생그레 웃는다. 언제 왔느냐는 인사도 없는 것은 벌써 다 안 눈치지마는, 그 생그레 웃는 것이 반갑다는 게 아니라, 꼴이 우습다고 놀리는 것만 같아서, 진호는 겸연쩍고 낯이 깎이는 것 같았다.

주인도 없는 집에 앉았기가 거북해서 돌쳐나오려니까, 적이나 하면 시어머니와 약속이 있다 하지 않기로니 으레 기다리라고 할 텐데, 아무 말 없이

"또 오세요"

할 뿐이다. 이 젊은 댁의 전에 없이 냉랭한 태도에 진호는 얼굴이 화끈하였다.

진호는 나오다 말고 차마 안 나오는 소리로

"요새 그 사람 가끔 옵니까?"

하고 물어보았더니

"웬걸요. 떠난 뒤에는 한 번두……."

하며, 자경 여사의 며느리는 면구스러울만치 정색을 하고 빤히 치어다보았다.

진호는 아직 여섯 시가 되려면 멀지만, 동구 밖에 나와서 장맞이를 하고 기다리고 섰는 수밖에 없었다. 어쩌면 마나님이 당자를 데리고 올지 모르지! 하는 기대도 있었다. 영숙이가 사무실로 찾아갔던 것은 분명하니까, 여섯 시까지 이리로 와서 둘이 만나라고 일러두기라도 하였을 것이다. 그러나 두 시간 가까이나 오락가락하며 기다려야 영숙이 같은 그림자가 얼씬을 하기는커녕, 마나님도 나타나지를 않았다

날은 어두워 가고 그대로 가는 수도 없어 버스 정류장 앞에 가서 오

는 차마다 잔뜩 눈독을 들이고 섰으려니까 그제서야 자경 여사가 차에서 내린다.

"아, 기대렸지? 왜 집에 들어가 있질 않구."

자경 여사의 신기는 좋지 않았다. 진호가 선웃음을 치며 따라서려니까,

"바쁜 일이 생겨서 못 올 건데, 자네가 와서 기대리겠기에 잠깐 일러라두 놓구 가려구 온 길야. 내일 오후에는 틈이 날 테니, 할 말 있건 내일 사무소를 들르라구."

하며 마님은 부리나케 걷는다. 같이 들어가자기커녕 어서 가라는 말눈치다.

"그럼 내일 가 뵙죠."

실망과 푸대접에 기가 줄고 허기가 더럭 져서 그대로 주저앉아 발버둥질이라도 칠 지경이나, 어색한 생각이 앞을 서서 선뜻 인사를 하고 돌쳐서 버렸다.

2

"오는 길로 어디 가서 온종일 틀어백혔었더란 말이냐? 난 아랑곳두 안 할 작정이다마는, 날은 바락바락 가는데 어떡헐 작정인지 너두 요량이 있겠지."

진호가 일곱 시나 넘어서 터덜터덜 집에를 들어서니까, 부친은 벌써 저녁을 자시고 앉았다가 들어오는 아들이 보기도 싫다는 듯이 부리나케 옷을 떼어 입고 나서며 씁쓸히 지나치기가 안되어서 한마디 하는

것이었다.

"이것저것 좀 알아보러 다니려구 늦었습니다만, 뭐 별 준비 있습니까? 내일이라두 곧 회장만 정해 놓구 청첩이나 백여 돌리면 그만이죠."

진호는 기운이 푹 죽었으나, 빈속에서 허청 나오는 목소리를 가다듬어서 그럴 듯이 대답을 하였다.

"뭘 떠벌이고 청첩은 무슨 청첩이냐. 그보다두 당자는 만나봤니? 어디루든지 어서 들여앉혀야지, 한시가 급하지 않으냐? 아무리 제 직업이 그랬더래두 남이 알까 무섭다."

"네. 오늘부터 들여앉았어요."

낮이 뜨뜻하지, 또 다시 '낙양'이나 원길이 있는 집에를 쭐레쭐레 찾아갈 수가 없어서 집으로 들어온 길이지마는, 부친이 당자를 만나 보았느냐고 묻는 그 말에 찔끔하면서도, 그것은 왜 일부러 물어보시나 하고 의아한 생각도 들었다. 제 아무리 모진 여자라도 그렇게까지 할 수가 없는데, 이것은 그 마님이고 영감님이고 모두 한통속이 되어서 사람을 들볶으려고 꼬드겨서 만드는 일이 아닌가 의심이 드는 것이었다.

기차에 시달려 오고 온종일 지친 끝이라, 밥상을 물리자마자 그대로 쓰러져 자고 난 진호는, 오늘의 작전계획을 궁리궁리하며 아침을 먹자니까, 모친이 돈뭉치를 장 속에서 꺼내 놓으며 어서 가서 양복부터 맞추라 한다. 아닌 게 아니라 급히 서둘러도 사흘 안에 대어 줄지 문제다.

진호는 양복을 맞추러 가면서 이거야말로 혼쭐난 혼인이라고 저절로 코웃음이 났다. 꼬리를 감춘 신부를 찾으러 다니면서, 옛날로 말하면 관대(冠帶) 빗김이라는 양복을 맞추러 다니다니!

그래도 진호는 양복을 맞춘 김에 구두도 맞추고, 아주 그 길에 모자까지 '필그람'으로 하나 사서 썼다. 그러고 나니 어깻바람이 나서 자경 여사의 사무소로 일찌감치 대령을 하였다. 여러 사람이 드나드는 데서 창피스럽게 꾸지람 꾸지람 듣느니, 점심 전에 가서 어디로 모셔 내서 전초전을 그럴 듯이 전개해 보자는 것이다.

　　"아주 깎은 신사가 됐구먼!"

　　자경 여사는 어제만치 냉담하며 비양거렸다.

　　"네. 장가 덕에 하나 사 썼습니다."

　　진호는 웃지도 않았다.

　　"흥, 색시는 놓쳐두 모자만 쓰면 초례청에 들어서겠군!"

　　진호는 거기에는 대꾸도 않고

　　"양복두 맞췄죠."

하며 묻지도 않는 말을 꺼냈다.

　　"무언 못 맞추겠나? 부자 어머니 두었겠다! 처가에서 해 준다면 양복 보구 장가든다구나 하겠지만……."

　　"아이, 옆방에서 색시들이 듣지 않습니까. 어서 같이 나가시죠"

　　진호는 붙임성 있게 싱글벙글하여 보였다.

　　"응? 어딜 가자구? 난 바빠."

　　마나님은 쾌쾌히 거절을 한다.

　　"그러지 마시구, 어디 가 차라두 좀 잡수시죠"

　　"뭐? 뺨 세 번을 맞게 됐는데, 뻔뻔스럽게 술 석 잔을 미리 먹어 두라는 거야? 그런 '와이로(뇌물)' 일없어? 날 뭘루 알구? 흥!"

이 호랑마님이, 오늘은 어제보다 좀 더 콧김이 세다.

"아니, 식장은 어머니께서 맡으셨다는데, 어서 정해야 청첩을 박죠. 내일쯤 청첩이 돼서 딴대두 날짜를 댈지 모르는데……."

진호는 손바닥을 내밀어 보이며 서둘러댄다.

"흥, 급하면 어머니라구 매달리며 졸르구. 누가 그 춤에 넘어갈 듯싶던감? 청첩은 쭉 째진 무슨 놈의 청첩야. 손님은 꾸역꾸역 모여 들구, 가루 샌 신부는 붙잡아 들이질 못하면 그 꼴을 누구더러 보라구."

"그때 가선 또 어떻게 되겠죠. 정 급하면 대용품이라두 잠깐 세를 내다 쓰는 한이 있더라두! 하하하."

"저것 봐! 저것두 말이라구 해? 응 알았다. 부산다가 벌써 전보를 쳐논 게로군! 부산 세물전에서 대용품을 비행기 편으루 붙여 온단 말이지? 잘됐어."

자경 여사는 웃음엣말이 아니라, 막 입이 부어서 윽박지르는 소리를 하였다.

"제발 그러지 맙쇼. 너무 심하십니다. 빕니다 빌어요."

진호는 정말 비는 시늉을 하며, 그래도 비위를 맞추느라고 여전히 싱글벙글 좋은 낯이다. 마님이 마음을 돌리고 신기가 풀리기를 기다리는 동안, 진호는 대죄(待罪)나 하듯이 얌전을 피우고 어느 때까지 쭉지고 앉았었다. 자기 할 일만 하고 분주히 드나들면서 모른 척하고 내버려두니 지루하기는 하였지마는, 그저 살려줍쇼 하고 곰살궂게 보이는 수밖에 없었다. 정작 영숙이의 친어머니보다도 이 마님이 무섭고, 지금 와서는 이 마님이 하기에 달렸다.

'어젯저녁에 정말 볼일이 있었는지두 모르지만 자기 집 앞에서 들어가자는 빈 말이라두 없던 것을 보면, 영숙이는 자기 집에 데려다 놓은 게 분명하지. 어쩌면 내가 갔을 때 벌써 와서 안방이든 뒤꼍에 숨어 있었는지두 모르지.'

물론 거기에는 부친과도 의논이 되었을 것이요, 인제는 만사태평이었다. 그렇게 짐작이 드니 모두가 고마웠다. 영숙이에게도 절이라도 하라면 하고 싶었다. 어서 만나게나 해 주었으면 하는, 마치 죄수가 면회를 기다리는 초조한 마음이요, 새로운 애인이나 만나듯이 안타까웠다.

"일어나. 어디 나가 보자구."

자경 여사는 자기일이 끝나니까 나갈 차비를 차린다. 마치 구령조다.

"이거 바쁘신데 황송합니다."

진호는 풀려 나가는 것만 고마워서 일어나며 허리를 굽실해 보였다.

"그까짓 입에 붙은 인사는 그만두구."

여사는 핀잔을 주다가

"나중 일은 난 몰라. 발뺌만 하는 것 같지만, 아버니 체면을 봐서, 아버니께 약속한 대루 식장은 얻어 주지."

하며 연해 뒤를 까면서 사무 인계가 끝날 때까지 자기가 승낙한 일만은 이행한다는 것이었다.

중매만 들고 남의 혼인만 맡아 해 주었는지? 자기의 단골 예식장이지만, 원체 그날이 길일이어서 장 안에 결혼식이 쏟아질 것이니 식장 얻기가 극난이리라는 것이다. 그래도 단골이 돼서 그런지 알맞은 시간은 아니지만 열두 시부터 한 시간 동안 쓰기로 하였다.

"뭐 축사니 뭐니 너저분한 걸루 길게 끌지 않을 거니까 삼십 분두 좋아요."

진호의 실질적인, 말하자면 떠벌이는 것을 좋아하지 않고 허영심이 없는 그 성질을 이런 데서도 짐작이 간다고, 자경 여사는 속으로 마음에 들면서 그대로 정해 놓았다.

"어머니, 그거 보세요 일이 다 이렇게 순순히 피어 가는데 괜히 짜증만 내시구……허허허 자 이왕이면 내 '와이로' 좀 잡숴 보세요. 아, 배고파. 어디 가 점심부터 잡숩시다요."

진호는 신기가 좋아서 어리광 비슷이 졸라대었다. 자경 여사는 그만 웃어 보이고 말았다. 청첩도 점심을 먹고 나와서 자경 여사에게 끌려 단골 옵셋판 인쇄소에 가서 맞추었다.

청첩장의 문안(文案)은 인쇄소에서 내놓는 견본에다가 이름들만 써넣어 주었다. 주례는 저번에 올라왔을 제 미리 맞추어 둔, 대학 시절의 존경하는 교수로 정하고, 요새 새 버릇인 청첩인이니 무어니 하는 야단스러운 것은 격에 맞지도 않거니와 제례해 버렸다.

"자, 인젠 나 할 일은 다 했으니까, 식장에나 가서 국수나 한 그릇 얻어먹으면 그만이지. 신부야 세를 내오던 말던 좋을 대루 형편 돼 가는 대루 하게그려."

헤어질 때 자경 여사는 또 한 번 꼬집어 주었다.

"하! 우리 어머닌 왜 이리 짓궂으신지? 그런 사위스런 소리 그만하세요."

진호는 마음이 탁 놓여서 껄껄대면서도 짐짓 눈살을 찌푸려 보였다.

청첩장의 인쇄가 되어 오면은 자경 여사의 집에 모여서 의논하여 가며 발송하기로 이야기가 되었었다. 사실 진호가 혼자 쓰기에는 힘에 벅차기도 할 거요, 학교나 동창생 측에 뗄 것은 택규와 상의도 해야 하겠고, 또 조력도 해 달라려는 생각이었다. 택규는 동기동창으로 절친한 사이이기도 하거니와 자경 여사의 사위이기 때문이다. 그러나 청첩장을 찾아오기도 전에, 신부 측에서는 한 장도 쓸 데가 없으니 혼자 알아하라는 전갈이었다.

진호는 심사가 났다. 혼자 그것을 쓰노라니 을씨년스럽고 막막도 하였다.

어떠면 영숙이를 자경 여사의 집에 감추어 두었으니까, 예식 전에 마주치지 않게 하느라고 그러는 것인가 싶기도 하였으나, 그렇게까지 할 것은 무엇인구? 이상하기도 하였다. 잔뜩 신경이 예민해진 판이라, 정말 이러다가 일을 잡쳐서 누구를 욕을 보이려는 것이나 아닌가 하는 의혹이 버쩍 들기도 하였으나, 설마 하였다.

두 집에서, 두 집이라야 진호 부친과 자경 여사끼리 의논을 하고, 봉채(封采)는 제례하기로 하였다. 그것은 진호 자신은 알지도 못하는 일이었고, 봉채를 보낸다는 것은 꿈에도 생각지 못한 일이니, 그저 혼인날이나 되어야 영숙이를 만나려니 하는 일념에, 그저 그날만 어서 오기를 일각이 여삼추로 조비비듯 기다리며 별로 갈 데도 없이 무료한 이삼 일이 지나갔다. 도리어 혼인 일체에 대해서는 아랑곳하기도 싫고 할 말도 없어서 길치로 물러앉았는 수밖에 없었다. 다만 주례를 청하러 가는

데만은 택규를 끌고 같이 갔었다.

택규를 만나서도 영숙이가 자경 여사의 집에 있지 않으냐는 말은, 하도 얼떠서 차마 입 밖에 내지를 못하고 말았다.

그러던 것이, 바로 혼인 전날 저녁에, 말하자면 신랑 집에서 봉채를 보내야 할 시각에, 택규가 진호 집에를 불쑥 찾아오더니, 놀러 나가자고 끌어냈다. 내일 장가를 가는 신랑 같지 않게 울적도 하고 심심해 하던 판이라, 반색을 하며 선뜻 따라나섰다.

그러나 찻집으로나 갈까 하였더니 결국 끌려간 데가 자경 여사의 집이었다. 아마 마님이 일부러 택규를 보내서 데려오는 것인 듯싶었지만, 진호는 어쩐지 무슨 불길한 예감이 앞을 서는 것 같기도 하고 영숙이와 딱 마주친다면 어떻게 수작을 붙여야 좋을지 마음이 설렁하기도 하였다.

물론 혼인을 차리는 집도 아니니 그렇겠지만, 조용하니 아무렇지도 않았다. 영숙이가 어디서 살짝 나타나지나 않을까 하는 기대도 틀렸다. 다만 자경 여사가 안방에서 내다보며 올라오라는 대로 안방에 들어가 앉아서 택규와 셋이, 혼인 이야기도 쏙 빼고 그저 잡담으로 잠깐 시간을 보냈다.

들여온 차를 마시고 나니 이야기도 인제는 헤식어서 진호가 일어서려니까, 자경 여사는 별말도 없고 붙들려는 기색도 없이 따라 일어나 마루로 나오더니 그제서야 불쑥

"이왕 왔던 길이니 잠깐 만나 보구나 가지."

하고 건넌방 문을 살짝 연다. 진호가 알아차리면서도, 아직도 일말(一抹)

185

의 불만이 없지 않던 터이라, 주춤하고 섰으려니까, 괴괴하던 방 안에서는 두 색시가 일어서며 자경 여사의 딸, 택규 댁이 소리 없이 빠져나오고, 여사는 진호에게 길을 틔워 주며 들어가라고 떼다밀 듯이 하고 뒤에서 방문을 닫아 주었다. 방 안에 환한 불빛을 받고 섰던 영숙이는 새침한 얼굴을 잠깐 들어 보고는 정말 새색시처럼 고개를 폭 숙이고 그린 듯이 아무 말이 없다. 밖에서는 택규 내외가 인사들을 하며 먼저 가는 눈치였다.

방 안은 잠깐 휙 둘러보기에도, 여기가 큰아들 방인데, 전에 보지 못하던 커다란 경대가 번쩍거리고, 새 자릿보를 둘러쳐 놓은 금침이 쌓였고 한 것이 첫날밤 신방에나 들어선 듯싶다. 미장원에를 갓 갔다 온 모양인 영숙이의 남치마에 연분홍 저고리도 똑 딴 혼인 전날 신부요 삼일 안 새색시 같다는 착각도 들었다.

진호는 일순간 마음이나 몸이나 딱 굳어진 듯이 맥맥히 섰다가

"그동안 괜한 고생만 시켜서 미안하우."

하고 겨우 입을 벌렸다.

무슨 급격한 충격이나 압력에 눌려서 일순간 마음이 얼어붙은 듯이, 그렇게 애절을 해 찾아다니고 그리워하던 그 애정이 무엇 때문에, 무엇에 놀라서 이렇게 싹 돌아서고 금시로 식어 버렸는지? 자기 마음에 깜짝 놀라며, 진호는 윗목에 고개를 떨어뜨리고 섰는 영숙이를 멀거니 바라만 보고 마주 서 있다.

그러나 또 한 번 살짝 치어다보는 그 반가워하는 듯 애원하는 듯한 영숙이의 눈찌에 이슬이 맺히며 입귀가 바르를 떨리더니 어깨에 잔파

동이 이는 것을 보자, 진호의 꽉 막혔던 피가 다시 풀리고, 경련을 일으켰던 감정이 제대로 가라앉으면서 비로소 웃는 낯으로 한걸음 다가섰다.

"왜 그래? 울긴 왜 울어요 그저 내가 잘못이니까! 진작 만나서 또 한 번 내 속마음을 털어 놓고 얘기를 하자 했지만……."

하고 가만히 영숙이의 한 손을 쥐며 한 팔로는 사뿟이 어깨를 얼싸안았다. 영숙이는 두 볼에 눈물을 쭈르륵 흘리고 소리 없이 도리질을 하여 보이며 몸을 실려 왔다. 그것은 껴안아 주는 것을 싫다는 뜻이 아니라, 다시는 그런 사과의 말을 말아 달라는 가벼운 몸짓이었다.

남자의 팔에는 차츰 힘이 쥐어들면서 또 한 팔이 겨드랑이 밑으로 허리를 휘어잡았다. 혹 정전이 되었던 등불이 금시로 켜지듯이, 남자의 애정이 갑작시리 물밀듯이 흥분해 오는 바람에, 영숙이의 참았던 울음보도 탁 터지고 말았다. 눈물이 남편의 얼굴을 적실까 봐 고개를 외로 꾀고 소리를 죽여 흑흑 느껴 우는 것을, 남자는 그대로 끌어당겨서 뺨을 부비다가 뜨거운 것이 마주 닿았다. 울음은 차차 잦아지고 어깨의 잔파동만은 커대갔다.

흥분이 좀 가라앉자 진호는 영숙이의 얼굴을 비로소 자세히 내려다보며

"우리 나가서 산보나 하며 얘기 좀 할까?"

하고 달래듯이 물어 보았다.

영숙이는 말없이 또 도리질을 하다가

"어서 가세요 내일 뵙죠"

하고 몸을 빼쳐 냈다. 입가에는 잔잔한 미소까지 귀엽게 어리었다. 쌓였던 설움과 분통을 울음으로 풀고 눈물로 씻어 버리고 난, 후련한 만족과 행복을 느끼는 웃음이었다.

진호도 더 권하지는 않고 마루로 나서려니까, 안방에서 자경 여사가 마주 나서며

"왜 벌써 가려나? 달래 오란 게 아니라, 오늘두 괜히 찔끔찔끔 훌쩍거리구 하는 꼴이 보기두 싫구. 오랜만에 만나서 내일 그랬다간 사위스러워 큰일이겠기에, 울 테건 아주 오늘 실컷 울어 버리라구 잠깐 다녀가라구 한 걸세. 인젠 다 풀었겠지? 다신 딴소리 없겠지?"
하고 깔깔 웃는다.

"고맙습니다."
하고 진호가 웃으며 인사를 하는 곁에서, 영숙이는 생긋이 외면을 해 버린다.

예식

　과부, 총각이 시집 장가간다는 바람에 무슨 큰 구경거리나 되는 듯싶이 사돈의 팔촌은 고사하고 그 사돈의 팔촌이 동리집 아낙네들까지 끌고 와서 예식장은 초만원의 대성황이었다. 신부 편은 말할 것도 없고 신랑 편 일가래야 그리 번연치 않으니, 고작 이삼십 명 진호 부자 친구 역시 모두 합해서 그저 그 분수려니 짐작하였는데, 그리 좁지도 않은 예식장에 빽빽이 찬 것을 보고, 진호 부친은 혀를 내둘렀다. 그리 인색한 영감도 아니건만도 이 사람들을 무얼 먹이나? 무얼로 다 치러 내나 하는 걱정부터 앞을 섰다. 소위 피로연이란 것은 제례하고 일가부터야 '씁쓸'히 보낼 수가 없으니 집에서 부침개질이나 하고 국수 말퀴이나 눌러다가 얼마 안 될 신부 쪽 손님까지도 맡아서 그런대로 겪자는 마련이다.

　그런 걱정은 하여튼 신랑 신부는, 아니 신랑 신부뿐 아니라 일을 거드는 축들로 손님이 많아서 엉정벙정하고 바삐 돌아가는 것이 신바람이 나서 좋았다.

준비가 되니까 신랑이 택규들 들러리에 옹위가 되어 식장에 뚜벅뚜벅 들어온다.

"응, 신랑두 쑥쑥히 잘생겼구먼. 이맛대가 훤히 시원스럽게 벗겨지고 콧날이 우뚝하니 남매랐으면 좋겠는데!"

곁들이로 따라온 동리마님이, 신부는 아까 벌써 휴게실에서 보았기에 하는 말이다.

"뉘 집 색신지? 실없이 팔자두 좋지! 면사포를 두 번씩이나 써 보구 저런 총각 맞어 가구. 그런 호강이 어디 있어!"

등에 업힌 것이 깨면 울까 봐 마음 놓고 앉지도 못하고 서성거리는 젊은 댁의 부러워하는 소리다.

"나중엔 별소리를 다 듣겠네. 그럼 물르지 물러. 호호호"

"물러만 준다면야 누가 마다겠기에! 흐흥……난 면사포란 생전 한 번 두 못 써 봤으니 분하지 않은가."

젊은 아낙네들은 하얀 이빨을 내놓고 소리 없이 새새거렸다.

웨딩마치가 시작되어 하얗게 꾸민 신부가 꽃다발을 가로 들고 들러리들에게 부축되듯이 광목으로 된 행보석(行步席) 위에 자취 없이 나타나자, 일제사격을 하는 총부리처럼 쏠린 눈길과 함께 손님들의 입들도 가만있지는 않았다.

"이쁜데!"

"응! 어디가 애 달린 과부댁 같을꾸. 숫처녀나 다를 게 뭐야!"

"그래두 가깝게 가 보면 낡았지?"

"가까이 코를 대고 보면 낡았으리라는 걱정까지야 뭐 있누. 호호호."
하고들 수군거리는 옆에서 핀잔을 주는 아낙네도 있다.

하여간 화장을 해서도 그렇겠지마는 남자들의 눈에는 더 한층 감칠
맛이 있는 모습이요 몸매였다.

"저만하면야 과부두 땡호아. 아이가 한 두엇 달렸기루 어때. 하하
하⋯⋯."

신랑의 동창생 젊은 애들도 숙설거리며 부러워하는 실없는 소리다.

"두 번 쓰는 면사포 아닌가? 어째 폐물 이용 같구, 재탕 같아서⋯⋯."

"예끼, 이 자식!"

남의 신성하여야 할 자리에서 너무 심하다고 킥킥대며 나무라기도
한다. 그러나 저 여자가 언젠가 다른 한 남자를 위하여 저런 차림차리
로 이러한 식장에 들어섰던 일이 있었거니 하는 생각을 하면 신성할
것도 신통할 것도 없는 어쩐지 느글느글하고 이상한 생각이 드는 것이
남자들의 솔직한 감정이기도 하였다.

예물 교환에 들어가서 신랑은 주례가 반지갑에서 꺼내 주는 금반지
를 받아 들고 신부가 부리나케 흰 장갑을 벗고 내미는 손가락에 매우
경건하고도 다정한 낯빛으로 끼워 주는 것을 바라보던 총각 하나가

"전남편이 끼워 준 반지는 얻다 두구 왔을꾸?"
하고 옆의 친구에게 속삭인다.

"걱정두 팔자야. 자네 매우 감개무량한 모양일세 그려?"

"아닌 게 아니라 '무명전사자'가 아니라 '미지의 전사자'의 고혼을 위
로해서 말일세."

'미지의 전사자'란 신부의 전남편 말이다.

"흥! 대단히 고마운 말일세. 저 신부두 자네보다 더 감개무량할지? 그런 생각을 할 여유도 없이 긴장해 있는지 모르지만, 전남편 생각을 한다면 새 남편한테 미안한 노릇일 거요 진호가 가엾지 않은가! 허허허."

"그러기에 내가 같은 남자의 동정으로 보지도 못한 지하(地下)의 고혼을 달래 주는 거 아닌가! 하하하."

"어, 그눔 쓸 만하다! 기특두 해라."

진호 친구들이 이런 실없는 소리를 한가로이 주고받는 동안에 어느덧 축사가 시작되어 동창 대표의 풋내기 열변이 쩌렁쩌렁 울려 나와서 잠잠하던 식장 안을 새로운 활기에 들먹거려 놓았다.

"……요새 젊은 사람들은 흔히 결혼은 연애의 무덤이라고 합니다. ……"

"저 자식 언제 저렇게 늙었던가? 하하하. 말씀이 퍽 점잖으신데!"

내빈석의 같은 동창생이 놀리며 웃는다.

"……하지만 연애란 아시다시피 열병입니다. 속담에 한 사람 구실을 한다는 뜻으로 나두 홍역 마마 다 했다고 내세우듯이 연애란 면역성(免疫性)을 가진 인생의 홍역입니다. 어린애가 홍역을 하면 속담에 벼슬한다고 합니다만 이 신랑 신부도 벼슬을 하고 나서 인제야 겨우 사람 축에 들어간 인생경난에 대해서는 어린애들입니다. ……"

"히여! 히여!"

젊은 축들은 소리를 지르며 응원을 하였다. 그것이 식장을 난잡하게 하는 것이 아니라 젊은 기분에 끌려들어 가서 일맥의 생기를 깃들이는 듯싶어 도리어 좋은 분위기를 만들었다.

"……이 어린아이들은 이제부터 완전인이 되도록 서로 도와서 육성(育成)하여 갈 것입니다. 이것이 결혼생활이라고 믿습니다. 연애라는 열병으로 면역된 이 두 부부의 사랑은 이제부터 정말 제 곬을 찾아들어 나날이 뿌리가 깊어 가고 살찌게 자라갈 것입니다. 실생활을 통해서 다시 찾아낸 사랑을 길러 가는 첫 문이 이 자리에서부터 열리었다고 하겠습니다……"

축사는 인제야 부리만 따놓고 차차 장광설을 늘어놓기 시작한다.

"자식은 웅변대회에나 나온 줄 아나? 약에는 감초(甘草)가 두 쪽야. 한 두어 마디 인사면 고만이지 웬 잔소린구."

벌써 지루하다고 한구석에서는 불평이었다. 신랑 신부도 한마디도 귀담아 들리지 않고 차차 다리에 피가 내려서 어서 어서 시간이 가 주었으면 좋았다.

그래도 다음에 신부 편으로 나온 정자경 여사의 훈계하는 요령 있는 몇 마디로 축사가 얼른 끝나서 모두들 시원해 하였다.

마지막 축전(祝電) 피로에 부산서 친 한일방직의 김 사장과 동진상사서 사장 축전은 퍽 생색이 났지마는 그중의 걸작은 봉순이의 축전이었다.

"부귀다남자하십쇼. 최봉순."

하고 전문을 낭독하니까, 손바닥들을 딱딱 치는 속에서 진호 부친과 정자경 여사의 입은 저절로 삐뚤어졌다.

"빤빤스러운 년!"

하고 정자경 여사는 입속으로 혼자 중얼거렸다. 진호 역시 생각지도 않은 일에 좀 선뜻하여 귓가가 간지럽고 얼굴이 화끈하는 것을 깨달았다. 곁에 섰는 영숙이는 어떤 생각으로 어떤 표정일꾸? 하며 애가 씌었으나 나란히 섰는 신부의 얼굴을 치어다볼 수는 없었다. 그러나 봉순이의 그 축전이, 저도 인제는 아주 단념하고 비켜선다는 절연장 같다고 생각이 들어서 진호는 한편으로 마음이 놓이기도 하는 것이었다.

신랑 집의 잔치는 영감의 피복 공장에서 차렸다. 좁은 집 속에서 복대기를 치는 것보다는 본집에서 조금은 떨어져 있지마는, 널찍한 공장의 위아래 층을 이용하는 것이 편하였고, 여직공들을 하루 놀리고 국수 한 그릇씩이라도 먹여서 위안회 겸 해롭지 않았다. 작업에 쓰는 재단상 작업상들에 양지를 덮어서 두리기상으로 쓰고, 희끄무레한 여직공들을 뽑아서 시중을 돌리고 하니, 일이 손쉽고 번채도 났다. 본집에는 손님 하나 얼씬도 아니하고 쓸쓸하였지만 맏며느리가 어린 것들을 데리고 혼자 집을 지키고 있었다. 신부와 전부터 함께 놀던 동무는 아니지마는 그만그만한 나쎄의 같은 젊은 전쟁미망인으로 하나는 총각 시아자비를 만나서 동서가 되어 들어오고 혼인날 엄벙덤벙 잔치를 하는 꼴을 보면 그 마음이 어떠랴 싶어서 애초에 멀찌감치 혼자 떨어져 있게 하고 모든 것을 눈에 띄우지 않게 하겠다는 시부모의 고마운 마음씨이기도 하였다.

그래두 잔치가 끝장날 무렵에 신랑 신부를 빼어 돌려서 집으로 끌어들이니 헤어져 가던 손님이 예까지 쫓아오는 축들도 있어 또 한 차례 집안이 어수선해지고 별 시중은 없으나 분주하여졌다. 맏며느리는 신랑 신부를 치어다보기가 눈이 부셔서 그런지 이상야릇한 감정에 공연히 얼굴이 상기가 되고 쥐구멍을 찾고만 싶은 것을 참고 부엌 속에 숨어서 나오지를 못하였다. 누가 무어라는 것은 아닌데, 손님 앞에 나서기가 싫었다. 제 집 속이니 부끄러울 까닭은 조금도 없건마는 모든 사람의 눈이 자기에게로 모여드는 것 같아서 정작 신부보다도 더 수줍어하고 손님 앞에 자기 꼴을 보이기가 싫었던 것이다. 그러나 부엌에서 별안간 무어 할 일도 없고 할 일이 있대야 손이 여기 놓이고 저기 놓여서 마음을 지향할 수도 없고 몸 둘 곳이 없어 딱할 사정이었는데, 그래도 인제야 폐백을 드리고 차례를 지낸다 하여 연해 큰며느리를 찾고, 시중들 일거리가 생겨서 분주히 들락날락하게 된 것이 도리어 다행하였다.

손님 '곁두리'를 하고 나서 인제야 폐백을 드린다는 것은 일이 거꾸로 되었지마는 신부가 시부모를 정식으로 뵙는 예절야 없을 수 없으니 형식이라도 아니하는 수 없었다.

진호가 거처하는 아랫방으로 들어가 쉰 신부가 대청으로 올라와서 수모(手母) 대신 시고모가 시키는 대로 폐백을 드리고 차례를 지내고 하는 동안에도 삼지위겹으로 뜰아래에서 테를 대고 구경들을 하는 아낙네들의 눈길이 종시 자기의 얼굴을 힐끔힐끔 쳐다보는 것만 같아서 큰며느리는 공연히 또 얼굴이 취해 올라왔다. 입을 꼭 다물고 아무쪼록 웃는 낯을 지어 보이면서도 자기의 얼굴빛이 이상한 것만 같아서 큰며느리는 열적기만 하였다.

'무슨 년의 팔자가 아무 죄 없이 괜히 남의 눈치만 보구 쳬 지내라는

건구? ……'

나중에는 이런 생각에 큰며느리는 울화가 치밀어 올라서 가슴 속이 뻐근하기도 하였다.

제상(祭床) 앞에서 신부가 큰절을 하는 판인데, 공교롭게도 건넌방에 재워 놓은 둘째 녀석이 깨 가지고 칭얼거리는 데는 모두 질색을 하였지만, 할머니가 냉큼 들어가서 업고 나오며 달래는 것을 보고 과부 며느리는 외면을 하였다.

"우지 마아, 꼬까 입은 작은어머니 좀 봐라."

애비 없는 자식이 측은해선지 무심코 하는 달래는 말이겠지마는 젊은 과수 에미는 눈물이 글썽해지는 것을 감추느라고 고개를 폭 숙이고 또 부엌으로 살짝 몸을 감추어 버렸다.

다례가 끝나고 큰며느리가 마루로 불려 올라가서 상우례를 할 때도 신부보다는 이 젊은 과수댁의 얼굴이 더 발개지고 더 부끄러워하였다. 이 꼴을 보고 시어머니 아버지의 낯빛도 덜 좋은 모양이었지마는 둘러섰는 손님들은 보기 좋은 구경거리라기보다는 딱하다는 동정에 고개들을 외로 꼬았다.

이 큰며느리의 친정에서는 어머니는 아니 오고, 올케가 혼자 식장으로만 왔다가 가 버렸다.

색다른 신혼여행

처가가 있어 제법 삼 일을 치르는 절차가 있는 것도 아니니 그날 밤에 부산으로 아주 뚝 떠나보낼 작정이었고, 그러는 것이 한시름 잊어 좋겠다는 것이었으나 아무리 마음에 싸지 않은 혼인이라 하여도 자 내 사람이 되고 보니, 자연 정에 끌려서 귀여운 생각도 들고 종일 시달려서 삐친 것들을 그대로 떠나보내기가 안됐고 섭섭한 생각이 들어서 하룻밤이라도 데리고 지내겠다는 생각에 예정을 변경하여 아랫방을 신방으로 꾸미고 편히 쉬게 하여 내일 떠나보내기로 하였다. 그러나 영감 내외로서는 당일로 떠나보내려는 것도 큰며느리를 꺼리고 가엾다는 생각에서 그랬지마는 하룻밤을 신방을 꾸며 주는 데도 역시 큰며느리의 눈치가 뵈이지 않을 수 없었다.

그러나 큰며느리는 그저 입을 꼭 봉하고 소리 없이 내색이 보일까 봐 웃는 낯으로 영등같이 시중을 들었다.

그래도 이튿날 이른 아침에 밥을 안치고 들어간 건넛방 큰 애기가

197

킹킹대는 끝엣놈의 볼기짝이라도 꼬집어 주었는지 그예 울음이 터지고

"어서 뒈져. 이 웬수야, 너 같은 건 어서 뒈져. 뭣 땜에 생트집야? 날 더러 어쩌라는 거야?"

하고 소리는 크게 안 내나 어린 것을 윽박지르며 퐁퐁 쏘는 소리를 듣고, 안방에서 영감마님도 송구스러웠다. 밤을 꼴딱 샜는지 큰며느리의 눈은 깔딱 질렸고 자고 난 얼굴이 유난히 까칫하니 살기까지 끼어 보였다. 어제 이 며느리는 실상 온종일 집만 지키고 들어앉아서 무슨 고된 일은 한 것이 아니니, 일이나 고돼서 잠이 푹 들었거나 하였더면 좋았겠지마는 아랫방에 신방을 꾸며 놓았다는 것이 이 젊은 에미년의 마음이나 신경을 자극해서 잠도 제대로 자지 못한 것만 같아서 영감은 속으로 오늘은 둘째 내외를 어서 쑤엑쑤엑 쫓아 버려야 하겠다는 생각을 혼자 하고 있는 것이었다.

새벽같이 일어나 어느 틈에 치장을 하고 난 신부를 옆방에서 잔 시고모가 데리고 안방으로 아침 문안을 드리려 올라오는 것을 보고도 큰며느리는 모른 척하고 부리나케 부엌으로 들어가 버렸다.

"그래 정말 마누라, 따라가 보려우?"

아침 밥상이 들어오기 전에 영감은 혼자 궁리궁리를 하다가 다시 말을 꺼냈다. 어젯밤에 진호 모친은 별안간 신혼 내외를 따라서 부산에를 가 보고 오겠다고 발론을 하였던 것이었다.

"그럼 어떡허우. 살림이랍시구 처음 벌리는 건데 밥 하나 변변히 끓일 줄두 모르는 저의들만 맡겨 두구 모른 척할 수도 없구, 고우나 미우나 인제는 내 자식 된 바에야 얼마 동안 데리구 있어 길두 들이고 가르

처 놔야지 않아요!"

역시 어머니다운 마음씨였다.

"그두 그렇지만 방 속에만 들어앉았던 마누라가 먼 길에 나설 것 같지 않아서 말이지."

"온, 아무리 우물 안 고기래두 나두 피난 다니기에 똑똑해졌다우. 삼 년이나 살던 덴데, 그것두 혼자 나서는 거라면 모르지만……."

영감은 아무리 한때는 홧김에 난 모르니 너 알아 하라고 박차는 수작을 한 때도 있었지마는 자기가 몸을 빼칠 수만 있으면 데리고 내려가서 전셋집이라도 하나 마련해 주고 올라오려는 생각도 없지 않던 터이라, 결국은 마누라의 의견대로 행기 삼아 얼마 동안 가 있다가 오라고 승낙을 하였다.

아들 내외는 여기저기 인사도 다녀야 하겠고, 더구나 영숙이는 두고 가는 원길이와 모친의 뒤치다꺼리도 있고 하여 일찍 나가고, 모친은 집에서 공장의 일꾼과 큰며느리를 데리고 짐을 꾸리러 떠날 차비 차리기에 온종일 분주하였다.

하여간 집안일은 아이가 둘씩 달린 며느리의 혼잣손으로 어린 식모 아이만 데리고는 학교에 가는 두 아이 치다꺼리며 시아버지 시중에 고될 것이라 하여 시고모가 뒤를 맡아 보아 주기로 하고 그날 밤 차로 아들 내외를 따라 모친도 뚝 떠났다. 정거장에는 영감이며 아이들이며, 영숙이 모친, 정자경 여사 그 외에 택규 내외니 동창생들이니 엉정벙정 신혼여행을 떠나는 것 같기도 하고 새로 부임하는 고관의 행차 같기도 하였다.

미리 잡아 놓은 침대차에 세 식구가 자리를 잡고 앉으니 영숙이는 그동안 지낸 일이 꿈같이 머리에 떠오르며, 어제 오늘 정신없이 지낸 일이 주마등처럼 머릿속을 핑핑 돌았지마는, 인제야 한숨 돌리고 기분이 가라앉기도 하였다. 어쨌든 마음이 턱 놓이고 그저 좋기만 하였다. 시어머니가 곁에 있으니, 조심스럽고 어려워서 신혼여행 같은 옥신옥신하는 화려한 기분은 맛볼 여유가 없지마는, 이렇게 시어머니가 따라와 주었다는 것이 얼마나 든든하고 어른의 귀염과 신임을 받는 듯싶어 좋은지 몰랐다. 침대는 아래위 칸 두 층인데 어머니부터 아랫간에 눕게 하였다.

　"너의들두 고단할 텐데 어서 올라가 눠라."

　"아녜요. 전 예가 좋아요."

　진호도 영숙이더러 먼첨 올라가서 한잠 자고 나라고 권하였으나 들을 리가 없어 진호가 올라가 눕고 영숙이는 침대 옆에 놓인 보조석에 파묻혀 앉았다.

　"그렇게 앉아서 어떻게 밤을 새니, 대수냐. 어서 올라가 자려무나."

　침대의 커튼 새로 내다보며 시어머니는 애를 쓴다.

　"아, 이만하면 편히 자죠. 삼등차의 나무판에 끼어 앉아서 두 눈을 붙이는 뎁쇼."

하고 영숙이는 웃었다. 남편의 곁을 잠시라도 떠나기가 싫고 포근히 안겨서 잠이 들고 싶은 생각도 간절하지마는 참는 수밖에 없었다.

　"정하면 내 곁에 들어와 누렴."

　시어머니는 그래도 마음이 안 놓여서 컴컴한 커튼 속에서 또 말을 붙였다.

"아이, 어서 걱정 마시구 주무세요"

시어머니의 아껴 주는 그 마음씨가 고마웠다. 그저 기쁜 마음에 앉아서는 고사하고 서서 이 밤을 새워도 괴로울 것은 조금도 없을 것 같다.

시어머니는 자기만 잠이 들면 올라가 자려니 하는 생각으로 더 알은 체는 않고 잠을 청하였다.

위 칸의 진호도 깊어 가는 밤에 소리를 내기가 안되어서 잠을 청하고 가만히 누웠으나 오랜만에 어제 영숙이와 한자리에서 지낸 끝이라 그러한지 옆이 허전하고 아래다가 영숙이만 혼자 내버려 두고 자기가 안되어서 좀체 잠이 깊이 들지를 않았다. 그래도 고단한 김에 잠이 어리어리 들려다가도 곁에 누웠는 것이 영숙이 같기도 하고 봉순이 같기도 하여 깜짝 놀라 눈을 떠 보면 아무도 없는 것이 서운하다. 전번에 서울서 내려올 제 똑 이와 같은 침대에 봉순이와 같이 뒹굴던 생각이 꿈결같이 몽롱한 머릿속에 떠올라서 착각을 일으키곤 하는 것이었다. 진호는 불쑥 떠오른 잡념을 떨어 버리려고 머리를 좌우로 흔들고 다시 눈을 감았다. 그러나 오려던 잠은 달아나고 차츰차츰 흥분이 전신에 퍼지며, 머릿속에는 봉순이의 간드러진 몸매와 영숙이의 생글하고 웃는 청초한 귀염성스러운 얼굴이 번갈아 가며 떠올라서 가만히 누워 있지를 못하게 들쑤셔대는 듯싶다. 대관절 잠을 못 자게 들쑤셔대는 이 흥분은 두 여자가 함께 좌우에서 못살게 굴어서 그러한 것인지 어느 한 편이 더 짙게 유혹을 하고 흐리터분한 피로한 머릿속을 휘저어 놓는 것인지 갈피를 잡을 수가 없다.

'내 왜 이렇게 정신이 혼탁해지고 마음이 헤갈이 되었누? ……'
하는 생각, 생각이라기보다도 착각과 양심의 자책이 잠에 취한 머릿속
에서도 소용돌이를 쳐서 더 참기가 괴로웠다.

진호는 가위에 눌렸던 사람처럼 눈을 번쩍 뜨고 벌떡 일어나서 가슴
이 짓눌렸던 듯이 답답한 숨을 커닿게 쉬면서 커튼 밖으로 두 다리부
터 쑥 내밀고 스르를 미끄러져 내려왔다.

"에구 깜짝야! 왜 안 주무시구? ……"

눈을 감고 앉았던 영숙이는 그 기척에 소스라쳐 일어서며, 소리를 죽
여 속삭이며 상그레 웃는다. 그 웃음은 떨어져 올라간 그동안이건마는
오랫동안 그리고 기다렸다는 듯이 말할 수 없이 반가워, 그대로 안기고
싶어 하는 웃음이었다.

'아! 이젠 살았다. 마음이 놓였다!'

가위에 눌렸다가 무서운 꿈에서 깨어난 것처럼 진호는 눈이 번쩍 띈
다기보다는 정신이 홱 들며, 성큼 달려들어 힘껏 껴안았다. 영숙이의
그 웃음이 머릿속의 혼탁을 금시로 가라앉혀 주고 봉순이의 환상을 훅
꺼 준 듯싶었다.

진호는 마음이 거뜬히 깨끗해진 것을 깨달으며, 아내에 대한 새로운
애정을 새삼스럽게 느꼈다. 영숙이를 사뿟이 반짝 안아 올려서 쳐 있는
커튼을 밀고 침대 위에 올려 앉혔다.

"난 잘 것 같지 않아. 어서 한잠 자구 나요"

귀에다 대고 정답게 일렀다. 뺨이 닿는 따뜻한 보드라운 감촉이 첫사
랑을 속삭이던 일 년 전 그때와 같은 새로운 애정과 흥분을 피차에 느

끼는 것이었다. 얼굴이 발갛게 활짝 피어오른 영숙이는 행복감과 흥분에 숨이 가빴다.

부산에 도착해서 첫째 급한 정사가 집을 구하는 것이었다. 부친은 전세집이라도 우선 얻으라고 십만 환을 모친에게 주어 보냈다. 모자라면 전보만 치는 대로 더 보내 줄 약속이다. 부친이 마음을 돌려서 그럴 줄 알았더라면 올라갈 제 미리 이 집 주인에게라도 부탁을 하여 두었더면 하는 생각도 났지마는, 어쨌든 하숙집 주인을 앞세우고 집을 보러 온종일 헤매었다.

그러나 하루 동안에 만만한 것이 나설 수는 없었다. 들어서는 길로 영숙이는 걷어붙이고 나서서 시장에를 간다 밥을 짓는다 하여, 전에 둘이 끓여 먹던 부엌세간은 좀 있으니 물밥 사 먹을 지경은 아니지만 잘 데가 문제다. 모친은 그대로 며칠 한 방에서 같이 지내자고 하지만 좁아터진 단칸방에 세 사람 금침부터 펼 수가 없었다. 떨어지기 싫은 생각을 하면 이 방은 모친에게 내어 주고 저의 부부는 근처의 여관으로 가서 잠만 자고 다니게 했으면 좋겠으나, 주인집에서 진호만은 아들의 방에 와서 끼어 자라고 하여 그렇게 하기로 하였다.

집을 얻어 들기까지 이러한 살림이 한 일주일 동안 지나갔다. 그 일주일이 모친에게는 무슨 놀이나 가고 피접이나 간 것같이 재미도 있었다. 그것은 고사하고 요 며칠 동안 함께 지내는 새에 새 며느리의 인품도 알게 되어 싹싹하고 고운 성미가 마음에 들기도 하거니와, 재빠르게 몸을 아끼지 않고 살림에 알뜰하고 바지런할 뿐 아니라, 언제 배웠다고 음식 솜씨가 요새 젊은 애 쳐 놓고는 그만하면 어디엘 내놓기로 부끄러울 게 없다고 그만 홀딱 반하였다.

"초년고생은 금을 주구두 못 산다지만, 넌 어려서부터 고생살이에 힘 안 들이구 모두 제대로 배웠구나. 그만하면 난 이젠 맘 놓구 집이나 드는 걸 보구 올라가겠다."

시어머니의 예사로운 이런 칭찬에 영숙이는 얼마나 좋은지 눈물이 빚어 날 지경이었다.

"어머니 망녕이세요. 제가 뭘 안다구……서울두 맘에 안 뇌시겠지만 집 들구, 그래도 한 달쯤은 계셔 주서야죠. 언제 어머님 모시구 살림을 배우겠에요."

시어머니는 새 며느리의 정성껏 하여 주는 공궤에 재미도 보고 싶고 살림도 웬만큼 자리가 잡히는 것을 보고 갈 생각이기는 하였다.

"어머니, 새집 들면 거긴 물이 귀하대요. 흔한 물에 아주 예서 빨래를 해 가지구 가야 하겠어요."

사실 이 집에는 웃물이 충충하고 수돗물도 지천으로 썼다.

"애, 그만 둬라. 시집 온지 댓새두 못된, 옛날 같으면 푸리기 전 색시를 빨래까지 시켜 되겠니. 집 들건 천천히 사람 사서 하지."

그러나 말을 내놓기가 무섭게 영숙이는 전에 덮던 금침의 찌들은 홑 이불을 북북 뜯어 놓고, 홀아비 생활 한두 달 동안에 꾸려 박아 두었던 와이셔츠니 속옷이니 끌어내 놓는 것만 하여도 한 광주리는 된다.

"어머니 옷 갈아입으세요. 한데 빨죠."

"내 걱정은 마라. 서울 가서 빨지."

"온 여긴 조막손이만 삽니까. 빨래까지 꾸려 가지구 가실 테예요?"

하고 영숙이는 깔깔 웃었다.

시어머니는 빨래하는 어린 며느리를 혼자만 맡겨 두기가 딱해서 물도 길어 주고 회는 걸 거들기도 하였으나,

"어머니 팔 아프세요 어서 올러가 누세요."

하고 하두 성화를 하는 데에 지쳐서 내버려 두고 방에 들어가 누웠더니 아주 진 푸지까지 해서 저녁때는 한 광주리 수북이 거둬 놓았다.

"애, 내 빨래는 그대루 싸 뒀다 다우. 서울 올라가서 매만져 천천히 해 입을 거니."

"그래두 여기 계실 동안에 가리매루 입으셔야죠. 솜씨는 없지만 제가 인제 틈틈이 지어드릴게 그대루 두세요."

"무얼 지어까지 주겠니. 시집살일 단단히 하려는 구나. 호호호."

저고리쯤야 제 손으로 꿰매 입겠지만, 지어 준다니 말만이라도 고마웠다. 큰며느리도 얌전한 편이기야 하지만 속이 잘고 좁은 데다가 칠칠치는 못한 편이요, 게다가 남편 없는 시집살이에 마음이 싸지 않은 것을 자식에 끌려서 사는 거나마 자식이 둘씩 달렸으니 그렇기도 하겠지마는, 시집온 지 칠팔 년이 되어야 어머니 저고리 제가 하나 지어 보죠 하는 소리를 들어 본 일 없던 마님은 며느리의 손에 저고리를 얻어 입어 맛이 아니라 처음 들어 보느니만큼 마음에 좋고 기특하다.

집은 회사에서 떨어져도 안 되고 하여 그리 마음에 들지는 않으나 이 근처로 옮아앉게 되었다. 그나마 서울에다가 기별을 하여 십만 환을 또 부쳐 오고 하여 간신히 들게 되었는데, 아래채에는 전에 들었던 세꾼을 이눌러 그대로 맡고 안방 건넌방 마루만 쓰기로 약속이다. 인제

식모아이를 구해 두고 서울서 어린것도 데려오겠지만, 낮에는 젊은 색시 하나만 집을 지키고 있을 테니 아래채에 사람이 있는 것이 도리어 의지가 돼서 좋기도 하였다.

"그러나 사람이 좋기나 할지?"

모친은 그런 걱정도 하였다.

세간이라야 서울서 내려온 자리보통이 옷고리짝 가방 따위 외에 하숙집에 놓였던 책상과 냄비 나부랭이나 날라 오면 그만이지마는 그래도 세간이 너무 없으면 을씨년스럽고 옷가지라도 넣을 것이 없어서는 의지가 안 된다고 당장 나가서 양복장 한 바리와 책장 찬장들을 신건으로 잡아서 들여다 놓고 보니, 인제는 라디오라도 하나 사야 하겠느니 마루에는 간단한 응접세트라도 한 벌 들여놓아야 좀 환해지겠느니 하고 욕심이 늘었다. 그래도 되는대로 세간을 늘어놓고 사람의 손질이 가니 그런대로 신접살이의 뜨내기살림이라도 사람 사는 집 꼴이 잡혀진 것 같았다. 부엌에서 솥을 걸던 미장이도 손을 떼고 가고 집을 또 한번 말끔히 친 뒤에 차차 저녁을 지어야 할 텐데 집을 든 첫날이니 무슨 맛있는 반찬을 만들어 먹을까 하고 의논이 분분한 판인데 하숙집 주인이 앞장을 서 들어오며

"새집 드시는 맡에 반가운 집알이 손님 들어오십니다. ……허 벌써 정돈이 됐군요"

하고 소리를 친다.

"어서 오세요"

중문 밑에서 비질을 마저 하고 있던 영숙이가 허리를 펴고 대꾸를

하려니까, 이게 누군가! 하숙집 주인의 뒤에서 봉순이가 따라 들어오지 않는가! 봉순이는 잠깐 주춤하더니 빼쭉 웃으며 무슨 시비나 하러 온 사람처럼 토라진 기색으로 잠자코 마당 안에 들어선다.

필적 감정 때문에

1

마루에 돌아앉아서 걸레질을 하고 있던 모친은 돌려다보며 눈이 휘둥그레졌다.

'허허⋯⋯그저 그럴 듯싶더라니! 주출망량(주출참망량──畫出魍魎)으로 이게 어쩌자고 튀어 드는구⋯⋯'

하며 모친은 차마 얼굴은 찌푸려 보이지 않았으나, 입 속으로 혀를 찼다.

"저 알아 보시겠에요? 여기 와 계십니다그려? 새 메누님 재미가 어떠세요?"

"엉, 어서 오우."

환도 후에 피복 공장을 세우느라고 이 여자의 소유인 집터를 흥정할 때 집에 몇 번 드나드는 것을 보아서 모친도 봉순이와 안면은 있었던 것이다.

영숙이는 하던 비질을 마저 끝내서 쓰레기를 담아 가지고 밖으로 나갔다.

'일껀 잊어버리구, 남 새집 들구, 재밌게 저녁이나 해 먹으려는데!'

영숙이 눈살이 찌푸려지지 않을 수가 없었다. 인제는 무슨 투기가 아니라, 그저 더러워서 옆에 오는 것이 싫고, 잊어버리려는 묵은 치부장을 들추어내서 가라앉은 감정을 들쑤셔놓는 것이 성이 가셔서 눈에 띄워 주지만 말았으면 하고 비는 것이다.

"아니, 온 지가 일주일이 넘는다던데 시치미 딱 떼구, 아 이러기야?"

마당에 딱 버티고 섰는 봉순이는, 이번에는 부엌문께에 우두커니 섰는 진호에게 들이댄다. 그러려니 하고 들으니까 그렇지, 모친의 귀에는 아들에게 무람없이 덤비는 그 반말지거리가 구역이 날듯이 듣기 싫었다.

"아, 참 축전 고마웠소이다."

진호는 달래듯이 싱글싱글 웃으며 딴전을 하여 버렸다.

"도망구니처럼 살짝 소리 없이 이사를 오면 못 찾아올 듯 싶었던감! 흥!"

하며 발이라도 통 구르고 덤빌 듯한 기세가, 여부없이 첩치가한 난봉쟁이 남편의 뒤를 밟아 와서 들싸는 본댁이라 했으면 좋겠다.

문간을 쓸고 들어온 영숙이는 모친이 내놓는 걸레를 빨아 가지고 모른 척하고 안방으로 들어갔다.

"이건 내가 무슨 빚진 죄인입디까? 새집 들었으니 성냥통이나 엿가락이라두 사 가지구 와서 좋은 꿈 꾸란 덕담을 하는 게 아니라……"

하면 진호는 농쳐 버리고 나서, 안방에다 대고

"나, 그 웃저고리 좀 떼 줘요."

하고 영창께로 다가온다.

잠자코 양복저고리를 떼어 내미는 아내의 얼굴을, 진호는 힐끗 치어다보았다. 입이 부었거나 눈을 곤두세거나 하지 않은 영숙이의 심상한 낯빛을 보자 진호의 겸연쩍어 하던 얼굴에는 눈웃음이 쳐지며 안심과 함께 고마운 생각이 들었다.

"나 잠깐 나갈 일이 있는데……?"

저고리를 팔에 쥐면서, 진호는 봉순이를 치어다보았다.

차마 나가자고 끌 수는 없으나 따라 나서라는 유도작전이었다.

"어렵쇼! 정말 이러기야?"

하며 봉순이는 코웃음을 친다. 마루에 두 무릎을 세우고 치마 위로 손길을 맞잡고 멀거니 앉았는 모친은, 그 야비한 말투에 귀를 막고 싶은 것을 참으며 뜰에 섰는 양장녀를 경멸하는 눈초리로 내려다보았다.

"무정지책(無情之責)두 분수가 있지, 무에 그러기란 말요? 맘대루 해요."

진호는 휙 문간으로 나가 버렸다.

"흥, 축객이 자심하구먼! 뭘 믿구 저러는 거야?"

봉순이는 나가는 남자의 등 뒤에 찬물을 끼어 얹듯이 한마디 한다. 해가 이울어서 좁은 마당은 벌써 뉘엿뉘엿해 가는데, 나가는 가장의 등덜미에 이런 앙칼진 소리를 뒤집어씌우는 것을 들으니 모친은 사위스럽다는 생각에 등줄기가 오싹하였다.

"어머니! 미안합니다. 죄송합니다. 구박이 자심하지만, 저두 이 집에 선 못 나갑니다. 어머니께선 모르시는지 아시는지 모르겠습니다만, 어쨌든 우선 전 갈 데가 없으니 어쩝니까. 어머니 모시구 지낼 작정입니다. 어느 방을 쓰시는지? 귀찮아두, 저두 윗목께루 한 구석에 둬 주세요."

봉순이는 금시로 태도가 일변하여 곰살궂게 빌붙듯이 이런 소리를 하며 마룻전에 와서 앉는다. 그 어머니의 기색 같은 거야 아무렇거나, 나 알 바 아니라는 듯이 마님의 얼굴도 치어다보지 않고, 등을 지고 마당을 향하여 앉았다.

별안간 난데없는 '어머니'라는 소리에 진호 모친은 질색을 하며 송충이가 모가지께를 기어오르는 것같이 사족이 오그라지는 것을 느꼈다. 그러면서도

'오! 너두 며느리 행세를 해 보겠다는 거야?'
하고 모친은 귓구멍이 막혀서 잠자코 앉았다.

안방에서 새로 들여놓은 세간을 닦고 있던 영숙이도 어이가 없어서 내다보지도 않고, 독사뱀 같은 무서운 여자라고 몸서리가 쳐졌다.

'이게 무슨 팔자에 없는 곤욕이람! 그러기에 사내자식이란 계집을 삼가야 하는 거야!'

마루에 앉았는 시어머니가 말수가 없는 구식 늙은이니 속으로만 꽁꽁 앓고 앉았는가 하면 안방에서 며느리는

'참 정말 횡액야 횡액! 사주팔자에 어떻게 씌었길래, 저런 게 달려들어서 살(煞)을 놀꾸?'

하며 속이 터지는 것을 참고 혼자 분기를 삭히느라고 얼이 다 나갔다.
그래도 남편이 몇 번이나 뇌이면서 변명하던 횡액이라는 말을 내세워
서 마음이라도 싸 주려는 정리(情理)이었다.

"어이, 고단해! 어머니 방이 어디예요? 전 좀 들어가 눠야 하겠습니
다."

무어 체면이고 아무 것도 없다. 그대로 떼요 안하무인으로 제멋대로
날뛰려 드는 거보다는 괘씸한 생각은 드나, 어떻게 모른 척할 수가 없
으니

"응, 들어가 누으라구."
하며 알은체를 해 주고, 벌떡 일어나 안방으로 들어갔다.

"제 원수가 왜 왔니! 고질이로구나."

시어머니는 며느리에게도 미안스럽고 가엾은 생각이 들면서 혀를 끌
끌 찼다.

"가만 내버려둡쇼그려. 저 할대루 하다가 지치면 나가자빠지겠죠"
하고 영숙이는 도리어 대수롭지 않게 코웃음을 쳤다.

"그야 그렇겠지만, 저 성화를 어떻게 받니. 괜한 트집이지 뭐냐. 배가
아파서 좀 휘젓자는 거지만……."

시어머니는 며느리가 무던하다는 생각으로 아무쪼록 위로해 주려 하
였다.

"염려마세요 제 따위 아무렇거니! 저두 저만큼 똑똑하답니다. 호호
호."

영숙이의 입에서는 비로소 오달진 소리가 새어 나왔다.

"그야 그렇지만!"

시어머니는 저년의 등살에 휘 잡혀서 무슨 욕을 당할까 보아 아들도 못 믿겠다고 겁을 집어 먹던 판에, 며느리가 꿈꿈한 것이 믿음성스러워서 반색을 하는 것이었다.

건넌방으로 들어간 봉순이가 스프링과 윗저고리만 벗어 던지고 자는 척하고 누워 있는 동안에, 영숙이가 부엌에 들어가서 쌀을 씻고 있으려니까 진호가 시장을 갔다가 왔는지 두 손에 이것저것 주렁주렁 들고 숨이 턱에 닿아서 들어왔다.

"흥, 너두 인제 차차 살림 맛을 아는 게로구나!"

하고 모친은 반색을 하며 대견스러워 하였다.

"아구, 그럴 줄 알았더라면 내가 따라 나갈걸."

영숙이는 부엌에서 뛰어나와서 좌우 손에 든 것을 받으며 좋아서 깔깔댄다.

"고기나 한 근 사시면 되지, 이건 뭐 잔칠 차리슈. 생선에 과일에……이건 또 뭐요?"

이 봉지 저 봉지를 헤치며 영숙이는 건넛방의 봉순이도 들어 보라는 듯이 좀 호들갑스럽게 주워섬긴다.

"아, 반가운 손님 오셨겠다. 새집 든 턱으로 한 번 실컨 먹어보자구."

진호가 웃음엣소리를 하니까, 영숙이는

"손님 덕에 나팔 부는군!"

하고 깔깔대었다. 그 웃음 속에 가시가 든 것은 아니건마는 좀 꼬집어 주는 것이었다. 잠이 든 것이 아닌 봉순이는 듣기에 괴란쩍고 신혼부부의 새살림이 깨가 쏟아지게 재미있는 양이 부럽기도 하였다.

'날더런 저런 소꿉놀이는 하라두 신푸녕스런 노릇이지만……'

속은 살아서 지기는 싫으니 이런 생각을 하면서도 뒤달아서

'그러나 저러나 이년의 신세는 어찌나 되려는구? ……'

하는 신세타령이 저절로 나왔다. 이것은 사내를 놓치고 말았다는 아쉬운 생각에서가 아니다. 진호를 언제까지 끼고 돌 수 있으리라는 그런 어림없는 생각을 할 봉순이도 아니거니와, 김 사장을 따라서 서울에를 오르내릴 요전 얼마 동안만 해도 진호쯤 가다가다 재미로 만나는 것은 모르지만, 그 외에 무슨 장을 대려거나 길게 끌려는 생각은 꿈에도 없었다. 그러나 요새 며칠 새로 물계가 싹 달라지고, 한참 동안 흥청망청 하던 그 기분이 훌쩍 가시고 나니, 금시로 풀이 죽어 버린 대신에 공연한 발악만 남은 요사이의 봉순이다. 봉순이의 자신만만하던 그 고등외교가 수완에 치수가 모자랐던지, 어째 싹수가 노리끼리해 가니, 어깨가 축 처지고, 그 화려한 꿈이 새벽녘에 깬 술기 마찬가지로 머릿속만 뒤숭숭하고 갈증만 심해져서 무엇의 눈에는 무엇만 보인다고, 느느니 허욕뿐이요 조바심에 못 견딜 지경이다.

한동안은 명색이라도 호텔이랍시고 채를 잡고 앉아서 일약 여류사업가나 된 듯싶이 그야말로 고등외교를 해 봤지마는, 그것도 일이 제대로 돼야 말이지, 동진상사의 서 사장만 해도 봉순이의 무엇을 보고 밑 빠진 가마에 물 길어대기로 그 뒷배만 보아 줄 스라소니도 아니니, 호텔을 거둬 치고 나온 뒤로는 동가식서가숙으로 잠자리나마 만만치 않은 신세가 되었다.

진호 내외는 그저 좋은 낯으로 봉순이와 네 식구가 한 상에 둘러앉아서 저녁을 먹었다. 반찬이 좋으니 전같이 봉순이와 단둘이 맞붙들고 앉았으면 으레 한 잔이 나왔겠지마는, 진호도 모른 척하였고 봉순이도 노인 앞이니 생각은 간절해도 잠자코 말았다.

"아, 오랜만에 잘 먹었다. 혼인 턱으룬 이것만 가지군 안 되겠지만……."

봉순이는 상에서 물러나며 이런 소리를 하다가,

"헌데, 참 나 오늘부터 어머니 모시구 자기루 했우. 나두 인제 벌면 생활비는 보태겠지만, 아직은 외상밥유."

하고 으레 한식구로 쳐 줄 게 아니냐는 듯이 제멋대로 나불댄다.

"가외 외상밥야? 난 몰라, 우리 집 밥 쥔하구 좋도록 의논하시교"

하고 진호는 웃어 버렸으나 입맛이 썼다. 그 입이 무서워서 그저 덧들여 내지 않으려니까 받자위를 해 주는 것이지마는, 신선한 새 가정의 공기를 흐려 놓는 것이 견딜 수 없이 싫었다. 고식도 잠자코는 있지만 하루 한때면 몰라도 한 집속에 넣어 놓고 이 성화를 어떻게 받나 하는 걱정에 마음이 컴컴하여졌다.

2

"그래 그 조건은 어떻게 익어 가는 모양유? 어째 풀이 없는 눈치가 이상한데!"

진호는 궁금할 것도 없지만 슬쩍 떠보았다. 그 조건이란 한일방직의 김 사장에게 말을 걸어 놓은 출자 문제 말이다.

"왜 내가 풀이 없어 보여?"

"연해 김 사장이 모셔다 드리구, 큰소리 탕탕 치구 다닐 때 같에서는 당장 돈 보따리를 져 들일 것 같더니."

하고 진호는 코웃음을 쳤다.

"가만있어요. 다 때가 있는 거야."

일은 다 글렀고, 봉순이는 빈손 털고 일어나서 서울로 가잘 수도 없어 뚱이 끓건마는 그래도 입찬소리만 한다.

"그건 그렇다하구, 그래 누님 덕분에 난 서울루 가게 되는 거요?"

공연한 헛소리지마는, 짓궂게 시달려 보는 것이었다. 별안간 누님이라고 천연덕스럽게 부르는 것이 우스워서 모친이나 아내는 진호를 빤히 치어다보았다.

"그것두 조금만 참아요. 아무러면 말만 팔리구 말까!"

봉순이는 여전히 큰소리만 한다.

"외상밥 먹는 대신에 사탕발림하는 건 아뉴? 너무 선선한 폼이 누님두 아주 천 냥 만 냥 꾼으루 판을 차리구 나선 것 같다. 허허허."

"아, 생기는 일이면야 무언 못 할라구!"

아까 처음 들어섰을 제 까닭 없이 서슬이 시퍼래서 대들 때와는 딴판으로 한숨 죽은 봉순이었다.

오늘은 이사를 하느라고 고단해서 그렇겠지마는, 아직 초저녁인데 벌써 건넛방에는 시어머니의 자리를 깔아 놓고 안방에도 자리를 편다. 신부의 새 금침은 시어머니를 깔아 주니까 그렇겠지마는 언뜻 눈결에 보니 질질 흐르는 남편의 자리 하나만 펴고 침대에 쓰는 양식 베개가 둘 나란히 놓였다. 다른 때 같으면 그런 것쯤 예사로 보겠지만 깨끗한 환한 방에 포근한 비단금침이 아랫목으로 한 벌만 깔린 것이 부러워 보이고 샘도 났다. 결국 자기 목으로 건넌방 윗목에 내놓은 이부자리도 홑이불도 뜯어 버린 땟덩이다. 그래 보여도 하숙집에서 진호와 함께 덮던 것이니 눈에 익기도 하고 구중중한 생각은 들지 않았다. 하지만 저 이부자리도 저의들이 덮던 찌꺼기거니 하는 생각을 하여 보니 새삼스럽게 께름칙하고 그 속에 들어가 혼자 잘 것이 을씨년스러워 심사가 났다.

아랫목의 마님도 못마땅한 이 잠동무를 아랑곳하여 이야기하기도 구살머리쩍은지 벌써 자리 속에 들어가 눈을 감고 누웠지마는 안방에서도 어느새 전등불을 끄고 괴괴하다. 그러나 고단할 게 없는 봉순이는 구중중한 자리 속에 일찍 들어가 누웠기도 싫고, 맥없이 혼자 앉았자니 객쩍은 공상만 떠오르고 심심해 못 견딜 지경이다. 불이나 끄지를 않았으면 싫어하거나 말거나 건너가서 이야기라도 하고 좀 성이 가시게 해주련마는 그럴 수도 없다.

봉순이는, 언제까지 말뚝같이 앉아서 공연히 안방만 바라보며 노심초사를 한댔자 별수 없다 하고 제 손으로 자리를 펴고 마악 들어가 눕자니까, 안방에서는 불이 다시 켜지고 소곤소곤 내외끼리 누워서 이야기를 하는 소리가 들린다.

'내 이놈의 성화야!'

봉순이는 심사가 발끈 나서 다시 일어나 안방으로 건너가 놀다 올까 하는 객기가 불현듯이 치밀어 올라왔으나, 벌거벗고들 자리 속에 누웠을 텐데, 아무러기로 체면 없이 부스스 문을 열고 들어가기가 안된 것 같아서 갑갑은 해도 지그시 참고 있는 수밖에 없었다. 그러나 언제까지 속살대고 깔깔거리고 하는 소리로만 귀가 가서 잠은커녕 점점 몸이 달아오르고 가슴이 답답해서 못 견딜 지경이다.

조금 있다가 안방 문이 열리는 기척이더니 누가 뜰로 내려간다. 변소에나 가나 보다 하였더니 손을 씻고 올라와서 마루에 놓인 찬장을 열고 부스럭부스럭 한다. 공연히 몸이 달은 봉순이는 가만히 일어나서 문틈으로 내다보았다. 탐스러운 과일 광주리에 양접시를 얹어서 들고 한 손에는 양주병을 집어 가지고 들어간다.

열어 놓은 방문에서 흘러나오는 불빛을 전신에 받으며 들어가는 영숙이의 설핏한 속치마 속으로 환히 비취는 허리동아리와 토실토실한 가랑이의 곡선은 여자의 눈에도 힐끔 보기에 아름다워 보였다. 얼굴도 얼굴이려니와 몸매가 예쁜 여자지마는, 무어니 무어니 해도 나이 있지 않은가! 주위에 퍼뜨리는 그 젊은 맛이란 그저 부럽기만 했지 봉순이로서는 당해내는 수가 없는 것이 안타까웠다. 인제는 도저히 진호를 다시 손아귀에 넣어 보지 못할 것만 같아서 사지가 비비 꼬일 듯이 분해 못견딜 지경이다.

그것은 고사하고 그 먹음직스러운 과일 광주리와 양주병을 보니 곧 입에서 군침이 돈다. 요새는 저녁 한 끼 먹자는 자국도 없고 술잔을 입에 대어 본 지도 언제 일인지 모른다.

나 한 잔 먹자 하고 뛰어갈 수도 없고, 봉순이는 쿵하고 잔기침을 한번 하였다. 아직 자지 않는다는 표시다. 혹시 심심할 테니 건너와서 한 잔 같이 하자고 부를 듯해서 말이다. 그러나 저의만 집적거리고 속살댈 뿐이지 감감무소식이다.

'그래두 시어머니가 있는데. 아직 초저녁이겠다. 그럴 법이 있나.'

인제는 이 어머니의 덕이라도 보고 싶었다.

안방 문이 또 열리는 소리가 난다. 인제야 청자가 오나 보다 하고 봉순이는 숨을 죽이고 있으니까

"어머니 주무세요?"

방문 밑에 와서 영숙이가 가만히 소리를 낸다.

"아마 한잠 드신 모양야."

봉순이가 대꾸를 하였다.

"깨셨수? 그럼 이거 혼자라두 자시구려."

하고 방 안에 과일접시를 들여놓는다. 영숙이는 발은 벗었으나 치마까지 깍듯이 입었다. 봉순이는 과일도 먹고 싶기는 하였지마는, 정작 마님이 물기도 전에 손을 댈 수도 없고 하여 심사가 나는 것을 꿀꺽 참고 돌아누워 버리며

'어디 두구 보자!'

하고 속으로 별렀다.

영숙이야 나무랄 거 무어 있냐마는, 다른 것은 다 그만두더라도 다만 술친구로 생각하기로 어찌 그렇게 모른 척할까 야속하다, 아니꼽다. 인정이, 인심이 그럴 수가 있나! 분통이 터져 죽을 지경이다.

이튿날 잠이 깨니, 봉순이는 눈이 빳빳하고 머리가 떵하여 선뜻 일어날 수가 없다. 안방에서는 벌써 진호가 밥상을 받은 모양이다. 봉순이

는 하여간 동진상사에 '출근'을 하여야 하겠기에 억지로 일어났다. 동진 상사에 출근이란 우스운 말이요 소일하러 가는 것이지마는, 그것도 습관이 되어서 매일 나가는 버릇이니 나가야 하고 또 그러는 동안 또 무슨 도리라도 있을까 싶어서, 서 사장이 요새는 차차 내대는 눈치인 듯도 하지만 갈 데가 없으니 모른 척하고 대어서는 것이다.

"오래비 아무튼 장사야."

마루에 나와 앉은 봉순이는 구두를 신는 진호를 보고 비웃는 말씨로 한마디 걸었다. 전에는 사장들 앞에서만 부르던 오라비지만 모가 안 나는 말이니 이렇게 불러 두는 것이다.

"왜?"

"왜가 뭐야. 아마 안방에서 잠이 든 것이 새루 두 시? 세 시는 됐을 텐데, 그래두 조금두 고단한 기색 없이 제 시간 대서 일어나서 버젓이 출근을 하니 말이지."

하며 봉순이는 코웃음을 쳤다.

"그 누나두 용하구려. 그때까지 안 자구 도둑을 지켰습디까. 그래두 이렇게 일찍 일어나니 말이지."

"나두 출근해야지 않나."

"참, 회사 나가거던 서 사장한테 안부 묻더라구 전해 주우. 내 인제 인사를 가겠지만."

혼인에 축전을 쳐 주고 회사로 부조 돈을 보낸 것을 받았기에 말이다.

하여간 이날 저녁때 봉순이는 친구의 집에 맡겨 두었던 짐을 찾아

가지고 들어왔다. 간밤에 안방에서들 거진 밝을 녘까지 좀 자는 듯하다가는 속살거리고 영 잠들을 안 자는 바람에 덩달아 꼬박 밝히고 만 것을 생각하면, 날마다 한집 속에서 저의들 한참 좋아 지내는 그 꼴을 보고 지내기가 살이 내릴 것 같아서 오고 싶지도 않지만, 역시 몸 붙일 데가 없으니 기어든 것이다.

회사에서 점심시간이 되자 진호는 집에 와서 먹는 습관이라 마악 일어서려는데, 비서실의 여사무원이 와서

"좀 오시래요"

하고 소곤거린다.

서울 갔다 와서 인사는 치렀지만, 어쨌든 사장이 부른다는 것이 해롭지 않은 일이다. 봉순이를 시켜서 부탁한 서울 전근이 그렇게 졸연히 실현되리라고 믿지는 않지만,

'또 몰라! 출자는 거절했더라도 저의끼리는 아직 좋은 새인지……'

하는 요행을 바라며 사장실에를 들어가니까, 김 사장은 잠깐 거들떠보며

"응, 거기 좀 앉게."

하고 그리 좋은 기색은 아니었다. 게다가 무언지 선뜻 말을 꺼내기가 난처한 눈치로 상을 찌뿟하고 한참 무슨 생각을 하더니, 테이블 서랍에서 양봉투 한 장을 꺼내서 또 한참 혼자 들여다보다가,

"이군, 자네 이 필적(筆跡) 알아보겠나? 이것은 좀 실답지 않은 말 같으이마는……."

하고 봉투를 내민다.

진호는, 오다 닫다 이상한 소리도 묻는다 하고 눈이 커대지며 봉투를 받아 들고 고개를 기우뚱하며 한참 들여다보다가

"글쎄올시다!"

하고 고개를 쳐들며 그저 인사성으로 웃어보였다.

"짐작이 안 나? 여자의 필적은 분명 여자의 필적이지?"

사장은 찌푸렸던 낯을 풀고 다소 의논성스럽게 말을 붙인다.

"글쎄요 ……어떻게 보면 남자의 필적 같기도 하구요."

진호는 여전히 어정쩡한 대답을 하며 그저 싱글싱글 웃기만 하였다.

"아니, 그럴 리가 있나. 이 군이면 대번에 알아낼 줄 알았는데!"

김 사장은 가볍게 웃음엣소리처럼 넘겨짚는 수작을 하는 것이었다.

"하하하. 제가 서화감정(書畵鑑定)의 명인(名人)일 줄 언제부터 아셨습니까?"

진호는 애교로 한마디 하였다.

"그래 정말 도무지 모르겠어?"

"모르겠는데요."

진호는 딱 잡아떼면서도 사장의 얼러대는 듯한 그 어세(語勢)로 보아 일이 심상치 않다는 짐작이 들었다.

"그런데 이건 어디서 온 거요?"

"하하하. 이 사람 어디서 온 건 줄 알면 자네더러 감정을 하여 달라겠나."

사장은 허풍으로 깔깔 웃었다.

"허기야 그렇죠마는 여자의 필적이라면 죄송한 말씀입니다만 반가우

신 편질 텐데, 발신인은 암만해도 남자 이름 같지 않습니까? 하하하.”

진호는 일단 테이블 위에 놓았던 겉봉을 다시 들어서 뒤쳐 보다가,

“하여간 부산 시내에 사는 사람인데 그렇게 짐작이 안 나서세요. 대관절 내용은 뭐예요?”

하고 호기심이 부쩍 나서 묻는다.

“여자 편지면 알조지, 그까짓 내용은 알아 무얼 하나.”

하고 사장은 예사로이 웃어 버린다.

“그래도 누가 압니까. 서울에는 여학생 깡패두 있다는 무서운 세상인데, 돈 천만 환쯤 어디에 가져오라는 협박장은 아닌가 싶어서요”

진호는 그만해서 사장 앞에서 그렇게 서먹서먹하지는 않아서 이런 소리를 하고 웃음도 터뜨려 놓았다.

김 사장은 그 편지를 받고 며칠을 두고 궁리를 하여 보아야 최봉순이의 짓이라고밖에 추측이 안 되어서 봉순이의 외사촌 오라비가 된다는 진호면야 이 필적을 알겠거니 싶어서 부른 것이나, 알고도 모른다는지는 모르겠으되 전연 짐작도 못 하겠다니, 좋은 낯으로 가볍게 넘겨 버리는 것이었다.

진호는 무시무시한 데에 증인으로 불려 갔다가 풀려나 나오는 듯이 슬며시 진땀을 빼고 나오다가, 마침 비서실에 오 비서가 혼자 있기에 그리로 다가갔다. 오 비서와는 사장이 서울 떠날 제 비행장에서도 만났고 사장실에 몇 번 드나들 때마다 자주 만나서 퍽 익숙하여졌다.

“아니, 별안간 편지 봉투의 필적을 나더러 감정하라시니, 대관절 어떻게 된 일인가요?”

"그래 감정해 보니까 어떻습디까? 여자 필적이 분명하죠?"

"글쎄 그런 듯한데 발신인이 이종식이라니 남자 이름을 왜 썼을까? 그래 내용은 뭐예요."

진호는 슬쩍 떠보았다.

"그거야 사장님의 비밀이지, 내겐들 알리겠소마는, 여자의 익명 편지 면야 물어보지 않아두 뻔하지? 하하하."

오 비서도 내막은 알면서 실토를 하려 들지는 않는 눈치다. 그것은 진호가 치의(致疑)가 간 최봉순이의 외사촌이 된다는 것을 오 비서도 잘 알기 때문에 조심을 하여 그러는 것이었다.

"하지만 여자가 남자처럼 쓴 것인지도 모르지만, 남자로 변명을 해서 등기로 부쳤다는 것을 보면 요새 흔헌 협박장, 공갈이나 아닌지? ……"

"아니, 그보다는 양심적인 거야……."

오비서의 말 같아서는 역시 금전상의 요구를 온화한 수단, 합리적 방법으로 했다는 말로 들렸다.

"그보다는 양심적이라니요?"

"뭐 그건 알아 뭘하슈. 무슨 피해가 있는 것두 아니지만 사장은 사실만은 명백히 확실히 해 두자는 의견이거던요."

오 비서가 여자의 연애편지인 것처럼 말마감을 하던 태도를 금시로 고쳐서 이런 수수께끼 같은 소리를 하는 것도 역시 진호와 봉순이가 내외종간인 줄로 알기 때문에, 일부러 사실대로 들려주려는 눈치를 보려는 것 같다.

사실 그 봉투를 힐끗 볼 때 첫눈에 봉순이의 필적에 틀림없는 것을 알아차린 진호는, 사장 앞에서도 겁을 집어 먹고 어름어름하여 둔 것이지마는, 피해가 있는 것두 아니라는 말에 또 한 번 깜짝 놀랐다.

오 비서의 설명을 들으면 이러하다. 한 열흘 전 밤중에 김 사장은 요릿집에선지 어디선지 명함 지갑을 잃어버렸었다. 거기에는 도합 오백여 만환이 되는 석 장의 보증수표가 들었었는데, 요행히 그 잃어버린 것을 안 시간이 일렀기 때문에 우선 급한 대로 부산 시내 각 신문에 그 밤중으로 분실 광고를 부탁해서 이튿날 아침에 배달하는 신문에 쫙 나게 되었다. 물론 그 보증수표를 주운 사람이나 혹은 훔쳐 간 사람이나, 어디 가서 돈을 돌리든지 물건을 사든지 할 시간의 여유가 없었을 것이지마는 지갑을 잃은 지 만 이틀 만에 고스란히 제대로 되돌아왔다는 것이다.

"취운장 앞거리에서 주웠기에 그 속에 든 명함을 보고 보내드립니다."

고 적은 쪽지와 함께 얄팍한 지갑을 양봉투에 넣어 등기로 부쳤더라는 것인데, 이거야 참 기특하다고 얼마간 사례라도 해야 하겠다고 그 주소를 찾으니까, 원체 그런 집이 없더라는 것이다.

"그런 일야 얼마든지 있겠죠 악의로 해석해서 '스리'를 했다가 소용 없게 되니까 훗길을 바라선지 죄 때문인지 선심 써서 임자에게 돌려보내 주었다고도 생각할 수 있고, 또 혹은 정말 길에서 주워서 호의로 보내 준 것을 발신 주소를 잘못 찾아서 아직 모르는 수도 있을 것이지만, 하여간에 사장께서 날 불러다가 그 필적을 아느냐고 밑두 끝두 없이 물으시는 건 그 무슨 일일까요? 그 얘기를 듣고 보니 어째 나까지 다리가 쭈뼛해지는 것 같군요"

진호는 사장 대신 오 비서에게 항의를 하듯이 캐었다.

"그거야 난 모르죠. 사장께서 무슨 생각으로 그러셨는지."

오 비서는 발 빼는 소리를 하였다.

이날 저녁때 집에 돌아온 진호는 봉순이를 붙들고

"누나, 우리 사장한테 편지한 일 있지?"

하고 다짜고짜 기습을 하였다.

"뭐? 누가 그래? 편지는 무슨 쭉 째진 편지를 누가 해."

봉순이가 펄쩍 뛴다.

"뭐 그렇게 펄쩍 놀랄 건 뭐요. 같이 살자고 청했다가 퇴짜를 맞기루 세상에 없는 일 아닌데, 그야 누가 아나. 이따라두 모시러 올지. 허허 허."

"정말야 했으면 했대지 뭐 부끄러워 속일까."

봉순이는 천연히 대꾸를 하면서도 궁금한 듯이 진호의 눈치를 슬슬 살피는 기색이었다.

"그럼, 김 사장한테 무어구 적어 준 일은 없수? 가령 서울 같이 갔을 때 서울 집 주소라든지……!"

진호는 슬쩍 코스를 바꿔서 물었다.

"응, 그건 서울 가서지."

진호는, 옳다 됐구나 하였다.

"만나자는 편지를 했더란 말요?"

"응, 나중에 주소두 적어 주구 했었지. 그런데 왜 그래? 그게 무슨 애

깃거리가 됐단 말야?"

봉순이는 눈이 똥그래서 여전히 진호의 얼굴만 멀뚱히 바라본다.

"아니 뭐 걱정할 일은 아니구, 오늘 김 사장이 별안간 부르더니 빈 봉투를 한 장 내놓구 그 글씨가 남자 글씨냐 여자 글씨냐 감정을 해 보라지 않겠소 난 무슨 경찰에서 불려 나가서 무릎맞춤이나 하는 것 같아서 슬며시 화가 나구 대꾸두 하기 싫었지만, 딴은 그 봉투 글씨가 누나 글씨 같지 않겠소 누나 글씨를 내 생전 알 까닭이 있겠소마는, 저번에 서울 올라가서 두어 번 한 편지로 남자 체같이 달필(達筆)인 것은 눈에 익었거든. 정말 남자의 붓끝처럼 쓰느라고 몹시 날린 흔적은 있더구먼마는 대번에 알아보겠던데. ……"

진호는 봉순이의 얼굴에 반응이 어떠한 표정으로 나타나는가를 넌짓넌짓이 살펴며 까놓고 말이었다.

"온 별소리를! 그래 어떤 놈의 편진지. 내 글씨라구 그랬어?"

봉순이는 얼굴이 파래지다시피 살기가 돋치며 막 대든다.

"걱정 말아요 난 어리배긴 줄 압니까! 내 글씨라구두 않구 내 글씨 같다구두 않았으니 걸려들 일 없지 않소"

진호는 안심시키려고 하는 말이라기보다도 걸려든다는 말이 하고 싶었던 것이다.

"그야 물론 내야 걸려들구 말구가 있나!"

봉순이는 적이 안심이 된 기색이었다.

"헌데, 김 사장한테 누나 필적이 먼저 가 있는 것이 있다면 큰일인데!"

진호는 고개를 외로 꼬며 걱정을 한다.

"왜?"

봉순이는 다시 깜짝 놀랐다.

"전문가한데 보이구 정식으로 감정을 하고 말 거니까 말이지."

"뭐? 그건 해 뭘 한다는 거야?"

"그거 모르지. 찾어 보내 준 사람을 알아내어서 고맙다고 사례를 하려는 것인지? 스리를 맞았다구 생각을 하고 철저히 조사해 보겠다는 건지? ……"

진호의 입에는 뜨끔한 소리가 나오고야 말았다.

"아무려나 하라지. 나 아랑곳없으니까!"

봉순이는 코웃음을 치며 배알듯이 변명부터 앞세운다.

"그래 김 사장이 지갑을 잃어버리던 날, 취운장에는 누님두 갔었습디까?"

"응, 갔었지."

"그러니까 더구나 누님 필적이 문제가 되는 거 아닌가!"

"그렇기루 내 필적이 왜 문제가 되는 거야? 그래 날 도둑년으로 모는 거야? 진호 너부텀두 날 의심하는 거 아니냐? ……"

마구 진호를 척호(斥呼)해 가며 별안간 발악을 한다.

"아우, 아뇨 내야 무슨 아랑곳이 있소 글쎄 그저 걱정이 되니까 의논 삼아 이야기지."

진호는 건드리기가 무서워서 그저 썩썩 달랬다.

그런지 사흘 후인가 나흘 후 봉순은 진호도 없는 새에 짐을 꾸려 가지고 훌쩍 떠나 버렸다.

　서 사장이 여비를 주며 권고를 해서 서울로 올라갔다는 것은 나중 들었지만, 앓던 이 빠진 것 같았다.

작품 해설

고명철(광운대)

전후의 신생을 모색하는 전쟁미망인의 존재 양상

1. 「화관」에서 주목해야 할 문제의식

염상섭의 장편소설 「화관(花冠)」은 장편소설 「미망인」(≪한국일보≫, 1954.6.15~12.6)의 후속작으로 ≪삼천리≫지에 1956년 9월부터 1957년 9월까지 연재되었다. 「미망인」의 주요 인물이 「화관」에서는 이름을 달리하여 출현하고 있는데, 「미망인」에서 명신, 홍식, 금선, 창규는 「화관」에서 각각 영숙, 진호, 봉순, 인환으로 대응되고 있는 게 그것이다. 염상섭이이 두 작품에서 중점을 두고 있는 것은 한국전쟁 후 참담한 현실에서 살아남은 미망인의 삶과 연관된 전후의 일상적 풍경으로, 「미망인」과 「화관」은 한국전쟁 "미망인의 문제적인 위치와 그들을 바라보는 사회의 다양한 시각 및 그로 인한 제반 갈등을, 횡보 특유의 연애담을 통해서 그려보이고 있는 상징적인 전후 소설"[1]이다. 여기서 간과할 수 없는 것은 "한국전쟁 이후 전쟁미망인에 대한 사회적 규정은 보호의 대상이자 사회적

---

1) 김경수, 『염상섭 장편소설 연구』, 일조각, 1999, 249쪽.

규제의 대상"²⁾인 바, 전후 사회의 통념상 "전쟁미망인의 사회적 이미지는 '피해자'가 아니라 '위험한 여자'로 재구조화"³⁾되고 있다는 사실이다. 물론, 여기에는 1950년대 후반 정부와 일간지에서 집계한 대략 50여 만 명의 전쟁미망인이 절대빈곤을 해결하는 과정에서 미군을 대상으로 한 이른바 양공주의 삶이라든지 불륜 및 매춘을 통한 생계유지가 반사회적 윤리의식을 조장하고 있는 부정적 대사회적 인식이 팽배해 있기 때문이다. 기실 "염상섭은 전쟁으로 인해 기존의 도덕률과 윤리의식이 현실구속력을 상실하면서 여성들이 타락해 가는 모습에 지속적으로 관심을 기울"⁴⁾인 바, 「미망인」과 「화관」은 "전쟁미망인의 자기실현이라는 측면보다는 전통적인 가족 관계의 유지라는 사회적 요구의 반영으로 이해될 수 있을 것이다."⁵⁾

여기서, 「화관」의 문제의식을 새롭게 생각해 볼 필요가 있다. 「화관」의 중심 서사는 전쟁미망인 영숙과 총각 진호의 결혼 과정이다. 그 과정에서 양공주의 삶을 산 적이 있고, 다방 레지로서 삶을 살고 있는 또 다른 전쟁미망인 봉순이 그들 사이에 적극 개입하면서 진호와 영숙의 결혼 준비는 순조롭지 않다. 무엇보다 봉순의 개입 양상은 그 정도가 지나친데, 진

---

2) 이임하, 「한국전쟁이 여성생활에 미친 영향」, 역사학연구소, 『역사연구』 8호, 2000, 11쪽.

3) 김종욱, 「한국전쟁과 여성의 존재 양상」, 한국근대문학회, 『한국근대문학연구』 5권 1호, 2004, 233쪽.

4) 김종욱, 앞의 글, 246쪽.

5) 김종욱, 같은 글, 247쪽. 염상섭에 대한 이 같은 이해는 보수적 세계관에 토대를 둔 서사로 읽히기 십상이다. 그 대표적인 것으로, 「미망인」, 「화관」, 「대를 물려서」 등을 논의한 김정진은 "당대 리얼리티 획득보다는 현실적인 위기극복이라는 지상 과제를 타개하려는 노작가의 관심은 구세대의 가치관과 윤리관을 지키려는 입장인 것이다."(김정진, 「염상섭 후기 장편소설 연구」, 한국어문교육연구회, 『어문연구』 44호, 2016, 195쪽)고 염상섭의 후기 장편소설의 특징을 정리한다.

호와 마치 신혼부부가 된 것인 양 주변 사람들의 시선에 아랑곳없이 노골적으로 진호에게 접근함으로써 이 같은 사실을 전혀 모르는 사람이 볼 때 진호와 봉순이 결혼을 하여 가정을 새로 꾸린 것으로 보이기 십상이다. 따라서 「화관」이 전쟁미망인을 중점적으로 다루되, 그 초점이 어디까지나 전통적 가족 관계를 유지하기 위한 것임을 부정할 수 없다. 그런데 여기에 쉽게 지나쳐서 안 될 함정이 있다. 우리가 「화관」에서 섬세히 읽어야 할 것은 가족 관계를 유지하는 것 자체가 중요한 게 아니라 한국전쟁 이후 객관현실에 직면한 인간들이 가족 관계를 유지하는 과정 속에서 새롭게 성찰해야 할 인간의 욕망, 그리고 그 과정에서 전쟁의 상처를 치유하고 극복하는 모습들에서 그려지는 일상의 풍경이다. 이러한 섬세한 읽기를 통해 한국전쟁 '이후' 한국사회에서 불거진 전쟁미망인과 연관된 일상을 집중적으로 탐구한 염상섭의 문제의식이 제대로 규명될 것이다.

2. 전후의 일상에 영향을 미치는 국가의 '의사권력 · 전쟁미망인'

「화관」에서 다뤄지는 한국사회는 한국전쟁 이후의 현실이다. 3년간의 전쟁을 거치는 동안 전쟁의 참화로 불모화된 삶의 기반과 기존 윤리의식의 처참한 붕괴는 모든 것의 혼돈을 초래하였다. 같은 민족 구성원들 사이의 극단적 대립과 갈등이 빚은 삶의 파탄과 절멸을 경험하여 살아남은 자들은 전쟁 이전의 낯익은 것들과 단절하고 결별하였다. 무엇보다 전쟁에서 살아남은 미망인들은 기존 가부장제 사회 속에서 자신의 삶의 존재론적 터전 자체가 파괴됨에 따라 자신의 존재론적 위상을 과감히 변화시킬 수밖에 없었다. 남편과 아들이 부재한 가정에서 전쟁미망인들은 삶의 생존을 위해 그가 가족의 경제를 책임지는 가장(家長) 역할을 떠맡는다. 전후 한국사회에서 부각된 전쟁미망인의 문제는 전후 일상의 풍경에서 가볍게 지나칠 수 없는 사안이다. 「화관」에서 이러한 일상의 풍경은 진호와 장차 결혼할 미망인 영숙을 보호하는 작중인물 자경 여사에게서 흥미롭게 발견된다.

「화관」의 중심서사가 진호를 중심으로 한 영숙과 봉순의 관계에 초점을 둔 나머지 또 다른 전쟁미망인 자경 여사의 존재를 소홀히 할 수 있는데, 자경 여사를 통해 전후의 일상에 은밀히 작동하는 권력의 양상을 살펴볼 수 있다. 실제로, 진호와 영숙의 결혼이 가능하도록 한 직간접 요인들—가령, 결혼 당사자의 변함없는 사랑, 그들의 사랑을 인정하고 결혼을 허락한 부모, 그들의 사랑에 질투를 갖고 결혼에 장애물이었던 봉순의 단념, 그밖에 그들의 사랑을 응원해 준 동료들의 도움이 있었지만, 진호와 영숙의 결혼을 성사시키는 데 결정적으로 자경 여사의 도움이 있었기에 가능했다. 「화관」의 작품 맨 처음에 진호의 부친이 자경 여사를 방문하여 장차 며느리가 될 영숙을 그동안 잘 보호해 준 것에 대한 감사의 뜻을 전할 뿐만 아니라 아들 진호와 영숙의 결혼을 승낙한다는 것을 자경 여사에게 전한 것은 자경 여사의 존재가 그만큼 그들의 결혼을 하는 데 중요하다는 것을 말한다. 그런데 자경 여사의 중요성은 여기서 그치지 않는다. 진호의 결혼 승낙 소식에 질투를 가진 봉순의 온갖 계략으로 진호와 영숙의 결혼 약속이 자칫 파혼에 이를 수 있었으나, 자경 여사의 현명한 도움으로 위기를 넘긴 진호는 마침내 성황리에 영숙과 결혼식을 치른다.

이처럼 자경 여사의 존재는 「화관」에 등장하는 어떤 인물보다 중요한 서사적 역할을 수행하고 있다. 그렇다면 자경 여사는 구체적으로 어떤 존재일까. 「화관」에서 자경 여사는 "부녀계의 사회사업가로 이름 있는 부인"(10쪽)으로 "십만이나 되는 전쟁미망인을 상대로 자은회(慈恩會)라는 원호사업"(13쪽)을 벌이고 있다. 여기서, 자경 여사가 몸담고 있는 이 원호사업은 자경 여사의 존재론적 지위를 이해하는 데 매우 중요하다. 물론, 「화관」에서 염상섭은 자경 여사의 원호사업 자체를 비중 있게 다루고 있지는 않다. 하지만 영숙의 결혼의 처음(진호 부친의 결혼 승낙)과 중간(진호의 방황으로 인한 파혼 위기를 막은 것), 그리고 끝(결혼을 성공리에 치른 것)에서 자경 여사가 수행한 일을 보면, 한 전쟁미망인을 적극 보호하면서 삶의 희망과 용기를 북돋아 주는 데 자족하지 않고, 또 다른 신생의 삶을 살기 위한 실질적 도움을 제공하는 조력자 역할을 하고 있다는 점에서 '원호사업'의 구체적 사례를 서사화하고 있는 것이다. 이것을 자경 여사의 개인적으로 탁월한 사회적 능력 및 윤리의식으로 이해해서는 곤란하다. 염상섭은 자경 여사의 이러한 면을 「화관」에서 그리고 있지 않다. 그보다 자경 여사가 전후의 현실에서 맡고 있는 '원호사업'의 차원으로 이해하는 게 온당하다. 그렇기 때문에 진호의 부친과 진호, 그리고 영숙은 자경 여사의 조력에 감사를 표하고 심지어 꼬인 난제를 해결하는 데 큰 도움을 받는다. 다시 강조하건대, 작중인물들이 자경 여사의 조력에 기대는 것은 자경 여사가 지닌 개인적 비범한 능력 때문이 결코 아니다. 그보다 자경 여사가 국가를 대신하여 전쟁 구호사업을 하고 있는, 일종의 국가의 의사(擬似)권력을 수행하고 있기 때문이다.[6]

---

[6] 자경 여사에게 보이는 국가의 의사권력은 해방 이후 미군정이 설치한 부녀국의 부녀행정과 한국전쟁을 거치면서 전쟁미망인을 중심으로 한 전시동원 및 전시생활과 밀접한 연관을 맺는다. 그런데 쉽게 간과할 수 없는 것은 전쟁미망인이 수행한 이러한 국가의 의사권력은 일찍이 일제의 군국주의의 폭압에 원인(遠因)과 무관하지 않다.

이와 관련하여, 한국에서 여성 문제를 전담하는 국가의 해당 전문 기관(부녀국)이 1946년 미군정에 의해 최초로 설치된 이후 부녀 행정의 본격적 서막을 열게 된 것은 주목할 필요가 있다.[7] 특히 한국전쟁은 이러한 부녀행정에 큰 변화를 가져온다. 무엇보다 "전시국가는 국민의 일상생활까지 개입하여 의식주 및 소비생활까지 통제하게 되며 여성들을 전시 노동력이자 애국 봉사활동의 역군으로 적극 동원하는 것이다."[8] 그리하여 정부는 '국립전쟁미망인수용소'를 1953년 설립하고 명칭을 '국립서울모자원'으로 변경하는가 하면, 각 지역에 '도립 모자원'뿐만 아니라 사설 모자원의 설치를 적극 권장한다.[9] 이렇듯이 국가가 주도한 전쟁미망인의 구호사업, 즉 각종 원호사업은 전쟁의 후방에서 전시물자로 동원되는 막중한 역할을 수행한 것으로,[10] 이것을 바라보는 대다수 국민의 시각은 원호사업의 본질적 성격을 '국난 극복'과 다를 바 없는 것으로 인식하였다. 따라서 「화관」에서 자경 여사가 담당하는 원호사업의 성격은 단순한 것이 결코 아니다. 말하자면, 자경 여사는 한국전쟁 시기부터 조직·운영된 전쟁미망인 주체의 구호사업의 연장선에서 전쟁의 상처를 치유하는 '국난 극복'의 신성스러운 역할을 수행하는 국가의 의사권력을 대리한다. 때문

엄혹한 식민통치를 경험한 적 있는 염상섭에게 일제 식민지 시절 제국의 전쟁 물자를 제공하거나 동원하기 위해 피식민지 여성을 식민 지배국가의 모성으로 전도시키는 국가의 의사권력에 대한 기억이 자경 여사가 수행하는 의사권력에 포개지는 것은 자연스럽다.

7) 1946년 9월 14일 미군정 법령 제107호 부녀국(婦女局) 설치령에 의해 보건후생부내에 설치된 부녀국이 한국 최초의 여성 담당 행정조직이다. 보건사회부, 『부녀행정 40년사』, 1987, 50쪽.

8) 황정미, 「해방 후 초기 국가기구의 형성과 여성」, 『한국학보』 109집, 2002, 180쪽.

9) 이에 대해서는 보건사회부가 펴낸 『부녀행정 40년사』, 1987을 참조.

10) 한국전쟁과 관련한 부녀행정의 이러한 면모의 전반은 황정미, 위의 글, 180-185쪽 참조.

에 염상섭은 「화관」에서 이러한 막중한 의사권력의 주체인 자경 여사에게 진호와 영숙의 결혼 성사 여부의 과정을 주도하는 서사적 지위를 부여하고 있는 것이다. 이것은 「화관」에서 대수롭게 간주할 수 없는 한국전쟁 '이후의 일상'의 풍경이다.

3. 전후의 불모화된 일상을 적극적으로 살아내는 전쟁미망인

「화관」에서 시종일관 주의를 끄는 전쟁미망인은 봉순이다. 봉순이 문제적인 것은 "창녀(娼女)와 첩(妾)의 생리를 동시에 보여 주면서 전후 사회의 세태를 환기해 주는 지시적인 기능"[11]을 담당하고 있기 때문이다. 무엇보다 봉순은 현재 다방 레지로서 삶을 살고 있지만, "자기의 향그럽지 못한 과거"(99쪽), 즉 미군의 양공주로서 생계를 유지했던 삶을 아파한다. 봉순의 이러한 과거와 현재의 삶은 「화관」 속 다른 전쟁미망인인 영숙, 진호의 형수와 비교할 때 사회의 풍기를 문란하게 하는 타락한 여성으로서 사회 규제의 대상으로 인식된다. 그렇다면 봉순은 「화관」에서 전후의 윤리의식을 어지럽히고 사회 기강을 무너뜨리는 타락한 여성으로서 전쟁미망인의 또 다른 부정적 양상을 보이는 전형으로 부각될 뿐인가. 더욱이 영숙과 같은 전쟁미망인이 결혼을 통해 새로운 삶을 살고자 하는 것을 방해하는 훼방꾼으로 봉순이 그려짐으로써 전후의 정상적 일상을 복원하는 데 걸림돌로 작용하는 것으로 고발될 뿐인가. 물론, 봉순을 이렇게 이해하는 것도 무리는 아니다. 봉순은 집요할 정도로 진호의 삶에 적극 개

---

11) 김태진, 「전후의 풍속과 전쟁미망인의 서사 재현 양상」, 한국현대소설학회, 『현대소설연구』 27호, 2005, 98-99쪽.

입함으로써 영숙과 결혼하여 새로운 삶을 살고자 하는 진호를 곤혹스러운 지경으로 몰아간다. 이미 영숙과 결혼하기로 결정된 진호를 봉순은 유혹하고 일부러 진호와 영숙의 사랑을 시험하는 것인 양 진호를 짓궂게 대한다. 술에 취하여 인사불성이 된 진호를 봉순이 집으로 데려와 밤을 보내는가 하면, 봉순이가 사 온 파자마를 입도록 하고, 그 광경이 영숙에게 발각된다. 진호의 그 모습을 본 영숙은 진호에 대한 실망과 분노에 휩싸이고, 봉순의 진호를 향한 짓궂은 모습은 이에 그치지 않는다. 진호의 직장이 있는 부산으로 향하는 기차를 진호와 동승한 봉순은 진호와 신혼여행을 가는 것처럼 여기고 진호와 같은 기차 침대를 쓰면서 부산에 이른다. 그리고 진호의 회사를 찾아가는가 하면, 진호의 하숙을 찾아가 진호와 함께 방을 쓰면서 여차하면 진호와 신접살림을 차릴 태세다. 그러면서도 봉순은 진호에게 직장을 서울로 옮겨 영숙과 결혼 생활을 하는 데 지장이 없도록 해 주겠다면서 진호의 불편한 심기를 달랜다. 이 과정에서 진호는 봉순의 유혹에 방황하는 모습을 언뜻 비치기도 하면서 영숙을 향한 양심의 가책 속에서 자칫 영숙과의 결혼 약속이 파경에 이르는 위험에 직면하기도 한다.

분명, 이러한 서사 전개에서 봉순은 정상적 가정을 꾸리는 데 방해물로 작용하는 타락하고 부도덕적 전쟁미망인으로 비쳐진다. 여기에는 봉순 스스로도 주저하듯, 양공주의 삶을 살았던 이력은 그 본래의 의도가 어디에 있든 여성의 육체와 성을 생계 수단으로 삼는 것에 대한 사회적 지탄의 시선이 봉순을 시쳇말로 '더러운 여성'으로 간주하기 때문이다. 따라서 봉순과 같은 전쟁미망인은 영숙 및 진호의 형수처럼 전쟁의 상처로 고통을 앓는 국가와 사회가 보호해야 할 전쟁의 희생양이 아니라 전쟁이 낳은 혐오와 파괴의 이미지가 뒤범벅된, 정상적이고 건강한 삶을 붕괴시키고 더럽히는 오염물로 인식된다. 따라서 이러한 전쟁미망인은 국가와 사회의 규제 대상으로 전락한다. 그들의 성적 욕망은 '더러운 여성'이 생계를 유지하기 위해 돈과 마음대로 맞바꿀 수 있는 경제적 수단으로서만 유효할 따름이다.

하지만 봉순을 이러한 측면으로만 파악하는 것은 「화관」에서 다뤄지고 있는 전후의 일상에 대한 단순하고 평면적 이해다. 이와 관련하여, 진호보다 연상인 봉순이 진호를 짓궂게 대하는 이유를 생각해 봐야 한다. 이것을 바꿔 말하자면, "오랫동안 이성이란 것을 모르고 혼자 지내기란 봉순이에게 드문 일이었더니만치 삼십 전 총각이 모닥불을 질러 놓은 봉순이의 감정"(87쪽)의 진실을 헤아릴 필요가 있다.

여기서, 봉순이의 비현실적 집착처럼 보이지만, 봉순이 진호를 향한 행동의 양상을 살펴보자. 진호의 부산행 기차에 동승한 봉순이 신혼여행을 가는 것처럼 들떠 있고 실제로 차장에게 진호와 함께 사용할 침대를 얻어 기차 여행을 한 것을 볼 때 봉순은 자기 혼자 진호와 결혼 생활을 시작한 것이나 다름이 없다. 그것은 우습지만, 술에 만취한 진호를 봉순의 집에 데려와 잠을 재우고 그에게 새로 사온 파자마를 입히는 것으로 봉순은 자신만의 결혼 생활을 시작한 것이다. 누구도 그의 이와 같은 결혼 생활을 공식적으로 인정해 주지 않았으나, 봉순 혼자만 진호와 신혼부부가 된 것인 양 진호의 부인 역할을 억지스레 연출한다.

이러한 봉순의 가짜 결혼 생활에서 주목해야 할 것은 무엇일까. '더러운 여성'으로서 봉순과 같은 전쟁미망인이 보여 주는 윤리적 파탄 양상인가. 여기서, 쉽게 간과하지 말아야 할 것은 봉순도 엄연히 전쟁미망인이라는 사실이다. 봉순도 전쟁으로 인해 남편과 가족을 잃은 전쟁미망인의 비극적 처지에 놓였다는 객관현실을 가볍게 간주해서는 안 된다. 따라서

241

봉순에게도 훼손된 가족을 그리워하고 새로운 가족을 꾸려 새로운 삶을 살고 싶은 욕망이 꿈틀거리고 있다는 것을 부정해서는 안 된다. 비록 봉순이 양공주의 이력이 있고, 다방 레지로서 사회적 천대를 받고 있지만, 영숙과 마찬가지로 전쟁미망인으로서 새로운 남편을 맞아 새로운 가정을 꾸리고 행복한 삶을 살고자 하는 욕망은 동일하기 때문이다. 더군다나 이러한 면에서 봉순의 성적 욕망과 영숙의 성적 욕망을 도덕성의 기준으로 옳고 그름의 경계를 짓는 것은 타당하지 않다. 진호를 향한 봉순의 성적 욕망을 '더러운 여성'의 오염된 것으로 규정지을 수 없는 것이다.12) 하지만 전후의 일상을 지배하고 있는 사회적 통념상 진호를 향한 봉순의 사랑이 용납되지 못함은 물론, 봉순과 같은 전쟁미망인이 정상적 가정을 꾸리는 것도 매우 어려운 일이다.

그렇기 때문에 봉순은 누구의 도움도 받지 않고 자기 혼자의 나르시시즘 세계에 빠진 채 결혼 생활을 향한 욕망을 품고 타인의 비난을 감수하면서 가짜 결혼 생활을 시도한다. 심지어 그 결혼 생활이 어려워지자 진호의 신혼 생활에까지 틈입하여 진호의 첩으로서 새 살림을 시작하려고 한다. 이처럼 봉순은 자기만의 방식으로 전쟁미망인의 처지를 벗어나기 위해 안간힘을 쏟는다. 어쩌면, 봉순이 처음부터 진호의 의사와 관계없이

---

12) 결혼을 한 진호는 영숙과 어머니와 함께 신접살림을 차리기 위해 부산으로 가는 기차 안에서 잠을 청하는데, 예전에 봉순과 기차 안에서 같은 침대를 쓴 경험을 환기하며 잠을 설친다. "(전략) 그래도 고단한 김에 잠이 어리어리 들려다가도 곁에 누웠는 것이 영숙이 같기도 하고 봉순이 같기도 하여 깜짝 놀라 눈을 떠 보면 아무도 없는 것이 서운하다. (중략) 그러나 오려던 잠은 달아나고 차츰차츰 흥분이 전신에 퍼지며, 머릿속에는 봉순이의 간드러진 몸매와 영숙이의 생글하고 웃는 청초한 귀염성스러운 얼굴이 번갈아 가며 떠올라서 가만히 누워 있지를 못하게 들쑤셔대는 듯싶다. 대관절 잠을 못 자게 들쑤셔대는 이 흥분은 두 여자가 함께 좌우에서 못살게 굴어서 그러한 것인지 어느 한편이 더 짙게 유혹을 하고 흐리터분한 피로한 머릿속을 휘저어 놓는 것인지 갈피를 잡을 수가 없다."(201쪽)

가짜 결혼 생활을 혼자 과감히 실행한 것은 영숙과 달리 양공주와 다방 레지 생활의 이력을 한 전쟁미망인의 경우 사회가 통념적으로 용인하는 결혼 생활을 할 수 없고 첩의 신분으로서 새로운 가족의 질서에 편입할 수 있는 길을 적극 모색했는지 모른다.

여기서, 봉순의 이러한 삶의 방식을 봉건적 폐습의 일환으로 비판할 수 있다. 봉순의 선택이 그와 같은 처지에 놓인 전쟁미망인의 처지를 자기 주도적으로 극복하는 게 아니라 가부장제의 질서 속, 그것도 봉건적 폐습인 첩의 지위로 전락함으로써 전후의 또 다른 일상의 고통을 가중시킬 수 있기 때문이다. 그래서였을까. 염상섭은 「화관」에서 봉순의 첩 생활을 보여 주지 않는다. 염상섭은 작품의 말미에서 봉순이 범죄의 혐의를 지닌 채 진호네를 떠남으로써 전쟁미망인으로서 전후의 고달픈 현실을 살도록 한다. 봉순과 같은 전쟁미망인은 자경 여사의 원호사업으로도 보호와 혜택을 받지 못하는 사각지대에 놓인 채 자신만의 고군분투로써 전후의 불모화된 일상을 적극적으로 살아야 하는 것이다.

4. 서울 환도 후 '서울/부산'에 대한 서사의 로컬적 지위

이처럼 「화관」에서 서사의 초점은 전후의 일상을 힘겹게 살아가는 전쟁미망인의 삶의 양상이다. 그런데 이 소설에서 눈여겨보아야 할 것은 중심서사가 서울과 부산을 오고가면서 진행되고 있다는 점이다. 그것은 중심인물 진호의 직장이 부산에 있는 것과 연관이 있는데, 작품 속에서 진호는 부산에 거점을 두고 있는 한일방직 회사원으로, 봉순은 진호를 돕기 위해 한일방직과 거래를 하는 동진상사의 사장을 만나면서 은연중 자신이 다른 무능력한 전쟁미망인과 다른 면을 과시한다. 비록 전후의 일상에서 사회적으로 천대받고 사회적 규제의 대상으로 인식되는 봉순이지만, 바로 그 비윤리적 방식으로 맺은 경제인과의 관계를 이용하는 봉순의 노력 여하에 따라 진호는 서울로 발령을 받아 그곳에서 영숙과 달콤한 신혼 생활을 할 수 있기 때문이다. 뿐만 아니라 봉순은 부산에서 신접살림을 차린 진호네의 삶에 틈입하여 첩 생활을 통해 그동안 전쟁미망인의 삶에 종지부를 찍고자 한다. 따라서 부산은 봉순에게 서울과 그 성격이 전혀 다른 신생의 로컬로서 기능을 하는 곳이다.

이렇듯이, 「화관」은 서울로 환도 후 전개되는 전쟁미망인의 삶에 초점을 맞추고 있되, 서울 못지않은 부산을 중요한 로컬로서 서사적 지위를 부여한다. 오히려 보기에 따라서는 서울보다 부산이 「화관」에서 전후의 일상을 적극적으로 살아가는 데 유의미성을 띠는 것으로 부각된다.

「화관」에서 서울은 전후의 혼돈된 질서가 지배적인 곳으로 그려진다. 인환이 운영하는 낙양다방은 이러한 면을 극명하게 표상하는 공간이다. 낙양다방은 단적으로 봉순이 레지로서 일하는 곳이고, 인환은 봉순과 같은 다방 레지를 이용하여 돈을 버는 것을 목적으로 한다. 인환에게 윤리의식은 전후의 현실을 살아가는 겉치장에 불과한 것이고 전후의 빈곤의 현실을 벗어나는 데 거추장스러울 따름이다. 진호가 서울에 남겨 둔 영숙이 자신에 대한 실망과 분노 그리고 남자의 사랑에 눈을 뜨게 되면서 낙양다방에 나가 인환을 만나는 것을 극도로 꺼리는 데에는 영숙이 전후의 타락한 윤리의식(-인환)에 노출될 것을 염려히기 때문이다. 이것은 전쟁을 거치는 동안 전쟁미망인이 전후의 일상을 문란하게 하는 요인으로 1950년대 당시 심각한 사회적 현안으로 부상되었듯이, 아직 전후의 고통과 상처를 말끔히 치유하지 못한 채 전쟁으로 인한 혼돈의 질서가 잔존하고 있는 서울의 현재적 문제를 보여 준다.

서울의 이러한 혼돈의 모습은 전쟁미망인과의 결혼 승낙을 어렵게 받은 진호가 결혼을 하기 전까지 순탄하지 않은 문제점이 바로 서울에서 생겼다는 것(봉순이 홀로 진호와 결혼 생활을 시작한 점), 그리고 진호의 결혼과 직접 연관은 없으나 진호의 결혼으로 인해 그의 전쟁미망인 형수가 집안에서의 입지가 어려워지게 된 것을 통해 살펴볼 수 있다. 특히 후자의 경우 「화관」에서 가볍게 넘겨볼 수 없는 전쟁미망인 관련 문제가 아닐 수 없다. 영숙이 진호와 결혼을 하여 기존 전쟁미망인의 처지를 벗어나는 것은 틀림없되, 한 집안에서 또 다른 전쟁미망인의 문제는 여전히 해결되지 않은 채 잠재적 문제로 남아 있다. 이렇듯이 서울은 「화관」에서 작중인물의 갈등이 촉발되는 곳이고, 다른 사회적 현안들이 불거지는 곳이고, 잠재적 문제들이 침강돼 있는 전후의 혼돈의 질서를 내장한 곳이다.

그런가 하면, 부산은 작품 속 서울에서 생긴 문제들의 해결책―가령, 진호가 영숙과의 관계 복원을 위해 자경 여사의 도움을 생각한다든지, 봉순이 진호의 서울 이직을 모색하는 노력 등―이 강구되는 곳이고, 서울에서 새로운 가능성을 찾지 못한 전후의 일상이 새롭게 시작되는 역동적 계기가 발견되는 곳이다. 진호의 신접살림을 부산에서 마련한 것이든지, 따라서 비록 좌절로 보이지만 봉순의 첩살이가 부산에서 시작한 것은 「화관」에서 부산이 지닌 예사롭지 않은 서사의 로컬적 지위다. 따라서 부산에서 전후의 일상을 새롭게 모색할 수 있는 가족 공동체가 형성되고 있는 것은 서울로 환도 후 아직 정치사회적 안정을 찾지 못한 현실을 보여 준다.

245

물론, 그렇다고 부산이 전후의 혼돈의 일상으로부터 벗어남으로써 정상적 일상이 회복되었다는 것은 결코 아니다. 작품 말미에서 암시되듯, 봉순이 한일방직 사장의 지갑을 훔친 혐의를 받고 진호의 첩살이는커녕 진호 몰래 부산을 떠나 버린 데서 단적으로 읽을 수 있는 것처럼 부산 역시 전후의 혼돈의 질서로부터 자유롭지 않은 현실의 동요를 보인다. 하지만 부산은 「화관」에서 상대적으로 서울에 비해 전쟁미망인의 신생을 향한 욕망이 피어나는 로컬로서 기능을 하고 있다. 여기서, 서울로 환도 후 전쟁의 상처를 극복하기 위해 안간힘을 쏟고 있으나 전쟁의 직접적 피해가 서울보다 덜한 부산이 1950년대 후반 전후의 일상을 새롭게 모색해 볼 수 있는 로컬로 자리하고 있다는 것은 「화관」에서 주의 깊게 살펴볼 염상섭의 전후소설의 또 다른 새로움이다.

　정리하면, 「화관」은 세태소설로 단순히 범주화할 수 없는 공간에 대한 작가의 탐구가 주목된다. 전후의 일상을 살아가는 모습을 서울이나 부산으로 국한하지 않고 문제적 인물이 서울과 부산을 오고가는 역동 속에서 서울과 부산이 각각 맡고 있는 서사의 로컬적 지위를 염상섭 특유의 리얼리즘 글쓰기로 포착하고 있는 것이다. 이를 통해 전후의 일상을 이루고 있는 전쟁미망인과 그와 관계를 맺고 있는 인물이 전쟁의 상처를 치유하고 정상적 일상을 회복하고자 하는 신생의 욕망을 읽을 수 있다.

염상섭(1897~1963)

한국근대문학이 계몽주의적 성격을 벗어나기 시작한 1920년대에 처녀작을 발표한 염상섭은 분단된 남한 사회에서 1963년에 작고하기 전까지 동시대 삶을 증언하면서 내일을 꿈꾸었던 탁월한 산문정신의 소유자였다. 식민지 현실과 분단 현실의 한복판에서 생의 기미를 포착하면서도 세계 속의 한반도를 읽었기에 우리의 삶을 이상화시키지도 세태화시키지도 않았다. 처녀작 「표본실의 청개구리」를 비롯하여 「만세전」, 「삼대」, 「효풍」 등은 이러한 성취의 산물로서 우리 근대 문학의 고전으로 자리 잡은 지 오래다. 제국주의적 지구화의 과정에서 동아시아 및 비서구가 겪는 다양한 문제를 천착하여 보편성을 얻었던 그의 문학세계는 이제 더 이상 한국인만의 것은 아니다.

작품 해설 고명철

광운대 국어국문학과 교수. 1998년 『월간문학』 신인문학상에서 「변방에서 타오르는 민족문학의 불꽃-현기영의 소설세계」가 당선되면서 문학평론가 등단. 아시아·아프리카·라틴아메리카 문학(문화)을 공부하는 〈트리콘〉 대표. 계간 『실천문학』, 『리얼리스트』, 『리토피아』, 『비평과 전망』 편집위원 역임. 저서로는 『흔들리는 대지의 서사』, 『리얼리즘이 희망이다』, 『문학, 전위적 저항의 정치성』, 『뼈꽃이 피다』, 『칼날 위에 서다』 등 다수. 젊은평론가상, 고석규비평문학상, 성균문학상 수상.

화관(花冠)

초판 1쇄 인쇄 2017년 12월 20일
초판 1쇄 발행 2017년 12월 28일

지 은 이 염상섭
펴 낸 이 최종숙
펴 낸 곳 글누림출판사
책임편집 문선희
편   집 이태곤 권분옥 홍혜정 박윤정
디 자 인 안혜진 최기윤 홍성권
마 케 팅 박태훈 안현진 이승혜
주   소 서울시 서초구 동광로46길 6-6(반포4동 577-25) 문창빌딩 2층(우06589)
전   화 02-3409-2055(대표), 2058(영업), 2060(편집)
팩   스 02-3409-2059
전자메일 nurim3888@hanmail.net
홈페이지 www.geulnurim.co.kr
등록번호 제303-2005-000038호(2005.10.5)

정   가 18,000원
ISBN 978-89-6327-499-7 04810
     978-89-6327-327-3(세트)

출력/인쇄 · 성환C&P **제책** · 동신제책사 **용지** · 에스에이치페이퍼

* 이 도서의 국립중앙도서관 출판예정도서목록(CIP)은 서지정보유통지원시스템 홈페이지(http://seoji.nl.go.kr)와 국가자료공동목록시스템(http://www.nl.go.kr/kolisnet)에서 이용하실 수 있습니다.(CIP제어번호: CIP2017033531)